KB077435

# 하와이안 드림
# Hawaiian Dream

시아 장편소설

# 하와이안 드림

초판 1쇄 인쇄 2022년 12월 25일
초판 1쇄 발행 2023년 1월 15일

지은이 · 시아

펴낸이 · 최현선
편 집 · 김하연
마케팅 · 김하늘
디자인 · 디자인 Me
제 작 · 영신사

펴낸곳 · 오도스 | 출판등록 · 2019년 7월 5일 (제2019-000015호)
주 소 · 경기도 시흥시 배곧4로 32-28, 206호(그랜드프라자)
전 화 · 070-7818-4108 | 팩스 · 031-624-3108
이메일 · odospub@daum.net



ISBN 979-11-91552-15-7(03180)

odos 마음을 살리는 책의 길, 오도스

# 하와이안 드림
# Hawaiian Dream

시아 장편소설

odos

목차

# 내 생애 아주 특별한 날들

•

52일

나

은비

제일

그리고

•

•

•

선우

# 프롤로그

기류가 불안정했다. 기내 출입을 삼가라는 방송이 나왔다. 급작스럽게 비행기가 오른쪽으로 기울었다. 비명이 새어 나왔다. 잠이나 자야겠구먼! 누군가 혼잣말치고는 큰소리를 질렀다. 오른편에 번개가 번뜩이고 있었다. 먹구름이 사위에 깔리고 폭우가 쏟아졌다. 불길한 경고음이 기내에 가득 울려왔다. 창밖을 뚫어져라 쳐다봤다. 빠져나갈 군데가 보이지 않았다. 기체의 흔들림이 갈수록 더해졌다. 안내 방송도 잦아졌다. 눈을 감아보아도 흔들림이 나아지지 않았다. 이례적으로 눈보라 경고가 내려진 날이었다. 아열대 지역에 눈보라 경고라니. 눈으로 유명한 콜로라도주 덴버는 눈 가뭄이었다. 세상이 거꾸로 되고 있었다. 자연스럽게 죽음을 생각했다.

지금 죽는다면? 별로 도리질 치고 싶지 않았다. 구순 노모를 떠올렸지만, 이내 떨쳐냈다. 어쨌든 산 사람은 살 것이다. 죽은 이후는 어떻게 될까? 알 수 없는 곳, 짐작만 할 뿐 단언할 수 없는 곳에 이르게 될까? 무수한 논란에 휩싸인 그런 곳이 과연 있기나 할까? 순식간에 이런 생각의 파장들이 생겼다가 흩어졌다. 지금 죽는다면? 어쨌든 나쁘지 않다. 6개월 전, 이 물음을 던졌을 때와 사뭇 다르다. 열흘째 코피가 멎지 않던 날이었다. 방바닥 가득 미처 닦지 못한 코피와 범벅이 된 채 누워있었다. 지금 죽을지도 모른다고 중얼거렸다. 목울대가 저며왔다. 태어나면서부터 영원히 날개를 접은 새 같았다. 아니면, 겨우 바닥에서 파닥거리기만 한 새일지도 모른다. 그랬던 울컥거림은 어디론가 사라졌다. 이 놀랄만한 변화는 무엇 때문일까?

# 1 / 45
# 장엄한 과제

탑승을 기다리는데 제법 구경거리들이 있었다. 들어서자마자 우쿨렐레를 든 4인조 그룹이 노래를 불렀다. 등이 드러나는 원피스를 입은 여자가 훌라를 추고 있었다. 움직일 때마다 주황빛 레이가 찰랑거렸다. 멀찌감치에서 사진과 동영상을 찍었다. 기다리는 2시간 동안 구경거리가 있어서 다행이었다. 여자는 두어 곡 정도 추다가 자리에 털썩 주저앉았다. 게이트 입구 쪽에서 앉아 있다가 노래가 나오는 로비로 나오기를 반복했다. 탑승 대기자 가운데 동양인이 한 명도 보이지 않았다. 음식을 먹는 남녀도 있었는데, 뒤에 앉은 꼬마한테 감자칩을 건네주기도 했다. 아이가 브로콜리를 달라고 조르자 그것도 집어 주었다. 아이 아빠는 말리지도 않았다. 마스크를 쓰지 않은 이들도 많았다. 코로나19에 대해 경계하지 않는 분위기였다. 다들 한국으로 여행이라도 가는 것일까? 한국인은 왜 보이지 않는 걸까? 비행기 이륙시간 20분을 남겨 놓고 의심하기 시작했다. 제일이 두 번째로 가서 기다리면 된다는 말만 귀담아들었다. 두 번째가 여러 개일 수도 있다는 생각을 좀처럼 하지 않고 있었다. 게이트 출입구 쪽에 가서 탑승권을 보여주며 여기가 맞냐고 물었다. 직원이 반대쪽을 가리키며 저리로 가라고 했다. 허겁지겁 걸음을 옮겼다. 달리다시피 하며 거의 도착했을 때였다. 내 이름과 함께 C2로 오라는 방송이 흘러나오고 있었다. 탑승 직전에 직원이 왜 이렇게 늦었냐고 한소리를 했다. 다른 곳에서 기다렸다고 잠긴 목소리로 말했다. 이륙 10분 전에야 간신히 비행기에 오를 수 있었다.

제일은 개찰구로 가기 직전에 나를 껴안았다. 5초간, 우리는 그렇게 있었다. 팔을 풀고 나는 제일의 손을 잡았다. 제일이 가고 나서 안도의 한숨을 쉬었다. 한 시간 전에는 은비와 포옹을 했었다. 막 나서기 전에 폴라로이드 카메라를 내밀며 찍어달라고 했다. 선우를 안은 은비의 손을, 선우의 작은 발을 한꺼번에 잡았다. 그렇게 찍어 가져온 사진이 마지막으로 가방 속에 합류했다. 52일 전, 선우는 은비 안에 있었다.

은비한테 가는 것은 장엄한 과제였다. 아이가 태어나기 때문이다. 그것은 거대한 퍼즐의 핵심 조각이었다. 오래전, 스물세 살 봄에 나는 결혼을 했다. 만난 지 일주일도 안 되는 남자였다. 쥐약을 먹었던 아버지가 돌아가시고 난 다음 해였다. 어머니의 그악함은 날이 갈수록 심해졌다. 덩달아 언니의 신경질과 고함이 늘어나고 있었다. 어머니와 언니는 개처럼 엉켜 싸워댔다. 그런 사이에 끼어 나도 미칠 것만 같았다. 아무나 좋았다. 나에게 조금이라도 눈독을 들이는 사람이 있다면 기꺼이 같이 살아줄 수 있었다. 사글세를 내준 방에 들어온 대학생이 있었다. 밥상을 차려준 인연으로 밖에서 만났다. 그걸 어머니한테 들켜서 쫓겨났다. 밤 10시에 현관문을 잠그면서 침을 뱉듯 말했다. 화냥년. 다시는 들어오지 마라. 그 길로 남자와 살림을 차렸다. 완전한 독립을 위해 혼인 신고를 하자고 했다. 그런 다음 6개월 만에 아이가 들어섰다. 모든 것을 받아들여야 한다고 나 자신을 설득했다. 기혼자라는 신분이 평온함을 가져다줄 거라고 믿었다. 다만 독립이 중요했으므로 그 밖의 것들은 죄다 감당할 수 있을 거라고 믿었다. 남자는 대학 3학년이었다. 오로지 내가 생활비를 조달해야 했다. 무거운 몸으로 직장을 계속 다녔다. 한 달에 야간 근무만 열흘이 넘었다. 나는 응급실 간호사였고, 그때는 가장 혹독한 1년차였다. 3개월쯤 지나서 출근하려다 말고 길에 주저앉고 말았다. 오심과 구토가 극심했다. 4개월 무렵에는 근무 도중 쓰러졌다. 링거를 맞고 다시 근무했다. 6개월쯤에는 결국 그만두고 말았다. 먹고 살길이 막막했지만, 몸이 아파서 어쩔 수 없었다. 남자가 몇 번 공사 현장에서 일당을 벌어왔지만 터무니없었다. 남자의 누나한테서 생활비를 빌렸다. 자네를 믿고 빌려주는 거야. 이 돈 꼭 돌려줘. 이 말을 보태면서 인상을 찌푸렸다. 그 돈은 1년쯤 후에야 겨우 갚을 수 있었다. 아이를 낳고 다시 병원 근무를 나가고 나서였다.

병원을 나가지 않았던 4개월 동안은 그래도 행복했다. 하기 싫은 일을 하지 않아도 된다는 해방감이 컸다. 태교랍시고 한 것이 스킬자수였다. 초원 위의 통나무집. 넓은 들판과 아롱다롱 꽃. 맑은 하늘과 쌀과자 같은 구름. 도안은 그랬지만, 그 넓은 공간의 1%도 메우지 못했다. 남자는 술 문제가 있었다. 그 사실을 알아차리는 데는 꽤 많은 시간이 걸렸다. 처음에는 그저 덮어 두기만 했다. 그래야 하는 거라고 알았다. 한쪽 눈을 감고 살아야 한다고 하지 않던가. 사랑은 허다한 허물을 덮어준다는 말도 있다. 출산이 다가오자 남자는 술을 더 자주 마시기 시작했다. 급기야 길거리에서 폭행하기까지 했다. 그것마저도 사랑으로 감싸야 한다고 생각했다. 아주 빨리 용서했다. 앞으로는 그러지 않을 거라고 믿었다. 그게 화근이었다. 나는 맞아도 싼 여자가 되고 말았다. 술과 폭력은 아이가 태어나면서부터 점점 늘어났다. 그게 순전히 내 탓이었다. 하나밖에 없는 연로한 시어머니한테 잘하지 못한 탓. 돈이 없는 것도 내 탓. 어색한 가정 분위기도 모두 내 탓이었다. 바람을 피울 수밖에 없는 것도, 도박할 수밖에 없는 것도, 취하지 않고 살 수 없는 것도 모두 내 탓이었다.

아이가 여섯 살 되던 무렵이었다. 남자는 만취한 채 다짜고짜 칼을 휘둘렀다. 겨우 달래서 곯아떨어진 틈에 도망을 쳤다. 3개월이 채 되지 않아 남자는 구속되었다. 음주운전에다가 뺑소니, 무적차량 운전이 죄목이었다. 1년 형량을 받은 남자가 교도소에 있을 때 이혼소송을 했다. 아이를 키우는 것 외에 아무런 조건도 내걸지 않았다.

그렇게도 독립을하고 싶었지만, 결과는 참담했다. 내 생애 통틀어 2년 정도 떨어져 있었을까. 어머니와 늘 같이 살았다. 이혼 전에도, 이혼 후에도. 어머니는 언제든 나와 함께였다. 누구 하나 도와주는 이가 없었다. 끊임없이 돈을 벌어야 했다. 아이는 주로 어머니가 돌보고, 나는 병원 생활을 계속했다. 불규칙한 삼교대 근무가 늘 이어졌다.

여기저기 얼룩덜룩한 어둠이 가득한 아이의 유년 시절. 아이는 피곤해서 노상 잠만 자거나 깨어나서는 부리나케 가버리는 내 모습만 기억할 게 뻔했다. 아이는 나를 '엄빠'라고 불렀다. 엄마이자 아빠인 나. 나는 강하지 못했다. 언제나 죽음을 꿈꿨다. 죽음만이 나를 버티게 해주는 약이었다. 아이를 소중하고 귀하게 대하지 못했다. 자신한테도 그랬으니까. 굶지 않으려고 안간힘을 다하기는 했다. 돈을 내놓으라고 채근하는 어머니의 등쌀에 못 이겨 사기를 당하기도 했다. 카드깡하는 사기꾼한테 7000만원의 빚을 떠안아야 했다. 신용회복을 하는 데 10년은 족히 걸렸다. 그러는 동안 탈출구는 오로지 공부였다. 아무리 힘들어도 공부했다. 박사학위까지 5년이 걸렸다. 그 5년이 쓰러진 나를 일으키게 했다. 옷에 묻은 먼지를 털고 상처에 약을 발랐다. 끔찍해서 오랫동안 내버려두었던 상처였다. 굳을 대로 굳어진 줄 알았지만, 아니었다. 들춰낼수록 검붉은 피가 흘러내렸다. 잘 지혈되지도 않았다.

어느 날, 반듯한 물 평원의 푸른 기운이 들어왔다. 그것은 기적에 가까웠다. 무엇으로도 그 반전의 순간을 설명할 수 없다. 극한까지 치닫다가 바닥에 부딪혀 튕겨 날아오르는 것 같았다. 휘몰아치는 불안이 그치고 잔잔한 미풍이 불어왔다. 그러는 동안 아이는 성년이 되었다. 학창시절 동안 거의 아이의 학교를 가 본 적이 없었다. 바쁘기도 했지만, 아이를 돌볼 힘이 없었다. 하다못해 따뜻한 밥 한번 차려준 적도 없었다. 어머니가 집안 살림을 도맡아 했다. 속옷 하나라도 못 빨게 했다. 그러면서 악다구니와 고함, 잔소리를 늘 늘 늘 달고 살았다. 그랬으니 이번이야말로 딸한테 따뜻한 엄마 노릇을 할 수 있는 절호의 기회였다. 가장 필요할 때 곁에 있어 줘야겠다는 결심이 무작정 은비가 있는 곳으로 이끌었다.

## 2 / 45
# 미묘한 바람

하와이, 호놀룰루로 간다는 것은 쉽지 않았다. 출강하던 학교에 사정을 얘기해야 했다. 3년째 수업을 줬던 교수는 탐탁지 않은 표정을 지었다. 다음 학기부터 아예 강의를 줄 수 없을지도 모른다고 했다. 어쩔 수 없는 노릇이었다. 평생 일이 우선이었다. 이번에야말로 그 무엇보다 딸을 위한 엄마가 되고 싶었다. 엄마다운 엄마 노릇을 할 유일한 기회였다. 그동안 해외를 단 한 번도 가 본 적이 없었다. 여권, 비자, 코로나 검사. 모든 과정이 엄중한 시험을 치르는 듯했다. 하와이주 사이트에서 코로나 검사 상황을 등록해야 했다. 그게 자꾸만 오류가 나서 네 시간이나 헤맸다. 항공사 직원한테 문의하니 컴퓨터로 몇 가지 상황을 입력하고는 통과시켜 주었다.

은비가 국내에서 주문을 넣은 물건들이 꽤 많았다. 규정된 무게를 넘지 않게 이민 가방을 꾸려야 했다. 가방을 싸는 데만 세 시간이 넘게 걸렸다. 가장 난제는 어머니였다. 돌볼 사람을 구해야 했다. 안될 것을 알면서도 연락을 취해보았다. 큰오빠, 작은오빠, 언니. 돌봐줄 사람을 물색하는 중이라는 말에 다들 동생이 알아서 하라고 했다. 한번 올 수도 있겠다는 말조차 없었다. 명절, 어버이날, 어머니 생신날까지 연락 한번 없던 이들이 갑자기 온다는 것도 이상한 일이긴 했다. 그러던 중, 언니는 한술 더 떠서 대뜸 이런 제안을 했다.

내가 갈 수는 없어. 너도 알다시피 형부가 일 나가면 내가 뒷바라지해야 하니까. 대신 어머니를 내가 모셨으면 해. 수급자 전용 아파트라 빈집이 많아. 한 200만 원만 있으면 입주할 수 있어. 아니면 어머니 명의를 빌려서 전전세를 놓는 방법도 있는데 말이지. 내가 전에도 말했잖아. 어머니를 내가 모시고 싶다고. 지금이라도 그렇게 하는 것이 낫겠어. 그런데 입주하려면 3개월은 있어야 하는데 지금은 늦었고…….

결론은 어머니를 모실 수 없다는 말이었다. 출국을 칠 개월 앞두고 우연히 연락이 오는 이가 있었다. 4년 전쯤 시민강좌로 시와 수필을 가르치던 때 수강했던 강 선생이었다. 잊을 만하면 한 번씩 연락이 오곤 했다. 사정을 말했더니 흔쾌히 하겠다고 했다. 아이를 유학 보내고 혼자 지내는 처지였다. 한 달에 이십여 일은 집에 와서 잘 수 있다고 했다. 세 끼 식사를 꼬박 챙기는 조건으로 구두 약속이 이뤄졌다. 강 선생

보고 여름에 한번, 가을에 두어 번 집에 와서 어머니와 얼굴을 익히도록 했다. 그냥 단순히 놀러 오는 양으로 했다. 어머니한테 미리 알릴 수 없었다. 다짜고짜 화를 낼 게 뻔했기 때문이었다.

출국 이틀을 앞두고 겨우 얘기를 꺼냈다. 전에 봤던 강 선생이 와서 돌볼 거라고 했다. 어머니는 강 선생을 기억하고 있었다. 마지못해 알겠다고 했다. 떠나기 전날, 강 선생이 집에 와서 저녁을 같이 먹고 잠을 자기로 했다. 하얀 티에 회색 얼룩이 잔뜩 진 구겨진 작업복 바지를 입고 나타났다. 그때부터 어머니의 표정이 일그러지기 시작했다. 못마땅한 기색을 여지없이 드러냈다. 강 선생한테 내 침대를 내주고, 나는 소파에서 잠을 청했다. 새벽에 강 선생이 공항리무진 버스 타는 곳까지 바래다주기로 했다. 나가려고 준비를하는데 어머니가 지팡이를 짚고 나왔다. 저 여자와 같이 못 있겠다며 집을 나가겠다고 했다. 어쩔 수 없이 강 선생은 어머니한테 다시 돌아가지 못했다. 나중에 먹을 찬거리를 사다가 두고 가겠다고만 했다. 그런 우여곡절 끝에 겨우 공항에 도착할 수 있었다.

하와이 입국 심사도 만만치 않았다. 아주 간단한 영어 두세 마디면 통과라고 알고 있었는데 아니었다. 혼자 온 여행. 그것도 52일 동안? 입국심사관은 웃으면서 직업이 뭐냐고 물었다. 사이코테라피스트psychotherapist. 그렇게 발음했더니 눈웃음을 지으면서 물었다. 어디에서 머물 거냐? 제일의 집 주소를 적은 쪽지를 보여주었다. 그 쪽지에는 하와이주 코로나 검사 등록을 위해 적은 몇몇 정보도 있었다. 영문으로 적은 한국 주소, 직업, 연락처 등등. 쪽지를 유심히 펼쳐서 보던 심사관이 누군가를 호출했다. 정복을 입은 남자가 나와서 안쪽 사무실로 들어가라고 했다. 제일은 공항의 무료 와이파이를 작동시키면 된다고 알려줬지만, 아예 되지도 않았다. 제일은 입국 심사가 까다로워지면 카톡을 보내라고 했지만, 연락할 방도가 없었다. 거기에서부터 근 한 시간 가까이 기다리고 묻는 과정이 시작되었다. 영어를 잘 알아듣지 못하니 기다리라고 했다. 한국 사람이 와서 통역했다. 무엇 때문에 왔냐? 딸이 여기에 사냐? 왜 사냐? 첫째 딸이냐? 딸이 한 명이냐? 심리치료사? 명함 있냐? 여기에서도 심리치료사를 할 거냐? 온갖 물음들, 의혹의 눈초리들, 절레절레 고개를 흔드는 듯한 모습을 마주했다. 취조당하듯 이어지는 물음에 답하다가 문득 주위를 둘러보았다. 사무실에는 나밖에 남지 않았다. 결국, 묵을 집 주소를 몇 번이나 확인하고 나서 놓아주었다. 컨베이어 벨트에는 내 캐리어만 혼자서 돌고 있었다. 세 개의 가방들을 끌고 나왔다. 검고 날렵하게 생긴 개들과 경찰들이 있었다. 이번에는 경찰이 나를 불러 세웠다. 짐을 모조리 열고 조사해야 한다고 했다. 가방을 열어서 하나하나 살펴보는 그들이 대나무가 그려진 소금을 보면서 뭐냐고 물었다. 소금이라고 말하니 웃었다. 상엽차를 보더니 차냐고 해서 그렇다고 했다. 이 모든 것들을 준비해왔던 몇 개월 동안의 내가 발가벗겨지는 듯했다. 가벼운 듯 예리하게 살펴보던 그들이 짐을 다시 싸는 것을 도와주면서 보내줬다.

공항 출입문을 열고 나서자 한숨이 나왔다. 은비는 제일과 함께 공항 출입구 쪽 도로에서 기다리겠다고 했다. 얼마나 많이 기다렸을까. 공연히 미안했다. 그곳은 오래 주차할만한 곳이 못 되었다. 몇몇 차들이 대기하고 있다가 이내 누군가를 태우고 가 버렸다. 은비네 차는 보이지 않았다. 무작정 그렇게 기다리고 있을 수만은 없는 노릇이었다. 입구에 있던 여자 경찰한테 공중전화가 어디 있는지 물었다. 왼쪽으로 50미터 떨어진 곳으로 들어가면 된다고 알려주었다. 무거운 짐가방을 실은 카트를 끌고 그곳으로 들어갔다. 층층이 놓인 가방들이 위태로웠다. 중년으로 보이는 백인 남자 경찰이 다가와서 도와주었다. 고맙다고 하니 웃으면서 다른 쪽으로 걸어갔다. 공중전화기 앞에 왔지만, 난감하기는 마찬가지였다. 출국 전, 미리 바꿔놓은 150달러는 모두 지폐였다. 지나가던 이한테 동전을 바꿔줄 수 있겠냐고 물었다. 자신은 동전이 없지만, 계단 위로 올라가면 스타벅스가 있으니 가서 물어보라고 했다. 땡큐라고 했지만, 그렇게 할 수 없었다. 이 무거운 짐가방을 다 들고 계단을 올라가라고? 도대체 제일한테 어떻게 연락할 수 있을까? 기다리다 지쳐서 다른 쪽으로 가 있을 게 분명했다. 마침 가방을 도와주었던 경찰이 다시 다가왔다. 휴대폰을 잠시 빌릴 수 있을지 조심스럽게 물어보았다. 그는 흔쾌히 허락했다. 연락처를 보여주니 직접 전화를 걸어서 먼저 통화했다. 그다음 나한테 전화기를 건넸다. 도착했다고 알렸더니, 지금 집이라고 했다. 20분쯤 걸린다고 했다. 그들은 아직 공항 근처에 오지도 않았던 것이다. 차라리 다행이었다. 경찰한테 너무너무 고맙다고 했다. 그는 손을 들며 씨익 웃었다. 20분 기다리는 것쯤은 아무것도 아니었다. 이제는 모든 것이 순조롭다고 여겼다. 난관은 다 통과한 셈이었다. 도로변에서 기다리는 동안 그제야 하와이 공기를 느꼈다. 덥긴 하지만 상쾌했다. 미묘한 바람이 불고 있었다.

## 3 / 45
## 이거 비싼 차인데

제일의 차가 보이자 재빠르게 내달렸다. 잘 따라와 주지 않는 이민 가방을 끌고 차 가까이 다가갔다. 급기야 가방 한 개가 도로에 나가떨어졌다. 제일이 황급히 내려서 차 트렁크를 열었다. 가방을 싣고 나서야 제대로 인사를 나눴다. 조수석에 타고 있던 은비가 웃었다. 차에 타서 은비의 어깨를 잡으며 말했다. 우여곡절 끝에 마침내 만났구나!

제일이 와이키키 해변 끝자락을 한 번 갔다가 집으로 가자고 했다. 어디를 가자고 해도 고개를 끄덕였을 것이다. 입국심사 과정의 모험담을 꺼냈다. 도로변에서 기다리는 줄 알고 걱정했다고 하니, 은비가 도리질을 쳤다. 도착한 지도 몰랐어. 우린 짐을 싸고 있었거든. 도착하면 연락할 줄 알고. 와이파이가 안되더라는 말, 연락할 궁리를 내려고 임기응변을 발휘했다고 말하니 제일이 말했다. 뭔가 신고식 같아요. 저희 어머니도 미국에 처음 왔을 때 몇 시간이고 붙잡혀 있었거든요. 그래도 한 시간 정도면 양호한 편입니다. 입국심사관이 가졌을 불신의 이유가 궁금했다. 의심을 가질만한 별다른 이유가 무엇이었을까? 제일은 내가 '사이코테라피스트psychotherapist'가 아니라 '프로페서professor'라고 해야 좋았을 거라고 했다. 그러면 순조로웠을 거라고 했다. 검정 원피스를 가리키기도 했다. 미국인들은 검정에 알레르기 반응을 보이는 경향이 있다는 거였다. 그러고 보니, 입국 심사 사무실에서 대기 중이던 이들 모두 검정 옷차림이었다. 고개를 끄덕이니, 다음에는 밝은 옷을 입고 '프로페서'라고 하면 될 거라고 했다. 어쩌면 그들은 내가 곧 손자를 본다는 사실조차 못 미더워했을 수도 있다. 어쨌거나 곧 아기가 태어난다.

이 사실을 처음 알게 된 것은 다름 아닌 나였다. 조촐한 출판기념회를 마치고 난 다음 새벽이었다. 실은 출판기념회라고 할 수조차 없는 작은 자리였다. 나를 포함 네 명이 전부였다. 그렇지만 그 자리의 아우라는 엄청났다. 올해 초 발간한 자전적 소설을 출판사에 소개해준 분은 대학 시절 은사님이었다. 은사님은 후배한테 출판사를 물색해보라고 했다. 출판사 대표는 그분의 제자였다. 그렇게 모인 자리였다. 마침 은사님이 요양 중인 경기도 시골집에서 막걸리와 숭어회를 먹었다.

은사님은 이곳에서는 유난히 별이 잘 보인다고 했다. 어, 그런데 지금은 안 보이네. 날이 흐려져서. 이렇게 말하며 멋쩍게 웃으셨다. 늙음이 안줏감에 올려졌다. 은사님의 후배는 노후 대책은 하고 있는지 나한테 물었다. 난생처음 듣는 질문이었다. 아무런 답변을 하지 않은 채 그대로 몇 초간 있었다. 은사님도 내 답변을 기다린다는 투로 쳐다보고 있었다. 나는 "아뇨."라고 했다. 은사님이 나도 그 나이 때는 그랬어, 그런데 금방이야. 뭘 하지? 이제 퇴직하면? 이라고 했다. 화제는 늙음에서 시작해 가난과 치매로 이어졌다. 치매에 걸리면 나는 자살할 거야. 후배가 말했다. 평생 걸려 쌓아온 지식을 다 잃게 된다면 살 이유가 없어. 순간 화가 났다. 나이가 들면 잊어가고 흐려지고 놓아버리는 게 당연한데, 그렇다고 자살한다고요? 그러면 어르신들은 살 가치가 없다는 겁니까? 나는 술을 거의 마시지 않았다. 흥분한 내 모습을 보더니 은사님이 불쾌한 얼굴로 말했다. 걱정하지 마. 나는 벽에 똥칠할 때까지 살게! 그러면 되지? 응? 알량한 지식 따위에 환멸이 느껴졌다. 천명대로 성실하게 살아가는 무학 출신의 노인이 훨씬 훌륭하고 아름답다고 외치고 싶었지만, 별말을 하지 않았다. 분위기를 바꾸려는 듯 소설을 훑어보던 은사님이 거, 참. 첫 구절 좋다! 라고 했다. '곤혹스러운 꿈을 꾼 적이 있다. 꿈속에서 나는 남자였다.'로 시작하는 책이었다. 만남을 파한 다음, 경기도에서 내가 사는 전라도까지 쉬지 않고 달렸다. 집에 도착하니 새벽 2시였다. 씻고 자리에 누운 것은 3시였다.

강아지 한 마리가 가만히 멈춰 있었다. 나는 정면에서 바라보고 있었다. 제법 몸집이 크고 우람했다. 문득 암컷일지, 수컷일지가 궁금했다. 뒤에서 은사님 목소리가 들려왔다. 보면 몰라? 수컷이지. 그런가 보다 하고 고개를 끄덕였다. 그러고 나서 한적하고 하얀 길이 나타났다. 인적이 드문 그 길 한쪽 편에 손수레 가득 복숭아를 실은 이가 있었다. 그 옆을 지나려는데 나한테 다가오더니 복숭아를 가득 안겨주었다. 이 세상에 이런 복숭아가 다 있었나? 놀랄 만큼 큰 크기의 희고 연분홍빛이 감도는 아름다운 복숭아였다. 그렇게 복숭아를 안은 채 그저 놀라워서 바라보고만 있었다.

아무래도 심상치 않은 꿈이었다. 감탄하면서 바라봤던 희고 탐스러운 복숭아. 은비한테 카톡을 보냈다. 분명 좋은 일이 있을 거라며 미리 축하한다고 했다. 어떤 꿈인지 들려 달라고 해서 말해주었다. 그런지 사흘이 지나서 은비는 임신 테스트를 했다. 테스트기에 희미하게 두 줄이 새겨진 사진을 보내왔다. 임신 사실을 알게 된 다음부터 무조건 은비한테 가야겠다고 결심했다. 살면서 놓쳐서는 안 될 일 중에서 가장 중요한 일이라고 여겼다. 열 달을 꼬박 준비해서 이렇게 하와이에 온 것이다.

차에서 내리자마자 제일이 레이를 목에 걸어주었다. 진보라색 꽃 레이였다. 알로하! 제일이 활짝 웃었다. 심사숙고해서 골랐다며 마음에 드냐고 물어봤다. 너무나 멋지다고 말하며 그대로 걸고 다니겠다고 했다. 명소이긴 하지만 해변의 끝이어서 그다지 붐비지 않았다. 서핑보드를 옆에 세워 놓고 야외에서 샤워하는 몇몇이 보였다. 계단 아래 바닷가로 내려가서 사진 몇 장을 찍었다. 그저 잠깐 거닐다 왔는데도 하와이에 왔다는 사실이 실감 났다.

제일과 은비가 사는 집으로 향했다. 학교 인근의 숙소였다. 2년 전부터 이곳에서 살고 있던 제일의 집이 그대로 신혼집이 된 것이다. 나지막한 2층짜리 집들이 늘어서 있는 단지가 보였다. 새소리와 나무들이 즐비했다. 차 트렁크에 가방을 놓아둔 채 제일이 말했다. 이대로 잠깐만 기다려주세요. 그러더니 잽싸게 우체통을 향해 달려갔다. 은비가 열쇠로 문을 여는 동안, 나는 짐가방을 내리기 시작했다. 제일이 순식간에 다가와서 아, 좀 기다리라니까요! 이렇게 긁혔잖아요. 아, 이거 얼마나 비싼 차인데! 라며 인상을 찌푸렸다. 은비가 계단을 내려와서 나중에 스펀지로 문질러 봐야겠다고 했다. 나는 미안하다는 말부터 하고 나서 살펴보았다. 캐리어 바퀴가 살짝 닿았나 보다. 0.5 센티미터 정도의 흠집이 보였다. 정말, 미안하다고 거듭 말했다. 그러게요. 가만히 계시라고 할 때, 가만히 계시면 됩니다. 제일이 기어코 한마디 더 보탰다. 이층집 현관문을 열고 들어서자마자 은비와 제일이 캐리어 바퀴들을 닦기 시작했다. 미리 계획했던 일이기라도 하듯 빡빡 문질러서 닦았다. 원하는 만큼 바퀴가 닦이자 그제야 캐리어들이 들어오는 것을 허락받았다. 그리고 나도 들어갈 수 있었다.

걸고 있던 레이를 벗으니 은비가 우선 여기에 걸어놓자며, 서랍장 위 못에 걸어 두었다. 은비가 주방에 들어가서 식사 준비를 하는 동안 집안을 둘러보았다. 제법 널찍한 거실 안쪽에는 대형 모니터 화면과 연회색 소파가 놓여 있었다. 거실 옆에는 안방이고 침대가 놓여 있었다. 집은 찰랑거리는 나뭇잎들에 둘러싸여 있었다. 여기, 우선 주무실 곳을 마련해놓았어요! 제일이 힘차게 말하며 다른 방 하나를 가리켰다. 방의 오른쪽 가득 박스들이 쌓여 있었다. 출입문 왼편에 깔린 매트리스 위에 하얀 이불이 펼쳐져 있었다. 왼편에는 접이식 간이 소파가 놓여 있었다. 이 자리도 어제 겨우 만든 거예요. 제일의 말에 고맙다고 했다. 이만하면 훌륭한 잠자리라고 했다. 은비가 식탁에 스파게티를 차려 내놨다. 식사 후에 드라이브하는 것이 어떨지, 주위를 걷는 게 좋을지 제일이 물었다. 답 대신 은비의 컨디션을 조심스럽게 물어보았다. 은비는 쉬어야 할 것 같다고 말했다. 나도 쉬겠다고 했다. 제일은 다소 아쉽다는 듯이 알겠다고 했다. 자신은 짐을 마저 싸겠다고 했다. 욕실은 물기 하나 없었다. 샤워 커튼 안 욕조에서만 물이 허락되었다. 물기가 흘러나와서 욕실 바닥을 휴지로 닦았다. 샤워하고 나니 비로소 잠이 몰려왔다. 한숨 자고 일어나니 어스름이 깔려 있었다. 은비가 돈가스를 만들어 내 왔다. 결혼 전, 은비가 주방에 있었던 것은 손에 꼽을 정도였다. 이렇게 은비가 만든 음식을 먹을 수 있다니 신기하기만 했다. 저녁을 먹고 나서 설거지는 내가 했다. 은비가 옆에 와서 거들었다. 임신성 당뇨가 있어서 식사한 뒤 산책을 해야 한다고 했다. 우리는 그 길로 밤 산책을 했다.

## 4 / 45
## 행복하게 사는 거야

숙소 뒤편으로 향했다. 높은 건물이라고는 보이지 않았다. 전원주택처럼 보이는 집들이 띄엄띄엄 놓여 있었다. 건물마다 은은하고 부드러운 불빛들이 흘러나오고 있었다. 여기서는 다들 저렇게 해요. 가로등도 노란 나트륨 전구지요. 제일이 말했다. 저기, 좀 보세요. 이 집, 정말 재밌지요? 유령, 귀신 인형을 잔뜩 걸어놓은 집이 보였다. 왜 이러지? 핼러윈데이인가? 밤에 봐서 그런지 섬뜩했다. 맞아요. 저 집도 보세요. 집 앞쪽 잔디밭에 반짝이는 귀신들이 있었다. 사실, 비기독교적이긴 하지만, 여기서는 이렇게 즐겨요. 제일이 관광 안내원처럼 설명했다. 우리는 계속 걸었다. 약간 느긋하게, 더 약간은 즐기듯이. 은비가 가운데 서고, 오른쪽에는 제일이, 왼쪽에는 내가 섰다. 아니, 아니었나. 오른쪽에 내가 왼쪽에 제일이었나. 서로 손을 잡고 걷다가 갑자기 은비가 말했다. 아, 힘들어.

이제 놓고 걷자. 그래서 그냥 손을 잡지 않고도 걸었다. 그러다가 누가 뭐라고 할 것 없이 다시 손을 잡았다. 혹은 팔짱을 끼었다. 하늘 좀 봐, 신비해. 내가 달을 가리켰다. 몇 겹의 주름을 드리운 안쪽에 달이 쉬고 있었다. 황홀하게 진 달무리를 보느라 우리는 걸음을 멈췄다. 아무도 다니지 않는 길. 차들조차 다니지 않는 길. 하와이의 첫날이 그렇게 선연하게 멈춰 있었다.

다음날, 제일은 학교에 일찍 출근했다. 제일이 가고 나서 짐을 싸는 것을 도왔다. 오후에 은비는 잠시 외출하겠다고 했다. 같은 교회 소속의 언니뻘 되는 이의 아이가 백일이라서 축하해주러 가야 한다고 했다. 그 전에 가져갈 케이크를 사러 빵집에 가는데 같이 가자고 했다. 낮의 거리도 밤처럼 한적했다. 어쩌다 한 번씩 차들이 다닐 뿐이었다. 여기만 이렇고, 이사 갈 곳은 복잡해. 여기서 차로 20분 거리인데 여긴 시골, 거기는 도시 한가운데야. 은비가 말했다. 아름드리나무들이 즐비한 곳을 지났다. 십여 분쯤 걸어가자 상점이 나왔다. 여긴 약국인데 한번 구경할래? 은비의 손에 이끌려 대형 슈퍼마켓 같은 약국 안을 휘휘 둘러보았다. 그러고 나서 은비가 주로 이용하는 빵집에 도착했다. 막 문을 닫으려 하고 있었다. 좀 들어가서 하나만 사면 안 되겠냐고 서툰 영어로 사정했다. 미간을 찌푸린 백인 여자가 안쪽에 있는 누군가에게 뭐라고 하더니 문을 열어주었다. 은비가 빵을 하나 골라서 돈을 냈다. 그런 다음, 옆의 빵집으로 이동했다. 일본인이 운영하는 빵집이라고 했다. 이곳은 늦게까지 영업한다며 느긋하게 당근 케이크를 샀다. 은비가 원하는 것을 골라보라고 해서 마들렌 한 꾸러미를 가리켰다. 그렇게 사서 돌아오는 길에 갑자기 따악 소리가 나더니 내 머리핀이 제멋대로 풀려 바닥에 떨어졌다. 은비가 놀랐다며, 가슴을 쓸어내렸다. 나뭇가지가 부러지는 듯한 소리였다. 그렇게 돌아와서 은비는 잠시 누워있다가 외출을 했다. 나는 소파에 누워서 창문 가득 들어온 초록빛을 바라보았다. 이 집에서 은비가 많이 우울해했어요. 제일이 이렇게 말한 적이 있었다. 그 말에 은비는 집이 너무 어두워서 싫었다고 했다. 그렇지만 이 소파는 마약 소파야. 여기 누워 있으면 잠이 잘 와. 은비의 말처럼 소파는 적당히 부피가 있었고, 적당히 부드러웠다.

하와이에 함께 와서 살자. 그때는 모든 것을 다 정리하고 와야 해. 은비가 이런 말을 해왔다. 결혼하고 오 개월도 채 되지 않아 제일의 친부가 돌아가시고 나서였다. 우리 영주권 나오고 다음에 시민권까지 되면, 부모님 초청할 수 있으니까. 그때 다 함께 하와이에 모여 살자고 오빠가 말했어. 생각해보니,

그것도 좋은 것 같아. 나도 지금까지 할머니와 같이 살아왔으니까 각별해진 거잖아. 떨어져서 한 번씩 만났다면 또 달랐을 것 같아. 우리 아이한테도 할머니의 정을 느끼게 해주고 싶어. 은비의 말은 앞날을 상상하게 했다.

은비의 결혼 2주일을 앞두고 꿈을 꿨다. 하얀 리무진 승용차가 얌전하게 미끄러지듯이 지나갔다. 그다음을 검은 리무진 승용차가 지나갔다. 결혼하고 나서 초상을 치를 일이 있을 거라고 짐작이 가는 꿈이었다. 곧 구순이 될 어머니를 떠올렸다. 그런데 결과는 애꿎게도 제일의 친부였다. 갑작스러운 심장마비로 친부가 돌아가신 것이다. 좀처럼 울지 않던 제일이 사망 소식을 듣고 몇 시간을 울었다고 들었다. 그러고 나서 제일이 양가 부모님과 같이 살고 싶다고 했다는 거였다. 제일의 친모는 10년 전 재혼을 했다. 친모의 남편이 이민할 마음이 있다면 그럴 수도 있으리라. 반면, 나는 어머니가 계시니 지금은 아니지만 언젠가는 그렇게 될지도 모를 일이었다. 하와이에서 이렇게 같이 산다면 어떨까. 부부끼리 자주 나갈 수 있도록 아이를 봐줘야지. 아이와 손을 잡고 얼마든지 산책할 수도 있겠다. 강의 자리에 대한 눈치를 더 이상 안 봐도 되겠다. 생활비를 버느라 아등바등 살지 않아도 되겠다. 거기서도 상담 치료를 원하는 이들이 있을까? 언젠가 제일은 현대인들이 저마다 고달픈 삶을 살고 있으니 많은 위로가 필요하다는 말을 한 적이 있었다. 인간이 가진 마음의 원동력이자 영혼의 핵심인 마음의 빛을 발견하는 것. 그 빛을 삶 속에서 충분히 발휘하게 하는 것. 감성과 감수성으로 그 빛을 충만하게 하는 방식으로 내가 개발한 심상 시치료를 거기에서도 할 수 있을까?

나는 상상해본다. 자그마하지만 평온한 불빛이 은은하게 드리운 작은 치료실에서 일을 마치고 귀가하는 길. 문을 열고 들어서면 맞이하는 아이. 은비의 다정한 목소리. 다 함께 둘러앉아서 기도하면서 먹는 저녁 식사. 실컷 일하면서 마음껏 사랑하면서 살아가는 삶. 우리는 자주 웃고, 자주 재미있는 농담을 나눌 것이다. 신비스러운 달무리가 떠오르는 밤. 낮 동안은 해변으로 가서 바다와 뒤엉킬 것이다. 사그락사그락 나뭇잎이 바람에 얼굴을 비비고 있다. 이렇게 행복해도 되는 걸까? 나도 모르게 이런 말을 하게 되고, 그럼, 그동안 충분히 고생했잖아. 이제 함께 행복하게 사는 거야. 은비가 다정한 눈으로 나를 바라보고 있다.

문이 열리고 잠에서 깨어났다. 이거, 마약 소파 맞구나. 그새 내가 자고 있었네? 부스스 일어나며 은비를 바라봤다. 밖에 더워. 땀이 났어. 은비는 들어서자마자 마스크부터 벗었다. 스크램블드에그와 빵, 우유로 저녁을 때웠다. 제일은 강의 준비로 늦는다고 했다.

우리의 밤 산책은 세 번이 다였다. 그때마다 달무리를 봤고, 핼러윈데이 장식 불빛들을 봤다. 두 번은 걸으면서 영어로 말하기 놀이를 했다. 서툴기 짝이 없는 영어를 제일이 교정해주었다. 발음이 중요해요. 혀를 위로 말아 올려보세요. 아니, 그 발음은 그냥 파하하! 최불암처럼 웃으면서 하는 거예요, 파!!! 하면서요. 웃을 때처럼 입술을 떼라니까요! 영어 교정은 제일의 유희처럼 보이기도 했다. 숙소 앞 베란다에는 작은 원탁과 의자가 있었다. 모처럼 휴일이었고, 우리는 그곳에 앉았다. 내가 제일한테 무슨 색을 좋아하냐고 물었다. 제일은 경계심이 가득한 목소리로 왜 묻냐고 했다. 그냥, 관심이라고 말하려고 할 때였다. 순간 제일은 영어 말하기를 해보자고 제의했다. 돌아가면서 영어로 질문하고, 그 답을 하는 식이었다. 내가 무슨 색깔을 좋아하냐고 영어로 묻자 제일은 경계를 풀고, 바로 답했다. 초록이나 노란색이라고 했다. 이유는 나뭇잎들, 새순이 돋아날 때를 좋아해서 그렇다고 했다. 은비는 구름이 있는 하늘을 좋아해서 하늘색이라고 했다. 나는 어릴 때부터 줄곧 분홍색을 좋아했는데, 포근한 색이어서라고 했다. 은비는 어디로 여행하고 싶냐고 물었다. 제일은 영성을 가다듬을 수 있는 산티아고 순례길이라고 했다. 은비는 세련된 자유로움을 느낄 수 있는 프랑스라고 했다. 나는 사막의 달을 볼 수 있는 타클라마칸이라고 했다. 또 어느 날에는 삶이 무엇인 것 같냐고 내가 물었다. 은비는 같은 방향을 보면서 가는 것이라고 했다. 나는 영혼을 위한 성장이라고 했다. 제일은 에덴동산을 쫓겨난 아담의 후예이므로 매일 땀 흘려 일하고, 아주 잠깐 행복을 맛보고는 늘 죽도록 일하는 것이라고 했다. 또 어느 날 제일은 어떤 음식을 좋아하냐고 했다. 은비는 자장면, 나는 잡채, 제일은 회라고 했다. 그러면서 제일은 소다수를 들이켰다. 나한테도 권했지만, 고개를 저었다. 일주일에 세 번 정도는 술을 마셨어요. 고단함을 그렇게 풀곤 했는데 한번은 은비가 그러더군요. 아이를 낳은 뒤에도 그럴 거냐고. 술에 취해 있으면 아이를 볼 수 없지 않겠냐고. 그래서 술을 끊었어요. 1년 반 전에는 담배도 끊었고요. 지금 금주한 지 45일째에요. 제일은 묻지 않은 말을 술술 풀어 놓았다. 은비가 고해성사하는 거냐며 웃었다. 그런 다음 마지막 산책 때, 제일이 걸어가면서 방귀를 뀌었다. 은비는 이제 방귀도 트는 사이가 되었냐며 놀라워했다.

## 5 / 45
## 보통내기들이 아니예요

제일에 대한 각별한 마음이 들었다. 부친이 돌아가시기 전, 꿈에 그런 징조가 보였기 때문만은 아니었다. 세 살이 되기도 전에 부모가 헤어졌다고 들었다. 부친이 일방적으로 제일을 데려가서 키웠는데 양육하는 이가 몇 번이나 바뀌었다고 했다. 그러다가 학교 갈 무렵 다시 친모한테로 돌아왔다고 들었다. 사춘기 동안 꽤 방황하다가 뒤늦게 공부했다고 한다. 대학을 갓 입학한 뒤 어학연수 차 미국에 갔다가 아예 유학할 계획을 세웠다고 했다. 제일은 억세게 살아남아야 했을 것이다. 대학원 시절, 너무나 학교에 가기 싫은 나머지 숙소 화장실 문을 잠갔다고 했다. 아침에 일어나서 화장실을 가기 위해 무작정 학교로 뛰어갔다고 했다. 작은 키티 인형을 만지면서 겨우 잠들기도 여러 번이라고 했다. 지금은 애증이 섞여 있던 아버지마저 가버리지 않았던가. 남은 친부의 아내는 상을 치르던 날부터 제일을 들볶았다. 살던 집을 자신의 앞으로 해달라는 거였다. 그 집은 수년 전부터 제일의 이름으로 되어 있었다. 친부는 명의를 그렇게 바꾸는 조건으로 매달 생활비를 요구했던 것이다. 그 집의 재산세는 꼬박꼬박 제일의 친모가 납부하고 있었다. 결국 위로금을 조율하기 위해 제일의 친모와 친부의 아내가 몇 번 만나게 되었고, 협상은 어긋나고 말았다. 친부의 아내는 제일을 고소하고 말았다. 지금은 아들을 대신해서 친모가 법적 대항을 하는 중이었다.

사실, 친부의 아내는 제일의 결혼을 엮어준 사이였다. 도서관에서 진행하는 치유 글쓰기 프로그램에 강사로 참여하고 있을 때였다. 은비를 보조강사로 해서 같이 다녔다. 눈치 빠른 수강생 몇몇은 한눈에 우리가 닮은 꼴이라는 것을 알고 넌지시 관계를 물어보기도 했다. 시치미를 떼었지만, 그게 잘 안될 때는 입단속을 해달라는 부탁을 하면서 알리기도 했다. 친부의 아내는 그 강좌의 수강생이었다. 간혹 결석이나 지각을 하곤 했지만, 마지막 시간에는 참석했다. 그날은 색다른 이벤트가 있어서 특별히 둥글게 앉게 했다. 마침, 내 옆자리가 비어 있었고, 친부의 아내가 그 자리에 앉았다. 쉬는 시간에 나는 좋은 남자가 있으면 보조강사한테 소개하시라고 귀띔했다. 그 전에 은비한테서 두어 번, 아들하고 어울릴 것 같다며 운을 띄우더라는 말이 떠올랐기 때문이었다. 그게 맞아떨어졌던 셈이다.

하필이면, 그날 내 옆자리가 비어 있었다. 하필이면 염치를 무릅쓰고 먼저 그렇게 말을 꺼냈다. 하필이면 그 말을 들은 그녀가 은비를 바로 불러서 전화번호를 적었다. '하필이면'을 붙여서 말을 만들자면, 수도 없을 것이다. 어쨌거나 감사한 분이었다. 상을 치를 때는 아예 붙어 있다시피 하며 도왔다. 조문객들한테 해외에 있는 딸 대신 와있다고 그녀가 설명하기도 했다. 그녀는 몹시 안절부절못하면서, 특히 오랜만에 만나는 시누이들을 지나치게 경계했다. 집문서, 집 명의 이야기를 계속 꺼냈다. 그러더니 결국 제일을 고소하기에 이른 것이다.

삼우제 때, 납골당에 따라간 것으로 내 역할에 종지부를 찍었다. 그녀는 납골당, 유골함 위에다가 가져온 집 사진을 가장 먼저, 높은 위치에 올려놓았다. 테이프로 친친 둘러놓기까지 했다. 같이 온 망자의 후배이면서 보험판매원인 남자가 있었다. 우리 셋은 점심 식사를 같이했고, 점심값을 내가 내었다. 그다음 차를 마시러 갔는데 그녀가 말했다. 다행히 보험을 들어놓아서요. 큰돈은 아니지만요. 이제 호강 좀 해봅시다! 그리고 이어 그녀가 말했다. 나는 이제 어디 가서 연애도 못 해. 그이 아내였다는 사실이 다 알려졌는데 무슨 연애를 하겠어? 이렇게 될 줄 알았으면 결혼하지 말걸. 일본에서 계속 살걸. 그런 말들을 그저 가만히 듣고 있을 수밖에 없었다. 다른 날도 아니고 하필이면 삼우제인데. 안타깝기만 했다. 며칠 뒤 그녀가 전화를 해와서 제일에 대한 험담을 늘어놓았다. 내가 해줄 수 있는 것이 없다고 하니 그녀가 말했다. 집 명의를 자신한테로 옮겨주면 모든 것이 순조로울 거라고 했다. 제일한테 말해달라고 대놓고 요구했다. 내가 나설 일이 아니라서 죄송하다고 했다. 그녀는 바람 빠지는 한숨을 내쉬며 마지못해 전화를 끊었다. 그런 뒤 보름이 지나서 다시 연락이 왔다. 그 사람들, 정말 못됐다고 했다. 제일의 친모와 남편을 싸잡아서 욕했다. 그 말 또한 거북했다. 듣기 난감하다고 했더니, 언젠가는 크게 당할 거라고 했다. 그러더니 이 말까지 안 하려고 했는데 해야겠다고 했다.

“제일이 초혼이 아니에요. 속이고 한 거예요. 이미 한 번 결혼한 적이 있다는 말입니다. 이 말도 비밀로 할 정돕니다. 보통내기들이 아니에요.”

알겠다고 간신히 말한 뒤 전화를 끊었다. 온몸이 부르르 떨려와서 견딜 수가 없을 지경이었다. 제일한테 카톡을 보내 잠시 통화하고 싶다고 했다. 내일 연락을 하겠다고 답이 왔다. 그날 밤, 잠을 잘 수가 없었다. 통화할 때까지 종잡을 수 없는 마음이었다. 일단은 제일한테 확인부터 해야 했다.

오전 10시경, 제일이 전화를 해왔다. 그녀한테 전화가 왔다는 말을 먼저 꺼냈다. 그동안 비밀로 했던 말을 나한테 털어놓을 수 있겠냐고 물었다. 제일은 언젠가는 하려고 했지만, 미처 하지 못했다고 했다. 그러더니, 말하지 않으면 안 되겠냐고 되물었다. 나는 차분하고 낮은 목소리로 말했다. 지금 직접 나한테 말해야 한다고 했다. 그제야 제일은 은비와 결혼하기 2년 전에 결혼했었고, 한 달 만에 이혼한 사실을 털어놓았다. 은비는 아냐고 물었다. 당연히 안다고 했다. 혹시 아이가 있냐고 했고, 제일은 아니라고 했다. 나는 그러면 됐다고 했다. 미처 말하지 못해서 죄송하다고 기어들어 가는 목소리로 제일이 말했다. 전화를 끊고 나서 이제는 슬그머니 은비한테 화가 나기 시작했다. 이렇게 속이고라도 그렇게나 결혼하고 싶었을까. 배신감이 들었지만, 이내 사그라들었다. 놀라운 일이었다. 그것은 생각을 달리하려는 내 안의 작용 때문이었다. 이미 한 결혼이다. 은비의 결혼이지 내 결혼이 아니다. 은비가 알고 선택했으니 내가 화를 낼 이유는 없었다. 말하지 않았던 것이지 속인 것도 아니었다.

제일하고 통화를 끝내고 한 시간이 지났을 때 은비한테서 연락이 왔다. 미안하다고 했다. 많이 놀랐지? 그게, 원래는 말하려고 했는데 말하지 말자고. 다음에 언젠가 기회를 봐서 알리자고 하시더라고. 그래 놓고는 이제는 전화로 이렇게 먼저 알리셨네. 나는 그분과 더 이상 연락을 취하지 않겠다고 했다. 은비한테는 이렇게 말했다. 네가 선택했으니 설령 아이가 있다고 하더라도 네가 감당해야 하는 일이라고 했다. 은비는 아이는 없어. 법적으로 결혼했던 이력이 있지만, 그것이 흠이라고 생각하지 않았어. 말하면 허락하지 않을 것 같아서 그랬기도 했어, 라고 했다. 나는 그럴지도 모른다고 했다. 그렇지만 솔직하게 털어놓는 것이 나을 뻔했다고 덧붙이고는 전화를 끊었다. 내가 반대했어도 은비는 결혼을 했을 것이다.

상견례 하기 직전, 돈 얘기가 오고 갔다. 워낙 돈이 없고, 결혼 준비도 되지 않은 상황을 십분 이해한다. 그러니 은비 앞으로 비상금 조로 1000만 원을 입금해놓아라. 이게 사돈의 전제 조건이었다. 말도 되지 않는다며 발끈하는 내게 제일은 사정했다. 이 결혼, 꼭 하고 싶습니다. 그러니 절대 안 될 말이라고 하시지 말고 다음에 형편이 좋으면 돕겠다고 해주세요. 부탁드립니다. 그리고 저한테 호칭을 군이라고 하지 말고 교수라고 붙여주세요. 상견례는 그렇게 맞춤형으로 진행되었다. 오로지 친모를 위한 자리였다. 친모의 마음에 들기 위해서 여우가 되어야 했다. 사근사근한 어조로 집에 돈이 없는 이유를 설명했다. 나 자신이 박사학위를 딴지 이제 겨우 4년째라고 했다. 앞으로 번창할 테니 그때 사위를 충분히 도울 수 있을 거라고 했다. 친모의 남편은 술을 몇 잔 마시더니 붉어진 얼굴로 다음에 만날 때는 언니, 오빠라고 해라며 너털웃음으로 웃었다. 남편이 화장실에 간 틈에 친모가 슬며시 돈 얘기를 꺼냈다. 돈 얘기는 남편이 주장한 거라고 했다. 1000만 원은 없던 것으로 잘 말할 테니, 걱정하지 말라고 했다. 큰 특혜라도 베풀어주는 표정이었다. 나는 고맙다며 헤어질 때 친모를 껴안기까지 했다.

## 6 / 45
## 허점을 찌르는 재주

돈 때문에 속상한 것은 그게 다가 아니었다. 임신 소식을 알게 된 지 수개월이 지나서였다. 은비가 연락이 와서 시어머니 말을 전했다. 이번에 아들 편으로 200만 원을 보냈다. 네 댁에서는 얼마 주신다든? 은비는 물어보고 얘기해드리겠다고 했다 한다. 나는 가슴을 쳤다. 아이를 낳을 때마다 돈을 보내야 하는 거냐? 물론 그럴 수도 있겠지. 그런데 일일이 얼마를 보낸다, 어느 정도 보내야 한다는 압박을 받으면서 해야 하는 거냐? 이 말을 굳이 나한테 물어보는 이유는 무엇이냐? 따지고 싶은 마음이 컸지만 자중해야 했다. 자칫하면 은비하고 갈등이 깊어질 수도 있기 때문이었다. 시아버지의 주장이라고 하더라고 했다. 이번에도 작전처럼 남편의 이름을 내세우는구나 싶었다. 어처구니없었지만, 이 상황을 슬기롭게 극복하려면 어떻게 해야 할지 지혜를 모아야 했다. 부모와 자식 간에 주고받는 금전을 지양하겠다는 의지를 밝혔다. 은비는 알겠다고 미안하다고 했지만, 다시 연락이 왔다. 시어머니한테는 저희 어머니는 다른 방법으로 도와주실 거라고 했어. 그리고 우리끼리 얘기를 좀 나눠봤는데 말야. 오빠는 이렇게 말했어. 우리가 이다음에 아이가 결혼해서 돈이 필요해서 달라고 하면 어떻게 할 거야? 그랬더니 오빠는 얼마 필요한지 말해라고 할거래. 결혼했다고 부모와 자식이 금전적으로 딱 잘라서 안 주고 안 받고 그건 아니라고 하던데. 서로 오가고 그런 것이라고. 나는 재차 설명했다. 물론 줄 수도 있겠지만, 내게는 돈 200만 원이 엄청나게 부담스러운 돈이라고도 했다. 게다가 산후조리를 해주러 가는 바람에 1000만 원이 넘게 든다고 했다. 비행깃값, 할머니를 돌봐드리는 수고비, 학교 강의를 못 나가서 벌지 못하는 돈을 합치면 그 정도를 넘는다고 했다. 씁쓸하기 그지없었다. 은비는 시댁과 남편한테 잘 보이고 싶은 마음밖에 없는 걸까? 결혼 비용 1000만 원도 오롯이 나한테서 나왔다. 더 이상 무엇을 더 해줘야 한단 말인가. 따지고 싶은 마음이 많았지만 참았다. 나를 헤아려달라고 요구한들 그런 마음이 나올 리 만무하다. 어디선가 잘못된 게 분명했다. 잘못 키운 죄가 크다는 생각에 가슴만 칠 뿐이었다. 그런데 요행히 200만 원을 보내게 되었다. 그것은 추 화백 덕분이었다. 요행히 그림을 팔았다며 300만 원을 건넸다. 은비한테 물어서 제일의 계좌에 200만 원을, 은비 계좌에 100만 원을 보냈다. 그리고 첫돌 기념을 미리 준비했다. 돌 반지와 팔찌로 100만 원 가까이 들었다. 하와이에 도착한 첫날, 첫돌을 미리 축하한다며 건넸다. 은비가 시댁 가족 카톡방에 제일이 90만 원어치 금을 받았다는 말을 하더라고 하면서, 금액까지 뭐 하러 적었나 몰라, 하며 한 소리를 보탰다. 며칠 뒤, 지나가는 소리로 딸을 낳으면 비행기를 탄다더니 정말이라고 했다. 제일이 비행깃값이라도 드려야 하는데, 그러지 못했어요. 아직 제가 돈이 없어서요 라고 했다. 아니라고, 덕분에 이렇게 비행기를 타고 해외에 처음 나왔으니 기쁘다고 했다. 나는 분명 결심했다. 따뜻하고 든든한 역할을 하겠다고. 누가 뭐라고 해도 제일의 편을 들겠다고. 그 결심이 이렇게 시험에 들지 결코 상상하지 못했다.

같이 기거한 지 나흘째 날이었다. 은비의 정기검진과 스케일링이 겹쳐있다며 제일은 아침부터 서둘렀다. 같이 가겠냐고 물어봐서 아니라고 했다. 빈집에 남자마자 청소부터 하기 시작했다. 나흘 뒤 이사 갈 집이긴 하지만, 청소도 하지 않고 있는 것이 마음에 걸려서였다. 내친김에 변기 청소까지 모조리 마쳤다. 소파 옆에는 큰 서핑보드가 세워져 있었는데 그 아래 낡은 이불이 있었다. 그 이불까지 들어내어 털고는 쓸고 닦은 뒤 다시 깔았다. 청소기마저 분해해서 씻어서 말렸다. 은비와 제일이 들어와서는 뭘 했냐고 물어보았다. 청소했다고 하니, 은비가 말했다. 청소해야 직성에 풀리는 분이셔. 하고 싶은 일을 했으니 봐줘야 한다는 식으로 들렸다.

제일은 집안을 둘러보다가 비명에 가까운 소리를 질렀다. 서핑보드 아래 깔아둔 이불 길이가 짧아졌다는 거였다. 그러더니 청소기를 가리키며 부속품이 없어졌다고도 했다. 가로질러 있어야 할 부분이 사라졌다는 거였다. 원래부터 그렇게 되어 있었다고 했지만 제일은 자기 말이 맞다며 우겼다. 가슴을 칠 노릇이었다. 실컷 몇 시간 동안 청소한 것이 물거품이 되고 말았다. 게다가 내가 들어 뭔가를 망친 꼴이 된 것이다. 어이가 없었지만 차근하게 말했다. 이불은 서핑보드 아래로 밀려났으니, 다시 끌어서 당기면 된다고 했다. 제일이 서핑보드를 들어달라고 했다. 내가 들고 있는 사이에 제일이 원하는 길이만큼 이불을 끌어당겼다. 그제야 조금은 편안한 표정을 지었다. 그러고 나서 휴대폰으로 청소기를 검색해보더니 보여주었다. 이 기종이 맞는데…… 가로질러 있는 부분 사진이 잘 안 보이네요. 여기, 마룻바닥을 쓸 때 쓰는 솔처럼 앞부분이 막혀 있어야 하는데……. 나는 우리 집에도 청소기를 쓰지만, 마룻바닥용처럼 앞부분이 반 넘게 막혀 있지는 않다고 했다. 통만 분리해서 씻어놓은 것이 다라고 했다. 고개를 갸우뚱거리던 제일이 원래 그런 건가? 라고 몇 번을 중얼거리다가 조용해졌다.

제일이 오른쪽 손목에 보호대를 하고 있어서 왜 그런지 물어보았다. 며칠 전부터 오른손이 아팠다고 했다. 일주일 전쯤에 걷다가 잘못 디뎌서 넘어질 뻔했는데 손으로 땅을 짚어서 크게 다치지 않았다고 했다. 그랬더니 그다음부터 짚었던 손목이 아프더라는 거였다. 제일의 손을 주물러주면서 목, 어깨까지 주물러주었다. 그러는 동안 은비는 저녁을 준비했다. 그날은 그렇게 넘어갔다.

이사를 하기 사흘 전이었다. 미리 모니터 화면을 옮겨야 한다고 제일이 말했다. 조금만 부딪혀도 기스가(흠집) 난다며, 둘이서 옮길 수 있겠냐고 물어왔다. 제일의 말투를 해석해보면, 무엇무엇을 할 수 있겠냐는 말은 해야 한다는 말의 부드러운 표현이었다. 해야 한다면 해야겠지, 그렇게 생각하며 해보자고 했다. 그날, 모니터 화면을 신줏단지 모시듯 싣고 이사 갈 집으로 향했다. 크기가 애매했다. 뒷좌석을 모조리 눕혀서 모니터를 실었지만, 위태했다. 조수석에 앉은 채 몸을 살짝 돌려서 화면의 끝부분을 잡고 있어야 했다. 허리를 뒤튼 채 손아귀의 힘을 계속 줘야 할 노릇이었다. 정지 신호를 받았을 때 몇 초간 겨우 몸을 앞으로 할 수 있었다. 그렇게 힘들게 이동할 때 별안간 제일이 이렇게 말을 걸어왔다.

"은비 키울 때, 그러셨다면서요? 원하는 걸 안 사주고 싼 걸 사라고 하고. 그래서 은비가 아주 속상했대요. 뭔가 사야 한다고 그럴 때, 제가 다른 걸 비교해보자, 좀 생각해보자 했더니 바로 토라지더라고요. 자주 그랬어요. 그래서 왜 자꾸 그러냐고 하니, 어릴 때 엄마가 가지고 싶었던 것을 안 사주고 엄마 생각에 맞는 것만 사주고 해서 그게 정말 싫었대요. 그래서 제가 그렇게 하면, 과거에 엄마한테 당했던 느낌이 떠올라서 그런대요."

어쩌면 그럴 수도 있을 거라고 답했다. 미안하기 짝이 없다고 했다. 한 번도 넉넉하게 입히지도 먹이지도 못했다. 늘 가난으로 벌벌거렸다. 사기를 당하고 빚을 갚아야 했던 시절에는 더했다. 김밥 한 줄 사 먹을 돈이 없어서 굶기가 일쑤였다. 차비를 아끼느라 서넛 정류장은 걸어서 다니곤 했다. 그 지경이었으니 아이한테 풍족하게 쓸 여유가 없었다. 학원 한 번 보내지 못했다. 미술학원에 다니고 싶어 했지만, 한 번도 보내주지 못했다. 그런 은비는 그림을 곧잘 그려왔다. 상을 몇 번이나 타왔다. 고등학교 졸업할 때는 미술만큼은 전교 일 등이어서 미술 특별상을 받기도 했다. 그런데 하필, 이렇게 고생하면서 화면을 들고 이동하는 이때, 제일은 왜 이 말을 꺼냈을까. 의아스럽기 짝이 없었지만 별다른 말을 꺼내지 않았다.

공연히 신경을 곤두세우며 옥신각신하고 싶지 않아서였다.

허점을 찌르는 재주는 그것만이 아니었다. 이사하고 며칠 뒤였다. 사 온 냄비 뚜껑을 씻는데 제일이 끼어들었다. 물로 대충 헹구려고 하는 게 아니냐고 했다. 그렇게 하니까 은비도 따라서 대충 씻는다고 했다. 뭔가 대꾸해야 했다. 뭘 그렇게 대충한다고 그러냐는 둥, 왜 그렇게 기분 나쁘게 말하느냐는 둥, 하고 싶은 말이 분명 있었다. 그렇지만 아무 말도 하지 않았다. 그래. 그렇게 할게. 알겠어. 이런 말이 다였다. 그러면서 마음이 온화하고 편안한 게 아니었다. 급격히 말수가 줄어들어 갔다. 모니터를 옮겼던 날을 마무리하자면, 무사히 잘 옮겼다. 감사하고 다행한 날이었다. 그런데 문제는 그다음이었다. 은비와 내가 그 전날 가서 널어놓은 아기 빨래들이 있었다. 그걸 보더니 제일이 빨래집게를 집었는데 건조대에 이미 부러져 있던 부분이 아예 떨어져 나가고 말았다. 집게를 여기다 꽂지 말라고요. 여기, 여기는 괜찮아요. 그런데 여기 여기는 꽂지 말라는 말이에요! 제일은 역정을 내기 시작했다. 그러는 통에 집게 하나가 날아가서 베란다 밖으로 떨어졌다. 제일은 신경질적인 어투에 난감하다는 표정을 더했다. 여기 꽂으니까 이렇게 되는 거란 말예욧! 그때도 나는 아무 말도 못 했다.

## 7 / 45
## 빨래건조대

그 빨래건조대는 화근이 되고 말았다. 은비가 퇴원하고 난 그날 저녁이었다. 은비와 제일은 얘기를 나누고 있었다. 당장 필요한 것이 무엇인지, 어떤 것을 사야 하는지에 대해서 의견을 주고받았다. 나는 망가져서 제대로 구실을 하지 못하는 빨래건조대를 가리켰다. 그거, 마트에서 가장 튼튼하고 좋은 걸 산 거예요. 그렇게 깨져 있긴 했지만, 아주 잘 써왔거든요. 우리 전에 시트도 빨아서 널어놓고 했잖아. 그치? 제일의 말에 은비가 맞장구를 쳤다. 맞아. 그랬어. 잘 써 왔어. 제일은 나를 바라보며 퉁명스럽게 말했다. 세게 잡아당겨서 그런 것 아네요? 잘 고정해서 조심해서 쓰면 되는데. 며칠 전에 보니까 집게를 엉뚱한 곳에 꽂아서 잘 펴지지 않게 하시더라고요. 연이은 제일의 말에 은비마저 나를 바라보며 말했다. 깨진 부분에 무리 가지 않게 쓰면 돼. 나는 알겠다고 했다.

그다음 날에는 학교에 간 제일이 은비한테 전화를 해왔다. 베란다에 빨래 너는 것을 금한다는 공지사항이 메일로 왔다는 거였다. 전에 떨어진 빨래집게를 관리인이 본 게 분명하다고 했다. 집 안쪽에 두되 햇볕을 쬘 수 있도록 베란다 문턱에 걸쳐 놓았다. 대신 걸레는 베란다에 둔 철제 의자 위에 집게를 꽂아서 말렸다. 3일 후에 관리사무소 공지사항이 재차 왔다고 한다. 제일의 집만 가리켜서 금한 행위를 하지 말 것을 강하게 당부했다 한다. 그 길로, 빨래건조대는 아예 문턱이 아니라 집 안에 두게 되었다. 날마다 손빨래를 한가득했다. 빨래건조대는 너무나 부실했고, 그게 내 탓이라는 느낌 때문에 날마다 고역을 치렀다. 그 빨래건조대 문제는 그러고도 한 달이나 지나서 겨우 일단락되었다. 제일이 순간접착제와 고정끈을 이용해서 깔끔하게 수리한 거였다. 그렇지만 내 마음은 이미 깨지고 부서지기 시작했다. 애초에 가졌던 생각과 현실은 전혀 달랐다. 은비가 있는 곳에서 늘 웃음꽃을 피우면서 지낼 줄로만 알았다.

그것은 누구의 탓일까? 제일이 다정다감하지 못해서? 은비가 예민해서? 갇혀 지내다시피 한 상황 때문에? 그 어떤 것이 나를 불편하게 했던가? 하와이에 오기 전, 나는 어땠던가? 마냥 설레고 기쁘기만 했던가? 생전 처음으로 탄 비행기. 해외.

어머니와 헤어짐. 일상으로부터 탈출. 이런 것들이 즐거웠던가?

이 모든 질문은 석연치 않다. 맞기도 아니기도 한 것이 아니다. 맞는 것 같지만, 전혀 아니다. 그 무엇도 내 마음을 고스란히 담아낼 수 없다. 제일이 원했던 관계가 있었다. 그것은 은비의 입을 통해 몇 번이고 나한테 전달되었다. 오빠가 그러는데. 장모님과 정말 친하게 지내고 싶대. 그저 그렇게 지내는 게 아니라, 돈독하게 지내고 싶대. 그게 도대체 어떻게 지내는 걸까? 그저 따뜻하게 웃으면서 대하면 되는 줄 알았다. 다정한 말을 하고 넉넉한 품으로 안아주면 되지 않을까? 그건 아주 쉬운 일이라고 여겼다. 하와이에 오기 전만 해도 그랬다. 카톡으로 주고받은 따뜻하기 그지없는 말들. 내 사위 최고입니다! 멋져요! 아주 훌륭합니다. 존경하고 사랑하는 내 사위! 그런 말로 칭찬과 격려를 보내주었다. 직접 만나서 부딪혀 보니, 완연히 달랐다. 애초에 가졌던 다짐도, 실천도 모두 물거품이 되고 말았다.

하와이에 온 지 사흘째 되던 날이었다. 제일은 출근하면서 은비한테 당부했다. 산책을 겸해서 가까운 공원에 모시고 가라는 거였다. 제일은 일부러 차를 가져가지 않고 걸어서 출근했다. 숙소에서 학교까지는 도보로 40분 정도 걸린다고 했다. 여기서 가장 멋진 공원이라며 은비가 자신 있게 추천한 곳은 '카카오코'였다. 이름이 친숙해서 웃음이 나왔다. 지난 여름에 사두었던 원피스를 꺼내 입었다. 하와이에 가기 전, 몇몇 옷을 인터넷 쇼핑몰에서 샀는데 그중 하나였다. 막상 택배로 온 옷을 입어 보니, 국내에서는 도저히 걸칠 엄두가 나지 않은 옷이었다. 네크라인이 직사각형으로 되어 있고 많이 파여있었다. 등 일부가 보일 정도였다. 발목까지 오는 길이에 바탕은 검은색이지만, 화려한 꽃들이 형형색색 그려져 있었다. 게다가 옷이 크고 헐렁해서 임부복 같기도 했다. 집에서 한번 걸쳐보고 기겁을 했다. 하와이에서라면 괜찮을 듯도 해서 챙겨왔다. 은비가 잘 어울린다고 하며 커다란 밀짚모자를 빌려줬다. 그런 차림새로 카카오코 공원에 도착했다. 공원의 한쪽 귀퉁이에 주차하고 걸었다. 햇살이 강해서 선글라스까지 썼다. 영락없는 관광객 분위기였다. 위가 뚫려있고 기둥만 있는 곳에서 익숙한 소리가 들려왔다. 바닥에 자리를 깔고, 두 여자가 운동을 하고 있었다. 근처에 한 남자가 갓난아이를 보고 있었다. 여자들이 보고 있는 작은 모니터 안에서 한국말이 들려오고 있었다. 산후체조를 하는 모양이었다. 시간이 느리게 흘러가고 있었다. 턱수염을 휘날리며 조깅하는 이도 있었다. 벤치에 앉아서 물을 마셨다. 잔잔한 바다에 보트들이 부유하는 새처럼 보였다. 닭 소리가 들려와서 뒤돌아보니, 닭들이 자유분방하게 돌아다니고 있었다. 글쎄. 곳곳에 닭들이 있어. 오래전 태풍에 닭장이 부서져서 주인 없는 닭들이 저렇게 다니게 되었다고도 해. 사람을 두려워하지 않는 것은 닭뿐만 아니었다. 유난히 새들이 많았다. 우리가 앉은 석재탁자 위에 하얀 새가 날아왔다. 마치 우리 얘기를 듣고 있듯이 한참을 그렇게 가만히 머물러있었다. 이렇게 가까이 새가 날아든 것은 처음이라며 은비가 사진을 찍었다. 이 순간이 다시 올 수 있을까? 그 어떤 말도 필요하지 않은 순간. 어떤 말을 하지 않아도 괜찮은 순간. 가슴이 빛나는 물결 같은 순간.

은비와 함께 있었던 다른 시간은 그러지 못했다. 그러니까 평화는 짧고, 긴장은 끈질겼다. 당황한 순간들이 있긴 했지만, 처음 며칠 동안은 그럭저럭 흘러갔다. 그러다가 은비한테 예전의 그 버릇이 나오던 때가 있었다. '예전의 버릇'이란 은비가 스무 살 되던 무렵부터 시작되었던 날카로운 행동들이다. 교회에서 개최했던 베이비 샤워 파티 때 받은 선물에 대한 감사카드를 준비하던 순간이었다. 은비가 카드에 쓸 문구를 어떻게 할지 제일한테 물었다. 꽃길만 걸으세요! 이게 좋지 않을까? 그 물음에 나도 모르게 다른 말이 튀어나왔다. 그건 좀 아니라고 생각해. 너무 판에 박은 말이잖아. 꽃길만 걷는다는 게 가당하기나 한 말인가? 평소에 이 말이야말로 참으로 성의 없는 피상적인 말이라고 여겨왔기 때문이었다. 삶은 전혀 꽃길이지 않다. 꽃길만 걸을 수도 없다. 다만, 현재의 고난과 갈등을 극복할 때, 잠깐 꽃의 향기가 느껴지기도 한다. 그렇더라도 그 길에 꽃은 없다. 진흙과 가시와 돌들이 놓여 있을 뿐이다. 때로는 평탄해 보이기도 하지만, 조금 더 가다 보면 분명 다시 질척이고 험난한 길이 있기 마련이다. 그런데도 꽃길만 걸어라니. 그것은 이 세상에 살지 말라는 말이거나 현실을 회피하라는 말과도 같다. 그래서 순간적으로 아니라는 말이 나온 것이다. 내 말이 끝남과 거의 동시에 은비가 날카롭게 대응했다. 우리가 알아서 할 거얏! 갑자기 내 입을 때리고 싶었다. 괜히 아는 척, 내 생각을 강요했구나 싶었다. 여기에서 '우리'는 내가 포함되어 있지 않았다. 은비는 결혼했고, '우리'는 제일과 은비를 일컫는 말이었다. 은비의 '우리'에 내가 속해 있지 않다는 사실에 갑자기 온몸의 힘이 빠져나갔다. 나는 더 이상 은비의 '우리'가 아니었다. 은비와 나는 오랫동안 '우리'라는 묶음 안에 있었다. 이제 '우리'는 다른 묶음 다발로 엮이는 것이 당연하겠지만, 그날 그 순간의 '우리'는 매몰차기만 했다. 나는 아무 말도 할 수 없었다. 그래, 그래라. 그러고 나서 이삿짐 박스와 매트리스가 깔린 작은 방으로 들어갔다.

## 8 / 45
## 익숙하지만 낯선

나는 그곳에서 이방인이었다. 익숙하지만 낯선 존재. 청해서 온 이상한 불청객. 할 줄도 모르는 집안일을 하는 딱한 처지. 그게 나였다. 아무리 발버둥 쳐도 집안일은 역부족이었다. 설거지, 청소, 빨래는 그나마 몸으로 때우면 되었지만, 요리는 대책이 없었다. 어머니가 관절염 때문에 부엌일을 그만둔 것이 5년 정도였다. 그 전에 나는 빨래조차도 내 손으로 잘 하지 않았다. 어머니가 살림을 도맡아 해왔던 터라 내가 할 줄 아는 것은 거의 없었다. 특히 요리가 젬병인데, 하도 안 해봐서 그렇기도 하지만 요리하는 것을 별로 좋아하지도 않았다. 최근에는 주로 마트에서 만들어 파는 반찬류, 찌개류를 사 와서 어머니의 밥상을 차려드리곤 했다. 이곳에서 가장 중요하게 해야 하는 일이 바로 요리였다. 은비의 산후조리를 돕는다는 것은 산후간호를 말하는 것이 아니었다. 온갖 집안일을 해내는 것을 뜻했다. 사실, 그게 그런 의미인 줄도 모르고 덤벼든 셈이었다. 그 이야기를 은비와 나눈 적이 있다. 아이가 태어난 지 한 달이 지난 날이었다. 산후조리가 집안일을 하는 것인지 몰랐다고 했다. 그냥 아이를 돌보고, 빨래 정도만 하는 것인 줄 알았다고 했다. 은비가 갑자기 소리 내어 웃었다. 그동안 주위에서 딸이나 며느리의 산후조리를 하러 간다는 이들의 말을 예사로 들었는데, 보통 일이 아니었다. 엄마로서 존경의 최대치가 바로 산후조리에 있다는 새로운 사실을 알게 된 것이다. 더군다나 아빠로서는 할 수 없는 영역임을 절실하게 느꼈다. 어쩌면 편견일 수도 있을 것이다. 아빠가 딸의 산후조리를 할 수도 있지 않을까. 가사 일을 잘하고, 요리도 잘하면서 딸과 친밀한 관계에 있는 아빠라면? 그게 사위의 눈에 어떻게 비칠지 모를 일이긴 하다. 산후조리하러 방문하는 아빠보다 통념상 엄마가 어울릴 것이다. 은비의 웃음에는 여러 감정이 묻어있었다. 미안하기도 하고, 안되었기도 하고, 아직 덜 익은 채 엄마의 노릇을 한답시고 애쓰는 걸 지켜보는 것에 대한 우스꽝스러운 느낌이기도 하고, 모르고 와서 고생하는 것이 안쓰럽기도 하고, 왠지 속은 기분일 것 같아서 난감하기도 하고. 은비가 아사 이모도 몰랐냐고 물었다. 아사는 고등학교 시절부터 지내온 유일한 친구다. 하와이에 갈 거라는 애기를 듣고 아사는 대번에 영양제 세 통을 보내왔다.

몸 관리를 잘해야 한다고 당부했다. 산후조리하다가 몸져누웠다는 말도 들었어. 얼마나 힘든 일인데……. 그 말을 귀담아듣지 못했더랬다. 이제 겪어 보니, 일리 있는 말이었다. 그래서 은비한테 아사가 보내온 영양제 얘기를 꺼냈다. 은비가 거 봐, 이모는 알고 있잖아. 그렇게 대꾸했다. 집안일이라고는 도무지 자신 없는 내가 무턱대고 온 것은 객기였을까?

그 모든 것을 떠나 한 생명이 태어났다. 그날, 제일은 중고로 산 크립을 옮기자고 제안했다. 하얀 목재 더미들은 생각보다 무거웠고, 조립은 어려웠다. 옮기다가 약간 덜컹대거나 다른 곳에 닿기만 해도 제일은 은비가 알면 속상해할 거라며 타박을 주었다. 모든 것이 조심스러웠고 조마조마했다. 까다롭기 짝이 없는 조립 때문에 신경이 곤두세워져 있었다. 나사못은 암과 수가 잘 맞지 않고, 겨우 맞을까 하다가 어긋나 버렸다. 간신히 맞춰서 완성됐을까 하던 차에 은비한테서 연락이 왔다. 진통이 와서 견딜 수 없다는 거였다. 당장 놓고 달려가야 했다. 제일은 조립을 마저 해보자고 했다. 아직은 견뎌낼 거라고 하는 제일한테 화를 내고 싶었다. 견딜 수 없다고, 빨리 오라고 하잖아! 가야 해! 그렇지만 아무 말도 하지 않았다. 제일이 섬세한 눈썰미로 접합 부위를 맞추고, 이리저리 돌리는 동안 애꿎은 손을 쥐어짜 가며 그저 지켜볼 따름이었다.

전화를 받고서 삼십 분이나 더 지나서야 겨우 조립을 마치고 출발할 수 있었다. 가는 동안 제일이 말했다. 은비를 태우고 병원을 가서 주차하는 동안 먼저 내려서 7층으로 올라가라고 했다. 그곳에서 간호사한테 에머전시emergency라고 외치라는 거였다. 그 정도인데 크립을 조립하고 있었다고? 다시 한마디 쏘아붙이고 싶었지만, 다급하게 말하는 제일을 그저 바라볼 뿐이었다. 그러면서 조용히 한마디를 했다. 해산 후, 은비한테 꽃을 선물해주면 좋겠다고. 소중한 추억이 될 거라고.

막상 도착해보니, 엄청나게 심각한 사태는 아니었다. 며칠 전부터 싸놓은 출산용 가방만 집어 들고 출발하면 되었다. 저녁 여덟 시였다. 차로 이동하는 도중에도 3, 4분 간격으로 진통이 왔다. 병원 현관 입구에서 은비와 같이 기다렸다. 제일은 주차하고 다시 합류하기로 했다. 벤치에 앉아라고 하니 은비는 고개를 저었다. 서 있는 것이 훨씬 낫다고 했다. 5분쯤 후 제일이 와서 병원으로 함께 들어갔다. 제일이 경비한테 유창한 영어로 설명했다. 우리는 안내를 받고 엘리베이터를 탔다. 7층에 도착해서 제일이 간호사한테 상황을 얘기했다. 그러는 동안 갓난아기를 안고 휠체어에 탄 백인 여자가 남자와 함께 무표정한 얼굴로 지나가는 걸 봤다. 온 힘이 다 빠진 듯한 모습이었다. 몇 시간 뒤, 은비도 이 복도를 지나갈 것이다.

우리는 약속이라도 한 듯이 시선을 그쪽으로 두었다.

이윽고 은비는 실내로 들어갔고, 어정쩡하게 서 있는 나한테 제일이 말했다. 1층으로 가서 기다려야 한다는 거였다. 분만 대기실에는 한 명의 보호자만 있어야 하기 때문이었다. 진통이 자주 오게 되고 분만실로 이동하면, 그때는 같이 있어도 된다는 거였다. 은비의 휴대폰을 내 손에 쥐여 주었다. 분만실로 가게 되면 전화할 테니 7층으로 올라오라고 했다. 규칙이니 어쩔 수 없는 노릇이었다. 일 층에 내려가서 엘리베이터 앞 의자에서 기다렸다. 임산부나 보호자들이 간혹 지나갔지만, 저녁이라서 그런지 인적이 뜸했다. 경비실에서 나를 보고 뭐라고 하지 않을까 했지만, 아예 다가오지도 않았다. 얼마나 그러고 있었을까. 한 시간은 족히 된 것 같았다. 근처를 돌아다닐 엄두도 나지 않은 채 그대로 붙박여 있듯 앉아있었다. 휴대폰이 울리기 시작해 받으려는데 끊어졌다. 엘리베이터 문이 열리더니 제일이 바로 앞에 다가섰다. 휴대폰을 왜 안 받냐고 물어서 받으려는데 끊겼다고 했다. 이제 분만실로 올라갔으니 함께 있으면 된다고 했다. 운이 좋았다고 했다. 간호사는 그냥 집에 갔다가 일이 분 간격으로 진통이 오면 다시 오라고 했다고 한다. 대개 그렇게 하는 것이 관례라고 했다는 거였다. 마침 진료를 해왔던 의사가 병원 측에 전화를 걸어

분만실로 옮겨서 관찰하겠다고 했다 한다. 다행한 일이었다. 그 몸으로 다시 집으로 갔다가 온다는 것은 생각만 해도 끔찍했다.

분만실은 아늑했다. 침상 주위로 심전도, 초음파 모니터들이 즐비했지만, 한쪽 귀퉁이에는 간이 소파가 있었다. 은비는 뒤가 트인 분만복으로 갈아입고 있었다. 속옷을 하나도 입지 않은 채였다. 침상에 깔아놓은 널찍한 패드 위로 이슬이 비치고 있었다. 이슬의 양이 점점 많아져서 잠시 서 있는 동안 바닥에 뚝뚝 떨어졌다. 제일이 괜찮다며, 자신이 닦겠다고 했다. 나와 제일이 바닥을 함께 닦았다. 그제야 세 명 모두 저녁을 먹지 않았다는 사실을 알아차렸다. 제일이 먹을 것을 사 오겠다고 했다. 무얼 먹고 싶냐고 은비와 나한테 물었는데, 둘 다 잘 모르겠다고 했다. 두어 번을 물었는데도 같은 대답이 나오자 대충 알아서 사 오겠다며 나갔다. 잠시 뒤 제일은 샌드위치와 우동, 아이스크림을 사 왔다. 힘을 주려면 힘이 나야 한다며 은비한테 먹기를 권했다. 은비는 우동을 두어 젓가락 먹다가 다시 진통이 와서 제대로 먹지도 못했다. 그리고 아이스크림을 한 숟갈 먹은 게 전부였다.

팔에 장미 문신을 가득한 젊은 백인 간호사가 줄곧 같이 있었다. 아이 심장 소리가 우렁차다고 칭찬했다. 하도 밝게 얘기해서 근심이 파고들 수 없을 정도였다. 당뇨 검사를 했는데 수치가 높게 나왔다. 그동안 임신성 당뇨가 있어서 식이 조절을 해왔던 터였다. 조금 전 먹었던 아이스크림 탓인 게 분명했다. 간호사는 미소를 지으면서 좀 더 지켜보겠다고 했다. 은비는 본격적으로 잦은 진통을 겪고 있었다. 심지어는 너무 고통스럽다며 침대 위로 올라가 쪼그려 앉기도 했다. 간호사는 몇 번 내진하고는 조금씩 자궁문이 열리고 있다고 알려왔다. 5센티미터, 7센티미터. 은비는 결코 소리를 지르지 않았다. 하도 소리를 안 내어 제일이 차라리 소리를 질러보라고 말할 정도였다. 고함이 아이한테 좋지 않다는 사실을 알고 있기 때문이었다. 그러다가 9센티미터가 열렸을 때 은비는 무통 주사를 놓아달라고 요청했다. 무통 주사라니! 전혀 예상하지 못했던 일이었다. 내가 꼭 맞아야겠냐고, 안 맞는 것이 좋지 않겠냐고 넌지시 물었더니 은비는 새된 소리로 말했다. 맞을 거야! 못 참겠어! 이미 그렇게 하기로 한 약속이 있었는지 제일은 덤덤하게 받아들였다. 제일은 간호사한테 은비의 의사를 전달했다. 열명 중에 일곱, 여덟 명은 무통 분만을 한다며 별다른 부작용도 없다고 간호사가 설명했다. 곧이어 간호사는 은비한테 수액제를 놓았다. 진통이 사라진 은비는 차분하게 침대 위에 몸을 눕혔다. 미소를 띠며 간호사는 한숨 자두는 것이 좋을 거라고 했다. 낮은 촉수의 조명만 켠 채 분만실을 어둡게 해주었다. 제일이 한쪽 소파 귀퉁이에 자리를 잡고 다리를 뻗었다. 나도 그 옆에서 벽에 등에 기댄 채 눈을 감았다. 30분 정도의 간격으로 간호사가 들어와서 모니터를 확인하고 가곤 했다. 모두 살며시 눈을 감고 있었지만, 아무도 잘 수 없었다. 곧 생명이 태어날 것이다. 그 전율의 순간이 아득히 멀게만 느껴졌다.

그렇게 두어 시간 정도가 흘렀다. 간호사는 트레이에 소독포를 깔고 분만 도구를 진열하고 있었다. 내진을 해보더니 이제 곧 아이가 태어날 거라고 알려주었다. 조명을 좀 더 밝게 조절했지만, 그다지 자극적이지는 않았다. 눈의 피로를 고려한 조명이었다. 모니터를 보더니 아이가 영리하다고 감탄했다. 자궁이 수축할 때를 잘 알고 요령껏 몸을 뒤틀면서 나오는 중이라고 했다. 영리하다는 말을 계속 반복해서 말하며 활짝 웃었다. 똑똑한 빵글이!

아이의 태명은 빵글이었다. 경음이나 격음이 아이가 듣기 쉽다는 정보를 듣고, 은비와 제일이 그렇게 지었다. 방글방글 잘 웃는 아이를 떠올리며 지었다고 했다. 빵글이가 초음파에서 처음 모습을 드러내던 순간, 심장 소리를 처음으로 들었던 순간을 기억한다. 얼마나 신기하고 신비스러웠던가. 자궁에 뿌리를 내린 생명이 서서히 형체를 드러내고 있었다. 심장 소리는 영락없이 달리는 기차였다. 그 빵글이가 이제 세상에 나오려고 한다. 엄마도 많이 아팠지? 은비는 내 손을 잡으며 말했다.

## 9 / 45
# 질척이는 세상에

은비가 태어나던 순간을 기억한다. 분만 대기실은 방으로 된 공간이었다. 일요일 아침나절부터 꼬박 대여섯 시간 동안 진통을 겪어야 했다. 잠시 진통이 멈춘 순간에 창밖으로 계란 장수 소리가 들려왔다. 진통이 올 때마다 고함을 질러댔다. 간호사는 그러면 태아한테 좋지 않다고 엄포를 주었다. 라마즈 호흡 책을 보긴 했지만, 한 번도 연습해보지 않았던 것을 후회했다. 도저히 끝나지 않을 것만 같던 진통의 홍수 속에서 허우적대다가 별안간 아이가 태어났다. 아래로 밀어내기 위해 힘을 주던 순간, 내 어깨를 잡아주던 간호사의 손길이 있었다. 이름도 얼굴도 모르는 누군가의 손이 큰 위안이 되었다. 잘하고 있으니 조금만 더 힘내라는 말도 했던 것 같다. 힘껏 밀어내다가 아이의 울음소리가 들렸다. 손과 발이 모두 있냐고 물었다. 그렇다는 답이 들려왔다. 보이지 않는 곳에서 아기가 물을 좋아하는지 목욕을하니 웃는다고 말하는 소리가 들렸다. 천에 싸인 아이가 내 앞에 왔고, 한쪽 눈을 감고 있는 은비를 만났다. 작디작은 한 생명이 거기, 그렇게 있었다. 어떻게 그 순간을 잊을 수 있을까. 은비가 태어난 오후 2시 54분은 내 몸이 기억하는 특별한 시간이 되었다. 아이를 낳고 나서 근 3개월 동안, 날마다 오후 2시 54분이 되면 마음의 영상 태엽이 저절로 되감기를 했다. 그 어떤 말로도 설명할 수 없는 경이였다. 생애 못 잊을 순간, 가장 인상적인 순간을 물어보면 늘 그 순간을 말하곤 했다. 은비의 탄생은 내 삶을 통째로 들어 이제까지와 다른 곳으로 옮겨 놓았다. 그곳은 결코 평탄하지 않았다. 힘겹고 고단하기도 했다. 그렇지만 은비가 존재함으로써 나는 이전과 전혀 다른 차원으로 들어서게 되었다. 이제, 은비가 그런 경험을 하고 있다.

모니터를 보던 간호사는 아이가 태변을 봤다고 했다. 만에 하나 아이가 태변을 먹어 질식할 수도 있다고 했다. 태어나서 울지 않으면 비상사태라고 했다. 미리 소아과 전문 의사가 오는 것에 동의하는지 물어봐서 제일은 그렇다고 했다. 무통 주사 탓에 은비는 좀처럼 진통을 느끼지 않았다. 모니터를 살펴보던 간호사의 지시에 맞춰 힘을 줘야 했다. 은비는 이미 수차례 연습했던 라마즈 호흡법 자세를 잘 취하고 있었다. 양다리를 양손으로 쥐고 끌어당겼다. 숨도 쉬지 않고 치아를 꽉 다물었다. 오래전, 내 어깨를 잡던 그 따스한 손길의 기운을 다시 떠올렸다. 은비의 어깨나 다리를 잡아주며 잘하고 있다며 격려했다. 왼쪽에는 내가 오른쪽에는 제일이 서서 은비를 응원했다. 나도 모르게 은비와 함께 호흡하고 있었다. 은비가 힘을 줄 때, 나도 힘을 주고 있었다. 호흡을 머금고 있다가 길게 후, 쉴 때 나도 그렇게 했다. 중국계 여의사가 들어왔다. 그렇게 호흡을 맞추던 나를 보더니 어머니냐고 했다. 제일이 맞다고 하니, 마스크 위로 보이는 눈동자에 따스한 웃음이 감돌았다. 아이 머리가 보이기 시작하고 있었다. 피와 땀으로 뒤범벅된 아이의 둥근 정수리가 보였다. 힘을 줄수록 보이는 면이 커지고 있었다. 한 번만 더, 다시 한 번만 더. 자, 다시 이완. 후— 이제 다시 한번 더 힘주세요. 다시, 한 번만 더. 그리고 아이의 머리가 더, 더 많이 보였는가 했는데 갑자기 쑤욱 빠져나왔다. 처음에는 머리 전체가 미끄러지듯 나오더니 목, 어깨가 부드럽게, 순식간에 빠져나왔다. 3초간 터울이 있다가 드디어 우렁찬 소리가 들렸다. 아이가 울었다. 그 순간 그저 눈물이 나왔다. 오로지 감사할 뿐이었다. 은비도, 제일도, 나도 울었다. 새벽 3시 6분이었다.

질척이는 세상에 첫발을 내디딘 아이. 간호사가 건네준 가

위로 탯줄을 자르는 제일. 웃음과 울음을 반쯤 담은 은비. 은비의 가슴에 맨 몸뚱어리로 안긴 아이. 차분하면서도 부산한 움직임들. 세차게 우는 아이한테 신체검사를 하던 간호사. 유난히 양 볼이 도톰해서 귀엽다며 환호하던 간호사들. 울음을 멈추었을 때 입꼬리와 볼에 잡히는 볼우물을 가리키던 간호사들. 벌린 입을 다물 줄 모르던 제일. 막간을 이용해서 휴대폰 카메라로 동영상을 찍던 제일과 나. 작고 귀여운 소중한 선물이야! 라고 반복해서 말하던 은비. 영원히 계속될 것 같은 짧은 순간이 휘리릭 지나갔다. 병실로 가기 위해 휠체어에 앉은 은비. 속싸개에 싼 아이를 안고 있는 은비. 휠체어를 밀고 병실로 향하는 제일. 가방을 챙겨 들고 그 뒤를 따라가는 나. 그것은 장엄한 행진 같았다.

병실은 아늑하고 포근했다. 침상 옆에 아이가 누울 작은 공간이 마련되어 있었다. 이동식 카트 위, 플라스틱 통 안이었다. 병실에는 산모를 포함해서 두 명만 있을 수 있어서 나는 나와야 했다. 제일이 휴대폰으로 우버 택시를 불러주었다. 미리 비용을 지불했다고 했지만, 나는 혹시 모르니 현금을 조금 달라고 했다. 제일이 비용을 냈다는 말을 반복해서 말하다가 마지못해 20달러를 건네주었다. 은비의 휴대폰으로 예약한 밴의 이미지를 보내주었다. 병원 정문 앞에 서 있으면 된다며 흰색 밴이 도착할 거라고 했다. 은비의 휴대폰을 건네며 당분

간 지니고 있어라고 했다.

떨어지지 않는 걸음으로 인사를 하며 나왔다. 어디로 가야 엘리베이터를 탈 수 있는지 도무지 알 수가 없었다. 복도 여기저기를 기웃거렸다. 시간이 자꾸 흘렀고, 이러다가 불러놓은 택시를 놓칠지도 모를 일이었다. 복도 끝 쪽에서 가로질러 가던 직원을 불렀다. 1층으로 가는 엘리베이터가 어디 있나요? 서툰 영어로 물었다. 직원이 알려준 곳으로 곧장 가서 엘리베이터를 탔다. 정문에 도착하니 마침 흰색 밴이 도착해서 그 앞으로 달려갔다. 휴대폰 이미지를 보여주었더니 운전사는 아니라고 했다. 머쓱하게 물러나서 기다렸다. 5분쯤 지났을까. 또 다른 흰색 밴이 도착했다. 헬로우. 그 말만 하고 뒷좌석에 올랐다. 노년 축에 속하는 운전사는 제일이 미리 알려준 주소를 내비게이션에 찍기 시작했다. 10분 정도 지나자 한적한 길들이 펼쳐졌다. 촉수가 낮은 가로등이 무척 드물게 있었다. 부슬비가 내리고 있어 사위는 어두웠다. 해가 떠오르려면 아직 먼, 새벽이었다. 운전사는 갈림길에서 어디로 가야 하는지 물었다. 모른다고 답했다. 자기 집이 아니냐고 물어서 딸 집이라고 답했다. 난처한 웃음을 지으며 내비게이션을 유심히 살펴보았다. 두렵지는 않았지만, 걱정이 되었다. 그냥 가만히 있으면 도착하는 줄로만 알았다. 그게 아니라면 어떻게 해야 할까. 은비네 집 근방은 그래도 조금은 눈에 익었다.

나른한 몸으로 쉬고 있던 은비한테 말하고는 혼자 산책한 적이 있었다. 똑같은 유니폼을 걸친 것 같은 즐비한 아파트 단지를 지나서 곧장 왼쪽으로 올라갔다. 처음 보는 노란 꽃, 빨간 열매를 매단 꽃, 곳곳에 보이는 야자수들을 지나쳤다. 트레일러 상자를 엎어 놓은 것 같은 학교도 지나갔다. 학교 정문인 듯 보이는 철제 바리케이드를 수위로 보이는 사람이 닫고 있었다. 느긋한 오후 4시였다. 한적한 도로에 간혹 차들이 지나가고 있었다. 느릿하게 걷는 행인 한둘이 보였다. 아무도 말을 걸지 않았지만, 내가 나한테 말을 걸고 있었다. 은비가 결혼하기 전에는 꿈도 꾸지 않았던 곳. 여기는 하와이야. 그렇게 3, 40분을 걸어온 적이 있었지만, 운전사가 잠시 멈춰 선 길은 도무지 종잡을 수 없었다. 운전사는 안심시키려는 듯 연신 오케이를 남발하면서 차를 몰았다. 5분쯤 지났을 때 아파트들이 나타났다. 여기서 다시 운전사는 어디쯤인지 알겠냐고 물었지만, 나는 잘 모르겠다고 했다. 한쪽 구석에 정차하면서 함께 찾아보자고 했다. 순간, 퍼뜩 기억이 났다. 은비네 집 맞은편에 공동세탁소가 있는데, 그곳이 보인 것이다. 나는 아이캔두잇. 땡큐, 빠이를 말하면서 맞은 편으로 뛰어갔다. 괜찮겠냐며 소리치는 운전사한테 손을 흔들어 보였다. 가까스로 은비네 집에 도착했다. 현관문을 열고 들어서면서 안도의 한숨을 내쉬었다. 곧장 따뜻한 물로 샤워를 했다. 콸콸 쏟아지는 물로 나를 축복했다. 굉장한 하루였다.

한숨 자고 나서 이삿짐을 싸기 시작했다. 그동안 학교 일로 바쁜 제일을 두고, 은비 혼자 짐을 쌌다고 했다. 부푼 배로 하기에 무리였던 게 분명했다. 아이는 예정일보다 십이 일이나 빨리 태어났다. 그때쯤에는 언제 태어나도 크게 문제 될 것이 없다는 말을 들었다고 했다. 제일과 나는 이사를 끝내고 태어났으면 한다고 했다. 묘하게도 아이가 엄마의 말을 알아듣고, 세상에 나오는 날을 맞춘다는 얘기를 들은 적이 있다. 은비한테 이사 끝내고 나오라는 말을 해보라고 했다. 은비는 배를 만지면서 두어 번 그렇게 하더니, 이내 이렇게 고쳤다. 아냐, 빵글아. 네가 나오고 싶을 때 나와.

사실 그렇게 된 것이다. 이사는 온전히 제일의 몫이 되고 말았다. 제일이 강의할 때 분만하게 된다면? 그때는 은비의 보호자 노릇을 오로지 내가 해야 할 판이었다. 진통 중인 은비가 운전을 할 수는 없으니, 택시로 이동해야 했을 것이다. 서툰 영어로 병원 직원들한테 어떻게 설명해야 할지 난감한 일이 한둘이 아니었을 것이다. 아이는 일요일에 태어났다. 제일이 함께 있을 수 있는 날이었다. 다만, 이사하기 하루 전이어서 예상과는 다른 일이 벌어지고 말았다. 이사를 하고, 짐 정리를 다 한 다음, 깨끗한 집에서 여유 있게 태어날 때를 기다릴 수 있을 거라고 예상했던 것과 달랐다. 그렇지만 이 놀라운 섭리를 어쩔 것인가.

## 10 / 45
## 미안합니다

꿈도 꾸지 않고 내처 잠을 잤다. 잠이 쏟아지는 마약 소파에서였다. 싱그럽게 지저귀는 새소리에 깼다. 냉장고에 있는 우유 한잔, 케이크 한 조각으로 때우고 짐을 싸기 시작했다. 어떻게 싸야 할지 망설일 틈이 없었다. 어쨌거나 이 모든 것을 운반해야 했고, 짐을 쌀 사람은 지금은 나밖에 없었으므로. 그러다가 테이프의 날카로운 면에 손이 스치고, 이내 피가 났다. 은비가 손을 조심하라고 했던 말이 생각났다. 피를 손으로 빨면서 밴드를 찾았다.

여기 온 다음 날이었다. 요리를 준비하던 은비를 돕느라 강판에 양배추를 갈고 있었다. 은비가 조심하라고 했다. 그 말이 끝나기 무섭게 양배추 끝부분을 갈다가 강판에 손이 스쳤다. 호들갑을 떨지 않기 위해 조용히 말했다. 혹시 밴드 있어? 은비가 놀라면서 연고와 밴드를 찾아서 붙여주었다. 그랬던 까닭에 밴드가 든 상자가 어디 있는지 알고 있어서 다행이었다. 아이 출산에다가 이제 이사다. 큰일을 앞두고 있었다. 설레면서도 성가신 일이기도 했다. 이사 갈 집은 채광이 잘 되었다. 그게 마음에 든다고 은비는 즐거워했다. 제일은 시골 쥐가 도시 쥐가 되는 느낌이라고 했다. 미리 짐을 갖다 놓는 바람에 몇 번 따라간 그곳은 정말 그랬다. 빌딩 숲 한가운데 있었다. 그 집마저 거대한 빌딩이었다. 터무니없이 긴 베란다에서 보면 바다가 보였다. 길이 잘 든 말처럼 차분한 바다가 고른 숨을 내쉬고 있었다. 새집에서 살아갈 날들에 대해 은비는 기대가 클 것이다. 그곳에 무사히 도착하기 위해서 당장은 짐을 싸야 했다.

반나절쯤 지났을 때, 전화가 왔다. 제일이 이제 손을 바꿀 때가 된 것 같다고 했다. 그러니까 제일이 집에 와서 짐을 싸고, 내가 은비 곁에 있으면 좋겠다는 거였다. 갓 해산한 은비 곁에 제일이 있어 주는 게 더 나을 거라는 생각이 들었다. 그렇게 있다가 내일, 이사하는 날 아침에 잠시 같이 이사하면 어떻겠냐고 했다. 두어 시간이면 이사를 하지 않겠냐고 했다. 제일은 포장 이사가 아니라고 강조했다. 짐을 싸는 것도, 푸는 것도 직접 해야 한다고 했다. 생각보다 시간이 더 많이 소요될 수 있다고 했다. 다시 은비와 의논해보고 연락을 달라고 했다. 잠시 뒤 제일이 재차 연락을 해왔다. 아무래도 이사 준비를 직접 해야겠다고 했고, 나는 알겠다고 했다. 제일이 집으로 나를 데리러 왔다. 차로 이동하면서 아이 이름을 법적으로 등록해야 해서 병원 측에 알렸다는 말을 전했다. 물망에 오른 두세 가지 이름 중에서 은비와 제일이 선택한 이름은 선우였다. 선한 영향을 주는 친구라는 뜻이라고 했다,

병실로 들어가니, 침상 위쪽을 다소 올린 상태로 은비가 누워있었다. 선우는 플라스틱 통 안에서 자고 있었다. 달콤하고 비릿한 새싹 향기가 났다. 제일은 보호자 식사는 저녁에 한 번만 나온다며 아침 먹을거리가 필요하니 사 와야겠다며 나갔다. 인절미 한 팩과 무수비, 딸기 크림빵을 사 왔다. 제일이 가고 나서 아기는 잠들었다. 은비도 잠시 눈을 붙였다. 나는 병실 안쪽 길쭉한 창 옆에 있는 소파에서 책을 읽었다. 하와이식 심리치료, 호오포노포노에 대한 책이었다.

10여 년 전이었다. 도서관에서 우연히 책을 발견했다. 직접 만나보지 않고도 중증 정신질환자들의 과격한 행동을 치유했다는 사실이 적혀 있었다. 그 당시, 책을 읽었을 때는 감히 범접할 수 없는 기법이라고만 여겼다. 언젠가 적당한 기회가 되면, 이 기법을 대가로부터 배울 수 있을까? 이 정도로만 생각했다. 보지 않고도 낫게 하는 정화의 기운은 고도의 영적 수준을 가진 자만이 할 수 있을 것이라고만 생각했다. 여행길에 읽을 책을 챙겼는데, 그게 호오포노포노에 대한 세 권의 책

이었다. 오래전 도서관에서 빌린 책도 그중의 한 권이었다. 책이 너무나 흥미진진해서 빨려들듯이 읽었다. 비행기 탑승을 기다리는 동안, 비행기 안에서, 은비네 집에서 계속 책을 읽었다. 심지어 제일이 병원으로 가기 위해 데리러 오는 순간에도 이 책부터 챙겼다. 내가 이해한 책의 핵심은 너무나 단순했다. 생명력을 가지게 하는 물, 햇빛, 공기가 그저 주어진 것처럼 이 기법을 활용하는 능력은 이미 모든 이에게 선물처럼 주어진 것이다. 다만, 영성을 지닌 모든 진리가 그러하듯이 믿고 행하는 경우에만 통용되었다. 저자인 이하레아카라 휴렌은 이렇게 말했다.

"매초 1,100만 비트의 정보가 인간의 마음 안에 흐르고 있지만, 의식이 파악하는 것은 겨우 15비트뿐입니다. 그러니 우리가 어떤 언행을 하는 이유를 어떻게 알겠습니까? 생각과 기억에 대해 취소의 엑스를 행하고 정화를 해보세요."

정화를 행하는 것은 네 가지 언어를 떠올리면 되었다. "미안합니다. 용서해주세요. 감사합니다. 사랑합니다." 10여 년 전에는 이런 방식이 특별한 사람만 행하는 것으로 생각했다. 놀라운 것은 이 책의 내용이 그대로 내 안에 들어와서, 나도 모르게 내가 직접 행하고 있다는 사실이었다.

비행기 안이었다. 구름은 하얀 바다를 이루고 있었다. 그

위에 태양이 스며들어 빛이 피어오르고 있었다. 반짝거리며 몽글거리는 하얀 바다. 그 순간 어머니를 떠올렸다. 날마다 막말과 욕과 고함을 해댔던 어머니. 흠씬 두들겨 패고 악담을 퍼붓던 어머니. 영문도 모르고 그저 맞고 쫓겨나야 했던 어린 시절. 아버지가 밖으로 나가는 순간부터 아버지 욕부터 해대며 집안일을 악을 쓰며 하던 어머니. 자주 화를 내고 울부짖던 어머니. 고함을 지르다가 몇 번 졸도까지 하던 어머니. 우황청심환을 사러 약국에 달려가던 열두 살의 나. 세상의 모든 어머니들이 이렇게 고함과 욕을 해대는 줄 알던 나. 초등학교 5학년 때, 놀러 간 친구 집의 어머니가 조용해서 너무나 놀랐던 나. 사업에 실패하고 용달차를 몰던 아버지한테 쏟아지던 어머니의 악다구니. 쥐약을 먹고 살아난 아버지한테 욕을 퍼붓던 어머니. 위암 말기로 돌아가신 아버지. 어머니한테 사랑한다고 말했던 아버지의 마지막 말. 어머니에 대한 반항으로 똘똘 뭉쳐 있던 열아홉. 가출과 자살을 늘 감기처럼 달고 살던 때, 어머니에 대한 적개심만큼 내 삶이 뭉개지던 나날들. 그리고 은비. 은비한테까지 패악스러운 근성을 드러내던 어머니. 파리채로 하도 머리를 때려서 119에 신고하고 싶었다고 며칠이 지난 뒤 담담히 털어놓던 여덟 살의 은비. 함부로 욕설을 내뱉고 폭력을 휘두르던 어머니. 교회에 가지 않는다고 잠근 방문을 칼로 들쑤시던 어머니. 기분 나쁘다고 거울을 산

산조각 내던 어머니. 없는 돈을 아껴서 사드린 반지를 있는 힘껏 바닥에 내동댕이치던 어머니. 숱한 악담과 저주들. 하와이에 가라고는 했지만, 정작 떠나는 순간이 되자 어디론가 가버릴 거라고 위협하던 구순 어머니. 어머니, 미안합니다. 용서해주세요. 감사합니다. 사랑합니다.

그 말을 몇 번이고 반복해서 되뇌었다. 햇살을 품은 구름이 은은한 빛을 발하고 있는 하늘. 어머니를 향한 말들이 구름 위, 햇살의 한 자락을 잡고 유유히 날고 있었다. 마음이 아니라, 더 깊은 곳. 영혼의 샘이 고인 곳, 장엄한 그곳에서 울려오는 울림이 내 눈을 적시고 있었다.

## 11 / 45
# 아이가 아이를

그 책을 꺼내서 읽었다. 블라인드 사이로 햇발이 부드럽게 스며들고 있었다. 잠깐의 정적 속에서 은비와 아기는 평화롭게 잠들어 있었다. 참으로 오랜만에 그렇게 은비와 함께 이틀을 꼬박 지냈다. 두 시간 간격으로 아기가 깨어났다. 그때마다 몸을 일으켜 은비가 수유할 수 있도록 자세를 잡아주었다. 처음으로 기저귀를 갈아주었을 때, 아이의 발에 매달려있는 네모 식별표에 응가가 묻기도 했다. 저 고리만 없어도 좀 더 잘 갈아줄 수 있을 텐데. 속으로 그렇게 중얼거리면서 기저귀를 갈았다. 병실에 작은 숨결이 가득 차 있었다. 너무나 조심스러워서 손을 야무지게 움직여야 했다. 속싸개를 여몄다가 풀었다가, 은비 가슴에 안겨주었다가 다시 플라스틱 통안에 왔다가 했다. 아직 미역국을 먹지도 않았지만, 은비는 젖이 잘 돌았다. 그동안 인터넷을 통해 열심히 배워온 덕분인지 수유를 잘해나갔다. 밤과 낮의 구분이 없었다. 두 시간 간격으로 수유를 해야 해서, 제대로 잠을 자지 못했다. 은비가 병실 안에 있는 화장실로 들어가면, 어김없이 침상을 정리했다. 침대 위에는 큰 패드가 깔려 있었는데, 분비물이 비쳐 나오기도 했다. 다행히 양이 그렇게 많지 않았다. 은비를 낳고 나서 제일 아팠던 곳은 회음부였다. 의사가 일부러 가위로 찢고 해산한 뒤 기웠던 그 부위가 아파서 잘 앉을 수도 없었다. 은비 말에 의하면, 여기는 그런 인위적인 시술을 하지 않는다며 미리 알려줬다고 했다. 해산하면서 자연스럽게 약간 찢어지는 상태로 두었다는 거였다. 분만 후에는 자연 열상 부위를 기워 주는 정도로만 시술했다는 거였다. 그래서 그런지 은비는 약간 따끔하다고만 할 뿐, 통증을 호소하지는 않았다.

그 뒤로도 은비는 힘든 내색을 잘 하지 않았다. 두 시간이 아니라 한 시간, 먹어도 자꾸 젖을 달라고 아기가 보채도 은비는 모든 것을 맞춰 주었다. 아무리 봐도 신기하다고 했다. 어쩌면 저렇게 예쁠까. 신생아는 쪼글쪼글하다고 들었는데 빵글이는 주름진 곳이 없어. 은비가 사랑이 담뿍 담긴 눈으로 아기를 보며 이렇게 말하곤 했다. 선우라는 이름과 빵글이라는 태명이 동시에 쓰이던 신생아 시절. 아이도 그랬을 것이다. 여기가 열 달 동안 머물러있던 엄마의 자궁 안인지, 자궁

밖으로 나온 것인지 헷갈렸을 것이다. 아이는 왼쪽으로 고개를 돌리고 있었다. 아마도 태아 시절에 익숙했던 자세였을 것이다. 하도 왼쪽으로 돌리고 있어서 한쪽 머리가 움푹 꺼질까 봐 걱정될 정도였다. 은비가 천천히 고개를 오른쪽으로 돌려 보라고 나한테 일렀다. 눈을 감고 있던 아기의 머리를 살짝 잡고 움직였다. 그때였다. "앙!" 아기가 분명 싫다는 소리를 냈다. 울음이 아니라 그렇게 소리로 표현했다. 이놈, 보통이 아니라며 은비와 나는 동시에 웃었다.

아기는 대체로 순한 편이었다. 잘 칭얼거리거나 울지도 않았다. 약간 그런 기미가 보이면 기저귀를 보거나 젖을 물렸다. 그러면 이내 차분해졌다. 주기적으로 간호사가 방문해서 활력 징후를 확인해 갔다. 아기의 상태도 체크하기 위해 카트를 밀고 갔다가 오기도 했다. 그렇게 체크하고 올 때마다 아기는 영락없이 응가를 하곤 했다. 초유를 먹이고 있어서 응가 색깔이 진한 초록색이고 끈적였다. 간호사는 아기의 연한 분홍빛인 몸 색깔이 변화가 있으면 알려달라고 했다. 아기는 순조롭게 숨을 쉬었고, 평온해 보였다. 이틀째 날에는 포경수술을 했다. 마취해서 갔다 오면 잠을 잘 거라고 간호사가 알려줬고, 실제로 그랬다. 기저귀를 갈 때마다 쓰라린지 날 선 울음소리를 냈다. 아기의 고환은 거무죽죽하게 부풀어 올라 있었다. 태어나서 겪는 첫 고통인 셈이었다. 간호사가 작은 거즈에 연고를 발라서 수술 부위를 감싸는 방법을 알려주었다. 기저귀는 내가 갈아줬고, 은비는 거즈에 연고를 발라놓고는 건네주었다. 잠깐 틈이 나면 은비는 지인들한테 출생 소식을 카톡으로 전했고 나는 책을 읽었다. 생명이 탄생한 이때, 호오포노포노 책이 절묘하게 어울렸다.

밤에는 꽤 쌀쌀했다. 창문으로 바람이 스며들어왔다. 다행히 실내 온도는 산모와 아기한테 적정하게 관리되고 있었다. 창문 가에 자리를 잡고 기대있던 나만 추위를 느끼고 있었다. 몇 장의 시트와 옷으로 대충 덮었다. 그렇지만 행복했다. 갓 태어난 아기와 은비가 함께 지낸 이틀. 작고 아늑한 병실. 두 번 다시 오지 않을 오붓한 시간.

이튿날 저녁, 보호자용 식사에 샴페인을 한 병 건네주었다. 콩그레츄레이션! 흰 모자를 쓴 남자가 쾌활한 음성으로 말했다. 병원에서 샴페인을 주다니! 놀라웠지만 마실 수 없어 따로 챙겨 놓았다. 나중에 보니 무알코올이었다. 식사는 주로 스테이크류들이었다. 은비는 식성이 좋았다. 그것도 엄청난 변화였다. 불과 2년 전만 해도 은비는 잘 먹지 않았다. 자꾸 느는 것은 술이었다. 기타 동호회를 다니면서부터였다. 팀 리더까지 맡았다며 재미를 붙이는가 했더니, 급기야는 아는 언니 집에서 자고 오기도 했다. 거의 집에서 밥을 먹지 않았다.

그때만 해도 어머니가 살림에 손을 놓은 지 얼마 되지 않은 때였다. 나는 여러모로 서툴기 짝이 없어 요리에 요령이 생기지도 못했다. 은비가 결혼해서 나가고 나서야 마트에서 밑반찬을 사 와서 상에 차릴 줄 알게 되었다. 그걸 보고 어머니가 은비 있을 때는 왜 이렇게 하지 않았냐고 몇 번 타박을 주곤 했다. 어릴 때도 은비가 잘 먹는 모습을 본 적이 드물었다. 그런 은비가 그릇을 싹싹 비웠다. 수유해서 허기가 지는 모양이라며 은비가 웃었다.

아담한 병실, 내가 앉아있던 쪽 벽에 있던 아롱거리는 분홍빛 구슬 그림들. 주기적으로 찾아오던 마스크를 쓴 직원들. 자신의 조부모가 한국인이었다며 어릴 때 돌잔치를 한국에서 했다고 말하던 간호사. 돌잡이, 미역국, 윷놀이, 설날, 떡국이라며 알고 있는 한국 단어를 늘어놓으며 친근하게 얘기를 걸던 그녀. 유일하게 한국인 간호사였던 또 다른 이. 하와이지사에 발령받은 남편을 따라 이민 와서 여기서 병원 일을 하게 되었다며, 일이 재밌다고 발랄하게 얘기하던 간호사. 열 시경이면 들어와서 병실을 청소하던 직원까지 모두 감사했다. 그러는 동안 제일은 이사를 했다며, 간간이 소식을 전해왔다. 해산한지 사흘째 날, 오후 두 시경 퇴원할 예정이었다. 여전히 두어 시간 간격으로 수유하는 은비와 함께 병실의 마지막 밤을 보냈다. 동이 틀 무렵, 잠깐 잠이 든 은비. 고개를 왼쪽으로 돌린 채 자고 있는 아기를 바라봤다. 태양이 사물을 하나씩 짚으며 일어서고 있었다. 모든 것이 꿈인 것만 같았다. 내 아이가 아이를 낳았다. 언젠가 그런 운명이 된다면, 이 아이도 아이를 낳을 것이다. 이 큰 수레바퀴 안에서 우리는 숨을 쉬고 있다. 육체의 숨이 멈추면, 영혼으로 쉴 것이다. 그 영혼은 알지 못하는 가운데 인연의 끈에 의해 또 다른 수레바퀴 안에서 숨 쉬게 될 것이다.

제일이 오기 전에 간호사는 주의사항을 설명하기 위해 들어왔다. 모니터로 실시간 통역가를 연결해주었다. 그때, 마침 제일이 전화를 해왔다. 간호사가 말하는 것을 통역가가 한국말로 얘기해주는 식이었다. 그것을 제일이 듣고 번역이 잘못된 부분을 지적했다. 자주가 아니고 간혹 입니다. 간혹 그럴 수도 있다는 말이에요. 제일이 그렇게 말하자 중년으로 보이는 여자는 그렇게 잘하시면 직접 통역하시죠, 라며 불쾌한 기색을 드러냈다. 그렇다고 제일은 전화를 끊지도 않았다. 간호사의 설명을 열심히 듣고 있었다. 우리는 오로지 통역가의 말에 의존하고 있었다. 딱히 모르는 부분이 아니었다. 상식적인 수준에서의 주의사항이었다. 설명은 10분 정도 지속되었다. 산욕기에 산모와 아기가 지켜야 할 건강에 관한 이야기였다. 이윽고 제일은 아기용 카시트를 갖고 왔다. 미국은 법적으로 카시트가 없으면 아기를 데리고 가지 못하게 한다고 했다. 간호사가 직접 아기를 카시트에 태우고 안전벨트를 해주었다. 감사하다는 인사를 남기고 차를 출발했다. 마침내 퇴원한 것이다.

# 12 / 45
# 미역국

사흘만인데도 오래 갇혀 있다가 나온 것만 같았다. 15분쯤 달려서 새집에 도착했다. 제일은 집이 엉망이니 놀라지 말라고 했다. 짐을 정리할 수가 없었다고 했다. 짐을 겨우 옮기고 옷장 선반만 달았다고 했다. 그래도 산모와 아기가 누울 공간을 마련하느라 안방만 치웠다고 했다. 충분히 이해할 상황이었다. 혼자서 동분서주했을 제일을 칭찬했다. 미처 꽃을 사오지도 못했다고 했다. 고단함과 미안함이 묻어있었다. 제일 고단할 이는 바로 은비였다. 해산한데다가 수유까지 하느라 쉴 겨를이 없었다. 그런데도 꿋꿋이 견뎌내고 있었다. 4층에 주차를 하고, 45층으로 올라갔다. 집으로 들어서자 입이 딱 벌어질 지경이었다. 모든 상자가 천장까지 닿아서 이곳저곳에 놓여 있었다. 저 많은 상자를 어떻게 다 정리할지 엄두가 나지 않을 지경이었다. 제일은 당장 저녁부터 해결해야 한다고 나를 쳐다보며 말했다. 먼저 안방 침대 옆 크립에 아기를 눕혔다. 차로 오는 동안 다행히도 아기는 잘 자고 있었다. 은비는 누워서 쉬도록 했다. 그렇지만 은비가 잠이 올 리 없었다. 침대 위치에 대해서도 의견이 분분했지만, 제일이 최종적으로 배치한 위치는 절묘했다. 한쪽 벽에 머리 부분을 붙여 놓아서 안정감이 있어 보였다. 발치 쪽에서는 다른 건물들에 가려진 채 바다의 일부가 보였다.

이사 오기 전에 크립(아기침대)을 어디에 놓는 것에 대한 의견이 나뉘었다. 은비는 안방 침대 옆이라고 했고, 나는 내가 기거할 방이라고 했다. 그때만 해도 나는 산후조리가 아기를 중점으로 돌보는 것이라고 착각했다. 그러니 당연히 아기 침대는 내 곁에 있어야 할 거라고 했다. 은비는 펄쩍 뛰었다. 말도 안 돼! 그럼, 엄마가 가고 나서 아기가 보내는 신호를 눈치채지 못해서 쩔쩔매라는 말이야? 내가 돌보면서 아기가 어떤 상태인지 뭘 원하는지 속속들이 내가 알아야지! 그것도 맞는 말이긴 했다. 그렇지만 산후조리를 하는 동안, 적어도 삼칠일 만큼이라도 극도로 조심해야 하지 않을까? 되도록 손을 적게 움직일 수 있도록 말야. 은비한테 그렇게 말했다. 대뜸 화부터 내던 은비가 내가 알려준 유튜브의 산후조리 경험담을 듣고 고개를 끄덕였다. 한번 생각해볼게. 엄마 말도 일리가 있네. 그러더니 결국 안방으로 크립을 두기로 했나 보다. 사실,

그럴 수밖에 없기도 했다. 안방을 제외한 다른 공간은 짐들로 가득 차 있었다. 별다른 선택의 여지가 없었으리라.

저녁을 지을 수 있어야 하겠는데, 주방조차 난잡하기 그지없었다. 발 디딜 틈이 없을 지경이었다. 몇 번이나 미역국, 저녁거리를 어떻게 해야겠냐고 말하던 제일이 일단 미역국과 반찬을 사 오겠다고 했다. 교회 집사님이 운영하는 반찬 가게가 있다는 거였다. 알겠다고 하고 나서 주방용품들을 정리하기 시작했다. 야무진 은비의 눈에는 분명 성에 차지 않을 게 뻔한 일이었다. 은비한테 미리 말했다. 대충 정리를 해놓을 테니, 나중에 삼칠일이 지나서 제대로 정리하라고. 은비는 그렇게 하겠다고 했다. 키친이라고 적힌 상자들을 꺼내어서 수납장에 넣기 시작했다. 안방 입구 쪽에 마련된 주방은 깔끔하고 아담했다. 싱크대는 거실을 향해 배치되어 있었다. 그 앞에 식탁을 두었다. 아일랜드식 주방 구조였다. 문제는 수납장이 터무니없이 작고, 너무 높게 달려 있다는 점이었다. 독일제 냉장고마저 수납할 공간이 부족했다. 정리할 짐들은 너무나 많고, 수납은 잘되지 않고 난감할 따름이었다.

안방에서 은비가 나오더니 서둘러 정리한 수납장을 열어보았다. 인상을 있는 대로 구기면서 새된 소리로 말했다. 이렇게 하면 어떻게 햇! 다 꺼내서 다른 곳에 넣엇! 짜증이 가득 섞인 표정과 어투였다. 아무 말도 할 수 없었다. 눈물이 나왔다.

기껏 한다고 했지만, 역시 마음에 들지 않았던 것이다. 그렇다고 해산한 지 얼마 되지도 않은 은비가 일할 수는 없었다. 미리 마음에 들지 않을 거라고 양해를 구했는데도 먹히지 않았다. 내가 할게. 좀 더 잘해 볼게. 간신히 입술을 달싹거리며 그 말만 했다. 자꾸만 눈물이 났다. 그런 나를 보더니 은비가 안방으로 들어갔다. 잠시 뒤 나와서 내 손을 이끌고 안방으로 들어오라고 했다. 우리 다 같이 예민해. 전부 고단한 상태야. 내가 조금 전에 갑자기 인상 써서 미안해. 그런데 주방 정리를 좀 더 신경 써서 해줬으면 좋겠어. 그리고 자꾸만 잘해야 한다고 강박적으로 말하지 마. 조금 차분히 하면 잘할 수 있을 거라고 생각해. 잘해야 한다고 자꾸만 하니까 더 잘 안 되는 거잖아. 엄마 자신을 한번 봐. 뭔가 지금 겁에 질려 있잖아. 그렇게 은비가 말하는 것을 밖에 나갔다 온 제일이 듣고 있었다. 제일은 소위 치료사라고 하는 양반이 약한 모습으로 우는 것도, 딸한테 훈계 같은 것을 듣고 있는 것도, 겁에 질려 보이는 것도 죄다 지켜보고 있는 셈이었다. 은비의 말에 나는 더 울음이 나왔지만, 애써 참았다. 네가 왜 나한테 그렇게 말하냐? 내가 너를 달래줘야 하는데. 그렇게 말하면서 다시 주방으로 돌아왔다. 은비의 말은 오히려 더 쓰라리게 했다. 그러는 통에 제일이 다가와서 한마디 거들었다. 갑자기 해야 할 일들이 많아서 힘들지요? 그럴 수 있어요. 할 일이 많고, 힘은 부치고 그러니까요.

그 말도 사실 위로가 아니었다. 지금, 제일과 은비는 어떤 짓을 하고 있나. 형편없이 비꼬면서 나를 약한 사람 취급하고 있는 게 아닌가. 제일의 말에 아무런 대꾸도 하지 않았다. 그렇게 온 힘이 다 빠져나간 채 주방을 계속 치웠다. 최소한 싱크대를 쓸 정도로 치워야 했으니까. 그렇게 하고 있는데 제일이 나가서 한아름 가득 먹을거리를 사 들고 왔다. 그 먹을거리를 넣는 것도 또 다른 일이었다. 이미 가득 찬 냉장고에는 뭔가를 더 넣을 수가 없었다. 자꾸만 한숨이 나왔다. 제일은 미역국과 밥도 사 와서 저녁은 그렇게 먹으면 될 거라고 했다. 그러고 나서도 다시 미역국 얘기를 꺼냈다.

은비가 미역국을 늘 먹어야 할 텐데요. 반찬가게 집사님한테 물어보니 미역국을 판다고 하더라고요. 나는 다음부터는 내가 끓여주겠다고 했다. 제일은 같이 한번 끓여볼까요? 지금요. 공동 논문 프로젝트 하듯이요. 지금 해봐요. 라고 했다. 도마 하나 놓을 공간도 없는 어수선한 주방을 가리켰다. 이 모든 것들을 치워야 한다고 답했다. 내가 나중에 끓여보겠다고 했다. 제일은 무슨 생각을 하고 있는지 내 말에 별다른 답도 없이 다른 쪽으로 걸어갔다. 오늘 먹을거리는 충분히 있는데 왜 자꾸만 지금 당장 미역국을 끓이려고 하는 거지? 내가 지금 잘못 들은 말인가? 사 온 음식 중에 미역국이 없다는 말인가? 헷갈리기 시작했지만, 재차 묻지 않고 짐 정리를 했다. 그러다가 잠시, 휴대폰을 들여다봤다. 제일이 조금 전에 와이파이를 연결해주었기 때문이다. 보이스톡으로 무수히 많은 연락을 해 온 것은 단 한 사람, 어머니를 부탁하고 왔던 강 선생이었다. 오늘만 열 통이 넘는 전화를 걸어온 것이다. 그것도 한 시간에 두세 번 간격으로 부재중 표시가 있었다, 얼마나 급한 일이면 그랬을까 싶어 얼른 보이스톡으로 전화를 걸었다. 구구절절한 이야기들이 쏟아지기 시작했다.

그러니까 내가 가고 나서 언니한테 전화와 카톡이 줄지어 왔다는 거였다. 언니의 요지는 이러했다. 오래전부터 자신이 어머니 생애 마지막 순간까지 모시고 싶어 했었다. 그런데 동생이 가로막고 어머니의 돈을 가로채고 있다. 이번 기회에 어머니를 모시려 하니, 강 선생이 좀 도와 달라. 그런 내용으로 반복해서 얘기해오더라는 것이다. 언니는 또 다른 어머니였다. 어머니를 극도로 증오하면서도 동시에 아쉬워하던 언니는 세월이 흐르면서 영락없이 어머니를 닮아갔다. 언니와 어머니는 10분 이상 이야기를 나눠볼 수 없을 정도였다. 대화가 통하지 않을 뿐 아니라 어머니 입에서 악담과 욕, 언니 입에서는 고함과 울부짖음이 나오곤 했다. 그런 언니가 내 탓을 하면서 어머니를 모시겠다고 한 것이다. 문제는 언니가 강 선생한테 자주 연락해서 그 주장을 세뇌하다시피 했다는 사실이었다. 강 선생은 나를 의심하기 시작했고, 목소리에서 그런 불신이 고스란히 느껴졌다.

일단, 어머니가 하도 역정을 내어서 사흘간 아예 가지 않았다고 한다. 그러다가 갔더니 난리가 났다고 했다. 전화가 안 된다며, 언니한테 가지 못하게 전화까지 끊어놓고 갔다고 하더라는 거였다. 어머니가 일 층까지 내려가서는 안면이 있던 건설회사 사장을 만나서 하소연했다고 한다. 그 사장이 강 선생한테 돌봐주기로 했다면 날마다 자주 와야지, 왜 오지 않았냐며 따져서 그다음부터는 날마다 가고 있다고 했다. 매일 오후 네 시나 다섯 시 사이에 간다고 했다. 가면 어머니가 저녁밥을 지어놓고 반찬도 해놓고 계시더라고 했다. 그렇게 같이 밥을 먹고 설거지하려고 하면, 만류하면서 스스로 하시더라는 거였다. 그다음에는 서너 시간 동안 내 욕을 한다고 했다. 늙은 엄마를 버리고 간 불효자식이라는 말을 하면서 그동안 살아온 온갖 흉을 보더라고 했다. 그 말을 다 들어주고 주무시는 것을 보고 돌아오곤 했다 한다. 그러던 차에 언니는 이번 달 말에 와서 어머니를 모시고 가겠다고 한다는 거였다. 그래서 어떻게 해야 하냐고 물어왔다.

수개월 전에 나는 강 선생한테 자전적 소설책을 선물했다. 언니와 어머니와 나의 얽힌 관계가 적나라하게 나와 있어서 이해하는 데 도움이 될 것 같아서였다. 반드시 그 책을 읽어 보고 어머니를 맡을지 결정해달라고 했었다. 강 선생은 그 책을 읽을 시간이 없었다고 했다. 몇 달 전에 물어볼 때도 그랬고, 지금도 그랬다. 책 속에 이미 언니와 어머니가 가진 기괴한 성격, 불통의 관계가 등장하고 있다. 그 책을 읽었더라면 언니의 말만 듣고 이렇게까지 나를 불신하지는 않았을 거라는 생각이 들었다. 짧은 시간에 모든 것을 설명할 수 없었다. 나는 간추려서 이렇게만 말했다. 전화가 안 되는 이유는 나도 잘 모르겠다. 내가 그렇게 한 것은 아니다. 언니가 오는 것은 그대로 지켜보면 좋겠다. 언니가 정 모시고 가겠다면, 할 수 없는 노릇이다. 그렇지만 내가 알기로는 어머니는 따라가지도 않을 것이고, 가더라도 하루를 못 견디고 다시 올 것이다. 상황을 보면서 다시 연락을 달라.

강 선생은 간신히 알았다고 말했다. 300만 원이라는 돈이 걸린 문제였다. 강 선생 입장에서는 그 돈을 받을 수 있느냐 마느냐는 중요한 상황에 처해진 것이다. 언니가 모시고 간다면, 그 돈은 사라지고 마는 셈이었다. 그런 걱정과 두려움이 고스란히 전해져왔다. 다만 달래는 수밖에 없었다. 전화를 끊고 나니, 불쾌한 감정이 스멀거려왔다. 이 무슨 짓이란 말인가. 모든 것들을 다 내려놓고, 심지어 그나마 나가던 학교 강의도 없어질지도 모르지만, 소득도 없는 데다가 1000만 원 가까이 돈을 쓰고 왔는데. 여기 와서도 좋은 소리를 듣지 못하고 원망만 가득하고, 거기에서도 의심만 잔뜩 가진 채 나를 이상한 사람으로 몰아가고 있으니. 어떻게 해야 할까?

## 13 / 45
## 왜 그래!

전화를 끊고 나서 주방으로 오면서 생각했다. 그런데 혹시 미역국을 끓이자는 말이, 오늘 당장 먹을 게 없어서인가? 아까 미역국을 사 오겠다고 해서 그런 줄 알았는데. 다시 물어봐야겠다는 생각이 들었다. 제일한테 아까 미역국을 지금 끓여보자고 했던 것, 진심인지 물어보았다. 제일이 그렇다고 했다. 오늘 저녁에 먹을 미역국을 사지 않았냐고 했더니 맞다고 했다. 그러면 왜 끓여야 하냐, 은비 말고 우리가 먹을 미역국이 적어서 그러냐고 물었다. 제일이 눈을 치켜뜨며 말했다. 우리가 왜 먹어요? 미역국은 은비만 먹어야 하는데! 그리고 내일 먹을 것은 오늘 미리 준비해야 해요. 그런데 장모님은 만약 열두 시에 먹을 것이라면 딱 열두 시 되어서 준비하려고 하실 것 같은데 그러면 안 돼요! 그 전에 미리 해놓아야 한다니까요! 미역국은 오래 끓일수록 좋아요. 어처구니가 없었다.

그러니까 내일 먹을 것을 지금, 이 어수선한 주방에서 하자고? 내가 잘하지 못하니 지금 당장 해야 한다고? 왜 나를 못 믿고 계속 같은 말을 하냐고 했다. 제일이 정면에서 쏘아보며 말했다. 아니, 왜 그렇게 화를 내세요? 조금 전에 전화 통화를 하고 나서는 이렇게 화내시는 거 아네요? 왜 나한테 자꾸만 미역국을 독촉하냐고 했다. 조금 전의 통화와 결부시키지 말라고 했다. 그러자 은비가 안방에서 나왔다. 대뜸 나한테 새된 목소리로 다그치기 시작했다. 미역국은 나 혼자 먹는 게 맞지! 오빠한테 왜 그래! 오빠가 맞는 말을 했는데! 오늘 미역국을 먹는 거 오케이야. 내일 먹을 거 미리 끓여놓는 것도 오케이! 알겠어? 나는 또 눈물이 나오기 시작했지만, 속절없이 계속 울게 될 것 같아서 아랫입술을 깨물었다. 내가 할 수 있는 말은 사과 말고는 없었다. 은비는 내가 어떻게 나오는지 보겠다는 식으로 팔짱을 낀 채 노려보고 있었다. 화낼 의향은 없었네. 그렇게 받아들였다면…… 미안하네. 그 말에 제일은 정면을 향했던 몸을 돌리면서 오케이! 라고 했다. 은비도 팔짱을 풀었다. 내가 잘못한 것이다. 내가 미안한 것이다. 그렇게 말은 했지만 서러웠다.

그다음부터 아무것도 할 수 없었다. 억지로 몸을 놀려 식탁에 저녁을 차렸다. 그러는 동안 은비는 제일한테 가까이 가서 괜찮냐고 물어보며 위로해주었다. 나한테는 아무 말도 걸지 않았다. 미역국과 밥, 밑반찬을 차려놓았다. 해야 하는 대로 기계가 되어 움직였다. 정작 나는 무엇도 먹을 수가 없었다. 은비와 제일도 나더러 먹자고 말하지도 않았다. 간신히 저녁 설거지를 끝내고 베란다로 나가 의자에 앉았다. 밤공기는 더할 나위 없이 시원했다. 맞은편 콘도의 은은한 불빛들, 그 사이에 한껏 멋을 낸 조명들이 있었다. 그 건물의 일 층에는 야외 수영장이 있었다. 그곳에서 나오는 조명들이 신비스러웠다. 바다는 어둠 속에 숨어 있었다. 곳곳에 도심지의 불빛들만 뿜어져 나오고 있었다. 흐르지 못한 눈물이 덩어리져서 가슴 속에 돌덩이가 되어 탁탁 떨어지고 있었다. 어디로 가든지 환대받지 못한 못난 인물이 나였다. 오죽 못났으면 은비가 제일 앞에서 하대를 할까? 그렇게나 공을 들이면서 설명하고, 어머니를 돌봐달라고 부탁했는데도 강 선생은 나를 불신할까? 강 선생한테 어머니를 부탁한 것은 6개월 전쯤이었다. 강 선생을 안 지는 5년도 더 되었다. 시와 수필 쓰기를 가르쳤던 1년 동안 강 선생은 그 강좌의 수강생이었다. 그러다가 다른 기관에서 열린 자서전 쓰기 강좌에서도 참석해서 그녀의 이야기를 내가 전부 대필해주기도 했다. 한때는 커리어 우먼이었으나 남편과 싸우다 뇌졸중이 된 사연을 그래서 알게 되었다. 병원 신세를 질 동안 남편은 사라졌고, 하나밖에 없는 아들이 영국 유학 중이었다. 한 푼이라도 급한 처지였다. 미술치료를 하고 있었는데, 생각보다 수입이 저조하다고 했다. 나는 문화관광재단에서 지원하는 사업에 공모할 수 있도록 기밀 자료들을 건네주기도 했다. 그렇게 해서 사업에 선정되어 강 선생은 몇 년 동안은 거기에서 수익을 얻기도 했다. 1년에 서너 번 정도는 찾아오거나 연락을 해와서 차를 대접하면서 무료 심리상담까지 해주곤 했다. 그런 이가 나에 관해 들은 어머니와 언니의 말에 혹해서 불신하다니. 앞으로 남은 날 동안 어떻게 될 것인가. 어떻게 믿고 맡길 수 있을까. 여러 마음이 북받쳐 올라오고 있었다. 자존감은 바닥으로 치닫고, 내가 할 수 있는 일은 아무것도 없었다. 도움이 되려고 왔는데, 이 선택은 잘못된 것이었던가. 그러면 어떻게 해야 할까. 팔짱을 낀 채 제일을 두둔하던 은비의 눈빛이 자꾸만 어른거렸다. 가슴 한가운데가 쓰라렸다. 그 순간, 호오포노포노의 말들을 기억했다. 미안합니다. 용서해주세요. 감사합니다. 사랑합니다. 도대체 누구한테 이 말을 쏟아내야 하나? 은비와 제일한테? 지금 당장은 이 말의 에너지를 전하기가 싫었다. 그렇다면 누구한테? 대상도 없이 이 말을 했다. 어쩔 수 없는 노릇 아닌가. 이 순간, 내가 무엇을 할 수 있단 말인가.

얼마나 지났을까. 제일이 나를 불렀다. 가구 하나를 들어

같이 옮기자는 거였다. 그 말대로 했다. 그러고 나서 작은 방으로 나를 안내했다. 여기서 주무시면 될 것 같아요. 은비와 제가 방금 치웠어요. 한쪽 귀퉁이에 짐 상자들이 쌓여 있었지만, 낮은 매트리스와 하얀 시트, 하얀 이불이 깔려 있었다. 고맙다며 힘없이 대답한 뒤 세면을 했다. 그리고 자리에 누웠다. 베란다에서 족히 세 시간 정도는 머물렀던 것 같다. 비참해서 견딜 수가 없었다. 모로 누워서 큰 창문으로 도시의 불빛들을 봤다. 스카이라운지라고 해도 될 정도로 화려한 도시 야경이었다. 그 불빛들이 사방팔방 번지고 있었다. 빛들이 서로 뭉개지고 있었다. 나는 눈물을 흘리면서 잠이 들었다.

다음 날부터는 눈에 띄게 말 수가 줄어들었다. 웃음은 아예 사라졌다. 온통 힘이 빠져나간 채 로봇처럼 일했다. 이곳에서 오순도순, 사랑이 우러나는 눈빛, 다정하고 따스한 분위기를 꿈꿨다. 그야말로 꿈에 불과했다. 그 꿈이 물거품처럼 사라지고 나니 무겁고 슬프고 아픈 가슴이 드러났다. 아기한테 가는 것도 삼갔다. 슬픈 마음으로 아기를 볼 엄두가 나지 않아서였다. 요리하고 식탁을 차리고, 제일이 자고 일어난 이불을 정리하고, 청소를 했다. 은비 침대를 정리하고 변기를 청소했다. 매일매일 같은 일들을 반복했다. 같은 방향으로 얼굴을 닦는 시계처럼, 그렇게 뱅뱅 돌며 일을 했다. 별다르게 부닻치는 일은 없었다. 그도 그럴 것이, 나는 거의 말을 하지 않았다. 제일이 뭔가 말을 걸면 응, 그래. 그렇구나. 알겠어. 라는 말로 반응했다. 제일은 내 눈치를 보지 않으려 애쓰는 듯했다. 그저 모른 척하면서 덮어두려고 하는 것 같았다. 그게 외려 더 눈치를 보고 있는 셈이었다. 일부러 감정을 건드리지 않기 위한 최소한의 배려 같은 것도 있었으리라. 예민한 제일이 내가 눈에 띄게 시무룩한 것을 모를 리 없었다. 그것을 아무렇지도 않게 넘김으로써 나름 현명하게 객관성을 유지한다고 여겼을 수도 있다.

새집은 여러모로 까다로웠다. 살짝 스치기만 해도 벽에 검은 줄이 그어졌다. 하얀 벽들은 페인트로 칠해져 있었다. 그 벽에 닿기라도 하면 이내 검은 흔적이 남았다. 궁리 끝에 키친타월을 물에 적셔 문지르니 신기하게도 지워졌다. 그렇게 내가 남긴 흔적을 지우곤 했다. 제일은 여기도 저기도 지워달라고 요청해왔다. "시간이 되시면요!"라는 단서를 붙였으니 시간이 안 될 이유를 댈 수가 없는 처지였다. 제일은 요구할 때마다 "그렇게 해줄 수 있나요?"를 붙이는 버릇이 있었다. 이것 좀 같이 들어주실 수 있나요? 이것 좀 지워주실 수 있나요? 그래서 응, 그럴게. 라고 답하고는 벽을 문질렀다. 손가락이 아프도록 문지르고 문질렀다. 검게 그어진 부분이 마침내 하얗게 변할 때까지. 그러는 동안 허리와 어깨, 다리까지 아파 왔다. 쉬운 일이 아니었다. 게다가 그 흔적은 내가 남긴 것도 아니었다. 제일이 벽에 그어진 기스 자국을 보고 나한테 할당한 것이다. 그렇게 벽에 대고 마치 수도를 하듯, 벽한테 애원을 하듯 지우고, 또 지웠다. 그러는 동안 제일과 은비는 농담을 하면서 웃고 있었다. 나는 10분, 15분, 20분이 넘도록 벽과 씨름하고 있었다. 대충하라거나 그만해도 된다는 말을 아무도 하지 않았다. 제일은 간식거리를 가져와서 은비한테 먹어라고 하며 자신도 먹었다. 나는 여전히 벽하고 씨름하고 있었다. 그때도, 호오포노포노의 네 가지 말을 떠올렸다. 제일과 은비한테 그 말을 해야 한다고 마음을 다잡았다. 미안합니다. 용서해주세요. 감사합니다. 사랑합니다. 은비, 그리고 제일.

## 14 / 45
## 장모님이 그러니까

새집은 벽만 말썽을 부리는 것이 아니었다. 주방 인덕션은 큼직하고 멋지게 보였지만, 아니었다. 예전 집에서 쓰던 냄비나 프라이팬들을 인식하지 못했다. 제대로 가동되는 것은 두어 개가 전부여서 당장 새로 구입해야 했다. 제일이 마트에서 급하게 인덕션용 냄비와 프라이팬을 사 왔다. 이제까지 잘 써왔던 냄비 몇 개는 버릴 수밖에 없었다. 그중에서 유리 뚜껑이 있는 하얀 냄비를 보고 나도 모르게 한마디 했다. 아깝다! 제일이 예쁜 냄비지만, 별로 쓸모가 없었다고 하면서 가져가고 싶냐고 물었다. 은비도 가져가고 싶으면 가져가, 라고 했다. 그럴까? 라고 답하면서 냄비를 살펴보았다. 겉은 하얗지만, 안쪽은 긁힌 부분이 많아서 꽤 오래 쓴 게 분명한 냄비. 하와이에서 가져왔다고 해야지. 딸이 가져가라 해서 갖고 온 거라고. 이렇게 말하니 제일이 그건 아닌 것 같아요, 새것을 사드려야지, 라고 했다. 그래? 그렇겠지? 나는 그렇게 말하면서 하얀 냄비를 쓰레기통에 넣는 것으로 냄비 건을 마무리 지었다. 아무런 말도 하지 않았다면, 그것을 가져가라고 했을 터였다. 버리는 것보다 가져가게 하는 것이 뭐 어떻단 말인가? 글쎄, 이렇게 말할 수도 있겠지만 내가 은비라면 어떻게 말할까? 엄마가 가져가겠다고 해도 새것도 아닌데 왜 가져가냐고 그냥 버리자고 할 것 같았다. 그런데 가져갈 거냐고 먼저 물어온 제일도, 덩달아 가져가라고 부추긴 은비도 곱게 보이지 않았다.

제일의 예민함은 혀를 내두를 지경이었다. 사 온 새 냄비를 직접 꼼꼼하게 세제를 써서 닦고, 씻으면서 이렇게 말했다.

"대충 씻으시려고 그러시죠? 은비가 장모님을 닮아서 대충 씻어요. 꼼꼼하게 하지 않아서요. 장모님이 그러니까 은비가 그러잖아요."

이 말에 뭐라고 답변해야 할까. 나도 깨끗하게 씻어. 걱정 마. 하며 웃어야 했을까. 나도 대충 씻지 않아. 꼼꼼하게 잘 씻어, 라며 왜 그렇게 말해? 하고 제일의 어깨를 툭 치며 농담도 잘해! 라고 해야 했을까. 그 어떤 반응도 하지 않았다. 그저, 잘 씻을 수 있어. 라고 제일이 잘 알아들을 수 없을 만큼 속으로 웅얼웅얼했을 뿐이다. 화를 냈던 며칠 전 일을 반복하지 않겠다고 결심했다. 그저 입 다물고 조용히만 있으면 날짜는 갈 것이다, 예정된 출국 날짜만 학수고대하며 기다리고 있었다. 어차피 갈 거니까. 조금만 더 참자. 그렇게 나를 애써 달랬다.

제일이 식사를 잘하지 않던데 괜찮은지 물어보았다. 나는 괜찮다며 어색하게 웃었다. 그날따라 뜻밖에도 불편한 것은 없냐고 물어보기도 했다. 이 나이쯤 되면, 그저 의젓하게 싫은 것도 그다지 없고, 좀 불편해도 괜찮다고 여기며 살게 된다고 했다. 그렇게 점잖게 있는 것이 어른이라고도 했다. 알쏭달쏭한 말이었다. 그 말을 하면서도 그 순간, 내 속마음을 짐작해 보았다.

사실 괜찮지 않아. 생각했던 것과는 달리 실망스러워. 솔직하게 이런 이야기를 나누고 싶기도 해. 하지만 나눠본들 뭐가 달라질까? 오히려 관계가 더 악화되지는 않을까? 그게 두려워, 솔직하게 서로를 들여다볼 만한 여유도 없다는 것도 알아. 은비는 아기를 돌보느라 제대로 잠도 못 자고. 제일은 논문발표에 학교 강의, 은사님의 방문이라는 세 가지 일이 겹쳐 있으니. 내 마음을 알아달라고 요구할 수도 없어. 나는 어른이니까.

그렇게 나를 억압했다. 울먹이며 고개를 들려는 나를 꾹꾹

누르기만 했다.

그런 다음이었다. 은비가 나한테 밥은 먹었냐고 물었고, 나는 먹었다고 답했다. 사실, 그날도 아무것도 먹고 싶지 않아서 온종일 굶었다. 그러자 제일이 은비한테 이렇게 말했다.

"장모님이 말야. 할머니한테 대하듯 우리한테도 약간 그렇게 하는 것 같아."

이 말을 들어라는 식으로 한 것을 보면, 나름 위트 있는 말이라고 여겼던 것도 같다. 그렇지만 나는 이 말을 듣자마자 얼굴이 빨개졌다. 제일은 그랬다. 뼈있는 농담조로 던지는 말이 많았다. 나는 아니라고도, 맞다고도 하지 않았다. 어설프기 짝이 없는 웃음으로 그 순간들을 넘겼다. 은비조차 아무 말도 하지 않았다. 뭔가 할 말이 가득한 눈빛만 보내왔다. 아무 일도 아니라는 듯 설거지를 하고 청소를 했다. 아기의 똥이 묻은 옷과 속싸개를 손으로 조물거리며 빨았다. 은비가 내 손에 물이 마를 시간이 없다고 말하며, 고무장갑을 꺼내주었다. 아기 빨래 전용으로 쓰라고 했다. 고맙다고 했지만, 예쁜 그 노란 고무장갑을 잘 쓰지 않았다.

그러는 동안, 강 선생한테서 카톡으로 계속 연락이 왔다. 언니분이 모시고 갈 계획인데, 그런 말을 어머니한테 알리지 말라고 했다는 거였다. 느닷없이 찾아가는 게 분위기를 제압하기에 훨씬 유리하다고 생각했으리라. 출국 전에 언니와 두어 번 통화한 적이 있었다. 어머니를 모시고 수목원에 일박이일 정도 여행을 하겠다고 했다. 혼자면 엄두가 나지 않겠지만, 남편이 있으니까 괜찮을 거라고 했다. 말일쯤 갈 예정인데, 절대 어머니한테는 언급하지 말라고 했다. 이 말조차 안 하려다 하는 거라고 했다. 미리 알리면 돌봐주는 분한테 못살게 굴 것 같다고 했다. 만약 그렇게 여행을 갔다가 별 탈 없이 잘 지내면, 그다음도 계획할 거라고 했다. 그러니까 이 모든 것은 어머니의 태도에 달린 거였다. 어머니가 얌전하고 차분하게 언니 내외의 말을 잘 듣느냐에 따라 상벌이 주어지는 셈이었다. 상은 여행이고, 벌은 단절이었다. 그렇게 하겠다는 언니의 말에 알겠다고 응답했다. 달리 뭐라고 할 것인가. 언니는 단단히 착각하고 있었다.

# 15 / 45
# 어쩌면 다시

작년 가을이었다. 그때, 결심한 것이 있었다. 어머니가 낳은 두 명의 오빠. 그리고 언니를 찾아가는 거였다. 그런 마음을 갖게 된 것은 실은 어머니 때문이었다. 네 오빠한테 한 번도 내의를 사준 적이 없다. 내가 죽은 뒤에도 따뜻하게 입고 지냈으면 좋겠다. 내가 그렇게 안 사주면, 마음 편히 못 죽을 것 같다. 이 말을 노래처럼 불렀다. 작은 올케언니한테 전화해서 치수를 물어보았다. 내친김에 올케언니의 팬티 사이즈도 물었다. 큰 올케언니한테 물을 것도 없이, 작은 올케언니가 전부 말해줬다. 그런 다음 속옷 가게에 가서 두꺼운 내의, 약간 가벼운 내의, 팬티, 러닝셔츠, 양말까지 수십만 원어치를 샀다. 올케언니 것도 살 것인지 물어보니, 어머니는 날카롭게 나를 쏘아봤다. 뭐하러? 내 자식 것만 사면 됐지! 그런 어머니를 설득할 수 없었다. 가게 주인한테 여자 속옷 수치를 불러주면서 두 박스를 샀다. 그렇게 해서 가을, 햇볕 좋은 날에 오빠가 있는 도시로 갔다. 왕복 여덟 시간을 족히 운전해야 했지만, 뭔가 할 것을 해내어 개운한 기분이었다. 그 여파로 언니한테도 갔다. 미리 연락을 취해 언니가 마음의 준비를 할 시간을 주었다. 어머니에 대한 애증으로 똘똘 뭉친 마음을 호주머니 안에 찔러 두고 있어야 했기 때문이었다. 결코 가볍지 않은 나들이였다. 두어 시간만 있다가 바로 나오려고 했지만, 예정 보다 두 시간이나 더 있다가 왔다. 여전히 불쑥불쑥 새된 목소리, 자기주장만 계속하며 고집을 세우는 말들, 완강하고 억센 어투가 언니한테 튀어나왔긴 했지만, 웬일인지 어머니와 부딪히지 않았다. 어디선가 받았다며 쟁여두었던 옷가지를 꺼내어 한아름 안겨주었다. 가져가봤자 입지 않을 게 뻔했지만 나는 고맙다며 챙겼다. 어머니는 언니의 모자 하나를 써보더니 좋다고 했다. 아끼는 것일 수도 있었는데도 언니는 흔쾌히 그 모자를 어머니한테 드렸다. 어쩌면 나는 어머니의 마지막을 준비하고 있었는지도 모른다. 그렇게 하지 않으면, 어머니가 두고두고 후회할 일들을 함께해낸 것이다. 오랜 앙금은 어쩔 수 없다고 하더라도 그렇게 풀어드렸다. 그렇게 두 번, 왕복 열 시간 가까이 걸리는 두 도시를 다녀왔다. 어머니는 많이 웃으며 손을 잡고 부둥켜 안아주고 돌아왔다. 어머니가 낳은 자식들이다. 큰오빠와는 여덟 해, 작은오빠와는 두어 해, 언니와는 스물다섯 해까지 함께 살았던 어머니. 이렇게 헤어지면, 생전에 다시 만날 수 있을지 없을지도 알 수 없는 노릇이었다. 그걸 짐작했는지 큰오빠는 어머니의 고향에 가 보자고 했다. 오빠 내외와 나, 어머니 모두 여섯 명은 큰오빠의 차에 올라타고 어머니가 태어나서 자란 곳으로 갔다. 큰오빠는 어릴 때 어머니의 손을 잡고 외가댁에 왔던 기억을 하고 있었다. 바다가 동네 어귀까지 들어왔다고 했다. 지금은 방파제로 막혀서 바다와 분리가 되어 있었다. 열 채 정도 옹기종기 모여있는 현대식 집들을 바라보며 어머니가 말했다. 이제 모르겠네. 모르겠어. 우리 집이 여기 있었나? 큰오빠의 기억에 의지해서 찾은, 지금은 없어진 외가댁 터를 보면서 어머니는 고개를 끄덕였다. 그런가 보다. 맞다. 바다가 보이는 벤치에 앉아서 사진을 찍었다. 어쩌면 처음이자 마지막일 사진이었다. 큰오빠는 전립선암 투병 중이었다. 초기에 발견해서 경과는 좋다고 했지만, 안도할 일은 아니었다. 그로 인해 다녔던 직장을 그만둔 것도 벌써 두 해 전이었다. 부디, 큰오빠가 어머니보다 앞서 세상을 떠나지 않기를 간절하게 바랐다.

언니가 수목원 내 숙박 시설을 예약했다니 감사하다고 생각했다. 이후 전해온 강 선생의 말은 이러했다. 수목원에서 잘 지낸다면, 아예 동생이 돌아올 때까지 모시겠다는 것이다.

강 선생은 그야말로 갈등과 고민 속에 있을 터였다. 돈을 벌자면, 약속했던 대로 일을 해야 할 텐데, 어머니는 사납고, 언니는 모시고 가겠다고 하고. 이 일을 의뢰했던 이는 그 어머니의 말에 의하면 천하의 못돼먹은 인간이고. 얼마나 헷갈렸을까. 그 모든 갈등 중에서 아마도 돈을 벌지 못하게 될까 봐 전전긍긍하는 마음이 컸으리라. 강 선생이 카톡으로 전화를 해왔다. 언니 내외가 들어서니 어머니가 너는 가거라. 우리 딸이 왔다. 그래서 나와서 주차장에서 기다렸다고 한다. 모시고 가겠거니, 했는데 삼십 분도 안 되어 언니 내외가 나오더라는 거였다. 잠시 3분 정도 반가워하시더니, 돌변했다는 거였다. 동생한테 허락을 받지 않으면 움직일 수 없다며 완강하게 거부했다고 한다. 그런 주장만 계속하니, 어쩔 수 없이 돌아섰다는 거였다. 강 선생은 유쾌한 웃음이 반쯤 섞인 목소리로 말했다. 나, 이거 참. 정말 황당합니다. 어쩌면 그렇지요? 그렇게나 꼭 모시고 가겠다고 장담하더니만. 동생이 방해해서 여태껏 모실 수 없었다고 하던 언니가요! 30분도 안 되어서 나왔어요. 어쩐지 언니분이 하는 말과 행동이 정상이 아닌 것 같았어요. 그럼 예정대로 제가 가서 돌봐드리면 되는 것 맞죠? 강 선생은 유쾌한 목소리로 전화를 끊었다.

어머니에 대한 일은 그렇게 일단락되었다. 출국하고 나서 보름이 지난 날이었다. 내 생일이 다가오고 있었다. 제일이 그날 함께 외출해서 아웃렛 매장에서 옷을 사주겠다고 했다. 은비는 꼼짝없이 아기를 봐야 하니 제일이 생일 선물로 그렇게 하겠다는 거였다. 나는 조용히 웃으면서 이미 받은 것이나 마찬가지라며 괜찮다고 했다. 옷은 충분해서 살 필요가 없다고 했다. 두어 번 더 권유하다가 여전히 내가 괜찮다고 하니, 더는 말하지 않았다. 대신 꽃을 사 왔다. 은비가 퇴원한 날, 마트를 다녀오겠다던 제일이 분홍 카네이션 한 다발을 사 온 적이 있었다. 수고한 은비한테 바치는 꽃이었다. 나는 잘했다며 제일의 등을 두드려주었다. 화사한 분홍 카네이션을 유리병에 꽂아서 은비는 수유하는 자리 옆 책상에 놓아두었다. 이 꽃 말야. 빵글이 가졌다는 것을 알게 된 날에도 받았어. 은비가 활짝 웃었다. 나는 분홍 카네이션 꽃말을 찾아서 들려주었다. '당신을 사랑합니다. 영원히 당신을 잊지 않겠습니다.' 그게 제일의 마음일 거라고 했다. 은비가 맞다며, 제일이 그동안 여기저기 아프다고 하고, 특히 허리가 많이 아프다고 했는데 잘 몰라주었다고 했다. 그저 늘 하는 소리라고 생각하기 일쑤였다는 거였다. 알고 보면 많이 아파서 하는 말이었을 텐데 귀찮아했다며 갑자기 눈물을 흘렸다. 신혼 초와 달랐다. 이럴 거면 결혼하지 말걸. 어쩌면 다시 돌아갈 수도 있어. 라고 했던 은비가 아니었다.

## 16 / 45
## 한 건 했네!

제일은 섬세하고 자상했다. 약간 왼쪽으로 옮겨 앉으면 바다가 보인다며 수유용 의자를 옮겨주기도 했다. 발판이 필요할 것 같다며 연구실에서 쓰던 발판을 갖다주기도 했다. 그 발판의 높이가 좀 부족한 것 같다며 인터넷으로 발판을 따로 사기도 했다. 그런 제일의 배려에 은비는 감동했다. 그러면 되었다! 은비한테 자상하면 최고의 사위 아닌가. 그 사실 하나만으로 충분히 감사해야 했다. 그렇지만 아웃렛 매장에 제일과 같이 간다는 것이 내키지 않았다. 일단, 돈과 시간이 들어가야 할 테니. 늘 바쁘고 고단하고 몸 이곳저곳이 아프다고 하는 제일이다. 의무적으로 그 일을 할 제일을 생각하면, 그냥 거절하는 것이 낫겠다고 여겼다. 돈에 관해서 어떤 관점을 갖고 있는지 물어보지는 않았지만, 짐작했던 일이 있었다. 하와이에 와서 얼마 되지 않았을 때였다. 딸을 낳으면 비행기를 탄다고 하더니, 정말 그렇게 탔다고 웃으면서 말했다. 제일이 아, 사실은 비행깃값을 제가 내야 하는데, 아직 그럴만한 돈이 없어요. 병원비도 엄청 많이 나올 거고요. 여기서 최고 산부인과에 예약해놓았거든요. 진료는 개인병원에서 받는데, 분만할 때는 협의 체결된 병원에 예약하는 시스템인데, 가장 좋은 산부인과로 결정을 했어요. 나는 아니라고. 비행깃값은 당연히 내가 지불한다는 생각을 했다고 말했다. 그리고 그렇게 좋은 병원을 예약하다니, 참 잘했다고 고맙다고 했다. 퇴원해서는 이런 말을 했다. 아기가 태어나서 울지 않으면 태변을 먹은 상태라 응급 시술이 필요하대요. 그래서 비상시를 대비해서 소아과 의사가 대기하고 있었거든요. 아기가 울어서 다행이었지만요. 의사 대기 비용도 청구가 되었더라고요. 그렇게 돈 얘기를 꺼내기도 했다. 그러면서 말끝마다 여기는 미국이에요! 한국과는 달라요! 라고 못을 박았다. 포경수술 직전에 소아과 의사가 잠시 들어와서 아기의 가슴에 청진기를 댄 것도 엄청난 비용이 청구되었다고 했다. 놀랄만한 일이었다. 그 소아과 의사는 흔히 하는 회진 정도로 병실에는 불과 5분 정도도 머물지 않았다. 어쨌거나 그런 세세한 돈 이야기를 꺼냈다. 이사 와서는 이렇게도 말했다. 찬물은 관리비에 포함되어 있지만, 온수는 비용이 드니까 알아서 사용하라고 했다. 은비가 퇴원한 지 얼마 되지 않았을 때였다. 제일은 마트에서 두

종류의 우유를 사 왔다. 빨간 글씨가 적힌 통을 가리키며, 이건 은비가 먹을 거라고 했다. 파란 글씨 통은 자신의 것이라고 했다. 그 말을 두세 번 반복했다. 그러니, 내가 먹을 것은 없었다. 은비만을 위한 우유와 제일만을 위한 우유들이 냉장고 위 칸을 차지하고 있었다. 신기하게도 제일은 하와이 출국을 사흘 앞두고 우유 이야기를 꺼냈다. 은비가 잘 안 먹네요. 우유 드셔도 되는데요. 그때쯤에는 성역과도 같은 우유의 견고한 벽을 깨뜨릴 생각 따위는 전혀 할 마음이 없었다. 사실, 우유에 얽힌 이런 일도 있었다.

출근 준비 중, 제일이 매번 하는 일이 있었다. 커피머신을 작동시켜 우유와 함께 라떼를 만들어 가는 거였다. 그렇게 우유를 꺼내어서 바삐 서둘다가 갑자기 소리를 쳤다. 냉장고 전원이 나가버렸다는 거였다. 전원이 갑자기 나가서 아예 들어오지 않는다며 난감해했다. 그때쯤, 보이지 않게 나와 신경전을 벌이던 은비한테 제일이 명령조로 말했다. 밥 좀 먹어. 은비는 두말도 하지 않고 그 말에 따랐다. 은비가 차려놓은 밥을 먹는 동안 나는 제일의 옷을 다리고 있었다. 제일이 독일제 냉장고의 매뉴얼을 들춰보다가 그만 덮었다. 아씨— 하는 중얼거림이 저도 모르게 나오고 있었다. 당신, 장모님한테 말해서 8층에 가면 얼음 나오는 기계 있잖아. 그 얼음을 되도록 많이 가져다 달라고 해서 식품들 사이에 넣어 놓게 해. 그렇게 말하더니 관리사무실로 전화를 했다. 영어로 한참 설명하더니 전화를 끊고 이렇게 말했다. 관리실에는 그런 고장을 취급하지 않는대. 그래서 냉장고 AS를 신청해서 오도록 해야 하는 거래. 그러는 동안 냉장고 안 식품들은 상할 수밖에 없다고 하니까 공용 냉장고가 있는 20층 냉장고를 쓸 수 있도록 해주겠대. 그런데 어쩌지? 누가 식품들을 가져가면? 그곳은 열쇠가 없을 텐데…… 아, 잘 모르겠어. 그냥 이대로 놔두는 것보다 낫겠지. 지금 내가 바로 나가봐야 할 시간이니까. 조금 있으면 직원이 카트를 가지고 올 거야. 그 냉장고를 쓸 수 있도록 안내해줄 거니까. 장모님 보고 카트에 옮겨 싣고 직원을 따라가면 된다고 해 줘. 그리고 제일은 나갔다. 은비가 이제 곧 직원이 올 거라고 했고, 나는 알겠다고 하고, 냉장고 쪽으로 다가갔다. 냉장고에 손을 대고 말했다. 미안합니다. 용서해주세요. 감사합니다. 사랑합니다. 누구한테 하는 말인지 가늠할 수 없었다. 그저 그렇게 했다. 세 번을 반복해서 말했다. 잠시 뒤 카트를 밀고 여직원이 들어왔다. 하이! 우리는 손을 들어 보이며 인사를 했다. 직원이 8층 냉장고에 옮길 물건들을 실어라고 하면서 잠시 나갔다. 나는 우유부터 꺼냈다. 빨간 테두리 우유, 파란 테두리 우유. 그 넘보지 못할 우유들! 마침 파란 테두리 우유를 꺼낼 때였다. 꺼내놓고 보니 버튼 하나가 보였다. 혹시, 이것 전원 버튼 아닐까? 그렇게 말하면서 버튼을 눌렀다. 갑자기 냉장고 불이 켜지고 가동이 되었다. 아! 통했어! 은비한테 조금 전에 호오포노포노를 했다고 말했다. 은비는 한 건 했네! 그렇게 말하더니 안방으로 쏙 들어가 버렸다.

호오포노포노에 대해 제일과 이야기를 나눈 적이 있었다. 포동포동, 그게 뭐예요? 제일한테 네 가지 말을 따라 하게 했다. 정화를 시켜주는 말이라고 했다. 누구한테요? 제일이 물었다. 누구한테든. 우주 만물이라고 했다. 제일은 고개를 갸웃거렸다. 그 전에 나는 힐링코드에 관해 말한 적도 있었다. 제일이 고혈압 진단을 받아서 약을 먹게 되었다는 말을 듣고 나서였다. 그러니까 하와이에 오기 6개월 전쯤이었다. '힐링코드'를 알게 된 것도 도서관에서 우연히 본 책 덕분이었다. 모든 지식들은 그렇게 책을 통해서 전해져왔다. 그것도 우연히. 그 당시 나는 '치료'에 대해 골몰하고 있었다. 정신 또는 마음을 치유하는 것이 내 일이다. 그렇다면 육체는? 몸의 치유는 접근할 수 없는 것일까? 내가 할 수 있는 영역이 아닌 것일까? 육체와 정신, 마음이 인간을 이루고 있다. 조화를 이루면서 밀접하게 영향을 주고 있는데 다만 마음 치유만 다루고 있으니, 중요한 것을 놓친 것은 아닐까? 어떻게 하면 치유의 조화와 균형을 이룰 수 있을지 고민하고 있었다. 그때쯤 손에 잡힌 책이 《힐링코드》였다. 저자는 심한 우울로 인해 상습적으로 자살을 시도하던 아내가 있었다. 그러던 어느 날, 하나님이 알려주신 탁월한 방법이 '힐링코드'라고 했다. 그 책을 읽고 그대로 몇 번 따라 해봤지만 잘되지 않았다. 그러다가 수개월이 지난 날이었다. 박사학위를 따고 은비가 다니던 학교 근처로 이사를 했다. 그 학교에서 1년 전부터 강의를 줬기 때문이었다. 운전을 잘하지도 못하는 상태에서 겁 없이 차를 렌트했다. 중형 승용차 안에 짐들을 가득 실었다. 그 짐을 은비와 같이 살 투룸에 옮기고 돌아왔다. 왕복 열 시간 가까이 운전을 한 뒤 다음 날, 고속버스를 타고 다시 그곳으로 출발했다. 도착해서 보니 왼쪽 사타구니가 이상했다. 뭔가 단단한 것이 잡혔다. 가래톳이 섰나 했는데, 며칠 지나니 종양 크기로 자라있었다. 걸을 때마다 쓰라리고 아팠다. 급기야는 걸음을 옮길 수조차 없었다. 병원에 가야 하겠지만, 드러내기 민망한 부위였다. 그때, 힐링코드를 했다. 급한 마음에 하루에 수 번씩 반복했다. 지푸라기라도 잡는 심정이었다. 놀라운 일이 일어나고 말았다. 첫날, 이튿날에는 별다른 반응이 없었다. 다만 통증이 약간 멈추는 정도였다. 그다음 날부터는 크기가 조금 줄어들었다. 그러더니 날이 갈수록 줄어들더니 결국 사라졌다. 제법 만져지는 크기였으니, 삼사 센티미터는 족히 될 정도의 종양이었다. 이 놀라운 경험 이후로 힐링코드를 날마다 해왔다. 그런 귀한 체험 이후, 확신하게 되었다. 마음의 치유는 내가 개발한 심상 시치료로 하되 몸의 치유를 위해서는 힐링코드를 활용하면 된다는 사실이었다. 그렇게 할 때 치유는 온전한 조화를 이룰 것이다. 그러다가 이제는 호오포노포노를 제대로 받아들이게 된 것이다. 얼굴을 중심으로 하는 네 부분의 힐링코드를 하면서 호오포노포노의 네 가지 말을 함께 했다. 게다가 심상 시치료의 핵심인 '마음의 빛'을 떠올리면서 했다. 우연히, 그리고 필연적으로 다가왔던 치유의 방식을 이제 스스로에게 적용하고 있었다.

## 17 / 45
# 참 착해요. 겸손하고요.

제일한테 힐링코드를 알려줘야겠다고 생각했다. 안부 전화일 수도 있었지만, 전화가 온 김에 할 얘기가 있다고 했다. 그렇게 페이스톡으로 근 한 시간 반이나 힐링코드에 관한 이야기를 꺼냈다. 함께 해보자고 하면서 시범해 보여주기도 했다. 처음부터 힐링코드로 바로 들어간 것이 아니었다. 성찰, 지혜, 겸손, 용서 이런 얘기를 꺼냈다. 그렇게 말한 뒤 힐링코드를 알려주는 것이 효과가 있을 거라고 여겼다. 너무 말이 길어서 지루할 수도 있기에 십 분간 쉬고, 다시 페이스톡을 연결해서 마무리했다. 제일이 고혈압이라는 소식을 듣고 퍼뜩 생각난 것이 있었다. 돌아가신 아버지와 함께 지냈던 분. 은비와 제일을 연결해주신 분은 제일을 상대로 소송을 건 상태였다. 살던 집을 자신이 가지기 위해 법적인 수단을 쓴 것이다. 자신에게 유리한 진술을 할 수 있도록 고인의 지인들을 물색해서 법정에 세우기도 했다. 그 과정에서 숱하게 많은 이들이 제일을 욕했을 것이다. 그분의 입에서 나간 악담들이 생각이 깊지 않은 이들의 입방아에는 얼마나 많이 오르내렸을 것인가. 제일을 대신해서 재판과정을 진행하고 있는 제일의 친모한테서는 또 얼마나 분노의 말들이 전해져왔을 것인가. 오고 가는 그 부정의 말들 속에서 제일은 알지 못하는 가운데 화를 쌓아 올렸을 것이다. 그게 결국 고혈압으로 드러나고 말았으리라. 나는 용서의 힘에 관한 얘기를 꺼냈다. 그분을 용서하자고. 제일이 승소하더라도 얼마간의 돈을 그분한테 드리는 관용을 베풀어보라고. 제일은 마지못해 작은 목소리로 알겠다고 대답했다. 나는 왜 그랬을까. 참, 어처구니없는 짓이었다. 나는 제일을 몰랐다. 그저 마음을 다하면 응할 거라고만 믿었다. 그것은 1층밖에 오를 수 없는 이한테 10층을 올라가 보라고 말하는 것과 같았다. 조금만 더 움직이면 10층으로 가서 거기 있는 문을 통해 탈출할 수 있다고 주장하는 것이었다. 그 말이 틀린 것은 아니지만, 결코 10층을 올라갈 수 없는 상태라는 것을 간과하고 있었다. 그렇다고 영원히 1층에만 머물 거라고 함부로 속단할 수도 없다. 당장 10층까지 가지 않는다고 재촉하거나 다그칠 수도 없다. 그렇게 한다면, 남는 것은 반감밖에 없을 것이다. 나는 그 당시 제일이 10층까지 가는 길을 모를 뿐, 알면 당장 올라갈 거라고 믿었다. 그렇게 내가 믿고 싶었던 대로 믿었던 것이다.

나중에 은비 말로는 페이스톡으로 잠시 10분 쉬고 있을 때, 마침 시어머니한테서 전화가 왔다고 했다. 조금 전에 나한테서 '용서'의 말을 들었는데 정반대로 시어머니가 그분을 욕했다고 했다. 너무나 아이러니한 상황이라고 했다. 게다가 나는 아직 고혈압 초기이니, 힐링코드와 용서로 충분히 혈압을 조절할 수 있다며 약을 먹지 말라고 했는데, 시어머니는 꼭 약을 먹어라고 했다는 거였다. 그 당시에는 제일의 성향을 눈치채지 못했지만, 그럴 수밖에 없었으리라. 여하튼 제일은 고혈압약을 꼬박꼬박 먹어왔다. 착실하게 병원에 가서 검진을 받고, 집에서도 불안할 때마다 혈압을 재곤 했다. 힐링코드는 한 번도 하지 않았으며 용서도 물론이다. 하와이에 도착한 첫날부터 사흘 정도 힐링코드를 제일과 함께 하루에 한 번 정도 해본 적이 있다. 그때마다 제일은 마흔이라는 나이에 맞지 않게 어리광을 부렸다. 은비를 불러서 같이 하자고도 했다. 은비가 거부하니, 한숨을 내쉬면서 마지못해 따라 했다. 허리가 아파서 양반다리를 하지 못한다고 했다. 차라리 꿇어앉는 것이 편하다며, 그렇게 해도 되냐고 해서 그러라고 했다. 자세를 교정해줬는데도 영 불편해했다. 사흘째 되는 날, 은비가 내게 너무 무리하게 하지 않는 게 좋을 거라고 했다. 그런 다음, 함께 하자는 말을 하지 않았다. 생각해보면, 나는 어리석기 그지없었다. 어떻게 내가 하자는 대로 제일이 따라올 거라고 믿었던 걸까?

제일에 대해 주위 사람들한테 이렇게 말하곤 했다. 참 착해요. 겸손하고요. 독실한 크리스천입니다. 잘난 척하지도 않고, 제 말을 잘 들어요. 저와 잘 통해요.

이 말이 거짓인가? 아니, 그렇지는 않을 것이다. 그렇지만 맞는 것도 아니다. 제일은 다만, 제일의 삶을 살 뿐이다. 내 마음에 든다고 착한 것인가? 내가 보기에 겸손하다고 겸손한 것인가? 내 말을 잘 듣는다고 잘 통하는 것인가? 어쩌면 이렇게 내 식대로 견주었단 말인가. 힐링코드나 호오포노포노에 대해 제일이 진지하게 물어온 적이 한 번도 없었다. 다만, 내가 먼저 말했고 제일은 지나가듯이, 혹은 예의상 물어본 것에 지나지 않는다. 마음 깊이 움직여야 스스로 할 것이다. 용서도 성찰도 그렇다. 그것을 두고 내가 함부로 말할 수도 없고, 따라오지 않는다고 속상해할 필요도 없는 것이다. 고혈압약도 그렇다. 나 같으면 먹지 않을 거라는 말을 한 적이 있었다. 얼마나 어처구니없는 말인가. 제일이 나란 말인가? 그때, 나는 애처로웠다. 뭔가 도와주고 싶은 강렬한 마음이 일었다. 그래서 내가 겪은 일도 말해주었다.

갑자기 은비가 있는 도시로 이사를 오고 어머니는 혼자 기거를 하게 된 이후의 일이다. 그렇게 기고만장하던 어머니는 시름시름 아프셨다. 관절염이 너무 심해서 걸을 수조차 없게 되었다. 어쩔 수 없이 어머니가 살던 집을 처분하고 이사를 와서 합쳤다. 평생을 함께 살다가 겨우 1년 동안 떨어져 살았던 결과는 참담하기 이를 데 없었다. 와상 상태인 어머니를 다시 걷게 하는 것이 간곡한 바람이자 목표였다. 가지 않겠다는 어머니를 설득해서 요양병원에 입원하고 이사를 했다. 그런지 한 달 반 만에 워커를 잡고는 걸어서 퇴원했다. 어머니의 관절염은 더 이상 도지지 않았다. 1년이 지나서는 복용하던 진통소염제마저 중단했다. 그 이후 영양제를 사드렸지만, 2년 뒤에는 그것마저 거부하셨다. 고혈압약을 20년 넘게 복용해 왔는데 그것도 끊으셨다. 그런데도 오히려 건강해지셨다. 그렇게 부풀어 오르던 관절이 멀쩡해졌다. 놀라운 일이었다. 운동을 하거나 어떤 건강 요법을 한 것도 아니었다. 한 번씩 혈압을 재보면 일정치 않았다. 어떨 때는 꽤 높고, 다른 때는 정상이었다. 아무리 약을 먹자고 해도 막무가내였다. 어머니는 그랬지만, 나는 혈압이 올라가고 있었다. 학위를 딴 다음에는 더 이상 병원 생활은 안 해도 될 줄 알았지만, 실상은 그렇지 않았다. 당시 독일 유학을 하고 있던 은비를 뒷바라지해야 했다. 밤 근무 전담 간호사로 인근 요양병원에 다녔다. 낮에는 강의를 하러 다녔다. 잠을 자지 못하고 강행군을 했다. 혈압을 재면, 위험 경계선 정도로 나타났다. 불규칙한 생활에다가 어머니의 변덕, 횡포, 악담들이 이어졌다. 겉으로는 태연한 척 있었지만, 속은 타들어 갔다. 이렇게 하려고 학위를 딴 게 아니었다. 원하는 일을 하지 못하고 맞지 않는 일을 꾸역꾸역해야 한다는 현실이 서글펐다. 그때는 힐링코드로 종양을 제거하게 된 놀라운 체험을 한 뒤였다. 힐링코드를 해야 했지만, 그럴 힘도 없었다. 점차 나락으로 떨어지는 느낌이었다. 그러다가 6개월 만에 독일 유학을 중단하고 은비가 돌아왔다. 더 이상 병원에 다니지 않아도 되었다. 인근의 다른 대학에서도 강의를 줬고, 비정기적으로 특강 의뢰가 오기 시작했다. 오히려 병원에 다닐 때보다 벌이가 나았다. 그리고 심상 시치료 민간자격증을 등록했고, 그 과정을 이수하려는 제자도 생겨났다. 신기하게도 병원을 그만두고 나서 혈압이 정상으로 돌아왔다. 그때쯤에는 부지런히 힐링코드를 했다. 어머니에 대한 사랑의 마음도 깊어져 있었다. 은비를 한층 더 깊이 이해하려고 했다. 이 모든 것이 성찰과 지혜, 그리고 힐링코드로 극복한 경험이었다. 그렇게 단편적으로 내 이야기를 들려줄 수는 있었지만, 받아들이라고 할 수는 없는 노릇이었다.

## 18 / 45
## 이것 하나면 되었다!

내가 제일을 위해 해줄 수 있는 것은 상엽차를 준비하는 것이 다였다. 고혈압과 당뇨에 효과가 좋다는 상엽차를 10만 원어치 사 왔다. 은비네는 주전자가 없었다. 처음에는 냄비에 끓이다가 이래서는 안 되겠다 생각했다. 주전자를 사야 한다고 했다. 제일이 썩 내키지 않아 했다. 그것 말고도 또 끓일 게 있었다. 산후조리를 위해 조언을 해준 이가 있었다. 미리 전해줄 돌 반지와 팔찌를 사러 갔을 때였다. 그분은 강 선생처럼, 오래전 내가 강의했던 시와 수필반 수강생이었다. 수십 년 동안 금은방을 운영하며 자식들을 키웠다고 했다. 산후조리에 아주 특효제가 있다고 귀띔을 해주었다. 피문어와 호박을 먹여야 한다는 거였다. 피문어와 대추를 푹 고아서 그 물을 삼칠일 동안 계속해서 먹이라는 거였다. 호박은 로컬푸드에 가면 가루로 봉지에 넣어서 파니, 그걸 사서 차를 타 주라고 했다. 그렇게 알고 왔는데, 다시 한번 더 만나자고 하더니 직접 시장에 가서 샀다면서 피문어와 대추, 호박가루를 건네주었다. 그분은 자신이 교회 권사로 늘 기도하는 사람이라며 줄곧 나를 위해 기도해왔다고 했다. 그렇게 주신 것에 조금 더 보태어 피문어와 대추를 준비해서 들고 온 것이다. 그래서 두 개의 주전자가 필요하다고 했다. 주전자는 씻는 것이 어려워서 원래 잘 안 쓴다고 했다. 그런데 두 개나요? 제일이 곤란하다는 표정으로 말했다. 은비와 의논해서 은비 것은 전기 중탕기를 쓰기로 했다. 제일은 주전자 하나를 사면서 온갖 고심을 했다. 영상 통화를 하면서 이것이 좋은 지, 저것이 좋은 지 한참 동안 은비와 통화를 하더니 마침내 하나를 사 왔다. 그 주전자는 요긴했다. 처음에 뜨거운 채로 제일한테 상엽차를 건넸더니 인상을 썼다. 잘 마시지도 않았다. 뜨거운 것은요. 식도암 걸려요. 제일이 한소리 했다. 그래서 일단 끓인 것을 식혀서 냉장고에 넣어두었다가 차갑게 해서 주니 잘 마셨다. 학교에 갈 때는 텀블러에 따라 주었다.

은비와 갈등이 심하게 드러나던 날이 있었다. 그런 다음, 제일은 일부러 그랬는지 모르겠지만, 텀블러에 부어주었던 상엽차를 아예 마시지 않고 그대로 들고 왔다. 그다음 날에는 상엽차를 준비하지 않았다. 대신, 부드러움을 가장해서 이렇게 말했다. 어제 안 마시고 와서 오늘은 상엽차를 준비하지 않았어. 혹시, 다음에라도 마시고 싶으면 언제든 말해. 제일은 아, 어제는 너무 진하더라고요. 그래서 안 마셨어요. 다시 해주시면 됩니다, 라고 했다. 그랬구나. 그럼, 내일부터 다시 할게. 오늘은 미처 준비하지 못했어, 라고 했다. 다음 날, 상엽차를 건네주니 제일이 아, 좋네요. 그저께는 진했는데, 오늘은 딱 맞네요! 맛도 좋고요! 라며 연신 같은 말을 반복했다. 그렇게 한 번 정도 걸렀을 뿐, 계속해서 상엽차를 준비해줬다.

20여 일이 지난 어느 날이었다. 제일이 밥을 먹다 말고 전자 혈압계 커프스를 감았다. 제일은 늘 그런 식이었다. 밥을 먹다 말고 다른 짓을 했다. 차분하게 밥을 한자리에 앉아 먹는 적이 없었다. 밥을 먹다가 벌떡 일어나 안방으로 가서 뭔가를 하고 오고, 다시 먹다가 또 다른 자리에 가서 뭔가를 하는 식이었다. 그러다 보니 식사 시간은 한정 없이 길어져 어떨 때는 한 시간 동안 밥을 먹기도 했다. 보다 못해 넌지시 은비한테 돌려 말해본 적이 있었다. 나중에 선우가 그대로 따라하면 어떻게 해? 은비는 이 말이 듣기 싫었던 게 분명했다. 두고두고 그 말을 나를 공격하는 데 쓰기도 했다. 어쨌거나 그 날, 제일은 밥을 먹다가 그대로 입에 우물거리며 씹은 채 구부정한 자세로 혈압을 재고 있었다. 밥을 다 먹을 동안 주방에서 대기하고 있던 나는 참고 있다가 한마디 했다. 혈압 잴 때는 입에 있는 것을 다 먹고, 허리와 가슴을 반듯하게 펴고 재야 해. 제일은 대답하지는 않았지만, 커프스를 풀고 잠시 기다렸다. 다시 혈압을 재더니 보통이네, 라고 했다. 또 한번은 다른 일을 하다가 갑자기 생각이 난 듯 앉더니 혈압을 재기 시작했다. 차분하게 호흡을 세 번 정도 하고 나서 재보렴. 그렇게 한마디 거들었는데, 그렇게 하지 않았다. 그러더니 외마디 소리를 질렀다. 아, 이것 참! 혈압이 높네. 어쩐지 머리가 아프더라니! 상엽차를 먹어서 좀 기대했는데! 나는 여러 다른 것과 병행해야 떨어질 거라고 했다. 그 '병행'에는 성찰과 용서, 힐링코드도 있었지만, 덧붙이지 않았다. 제일은 내 말을 듣는 것 같지 않았다. 어쩔 수 없는 노릇이었다.

밥을 차리고 먹는 것은 엄청난 인내가 필요했다. 식사 시간은 너무나 불규칙했다. 게다가 은비와 제일이 먹는 시간이 달라서 식탁을 몇 번이고 다시 차려야 했다. 먹을 수 있다고 해서 준비했는데 안방에서 나오지 않았던 적도 부지기수였다. 국을 서너 번씩 데우고 또 데우기도 했다. 그 모든 경우에도 아무런 토를 달지 않고 버텼다. 뭔가 말을 했더라도 은비와 제일은 변명하면서 그럴 수밖에 없다는 얘기를 할 게 뻔했다. 나는 가정부였다. 식모였다. 하녀였다. 그러니, 생일을 맞이해서 옷을 사주겠다는 말에 도리질할 수밖에 없었다. 베풀어주는 하례와 같은 은혜를 거부하는 죄를 용서해주십사고 빌기라도 해야 하나? 나는 아무것도 받지 않을 것이다. 마음 같아서는 명절 때마다 내 계좌로 입금하는 20만 원도 이제는 부치지 말라고 하고 싶었다. 하녀한테 이 무슨 관용이십니까? 하고 외치고 싶었다.

제일은 결혼 이후, 설과 추석, 내 생일. 이렇게 세 번 20만 원씩 보내왔다. 이제 돈 보내지 말았으면 한다는 말을 하게 되면, 또 다른 싸움을 거는 것으로밖에 보이지 않을 것이다. 그러니 나는 제일과 은비를 향한 섭섭한 마음을 거둬야 한다. 매일 호오포노포노와 힐링코드를 했지만, 감옥에 갇힌 죄인 같은 마음이 없어지지는 않았다. 다만, 겉으로의 나는 지극 정성으로 집안일을 하고 있었다. 하루하루 석방될 날을 기다리면서.

아침에 일어나자마자 주방에 있으려다가 잠시 안방으로 들어갔다. 여섯 시쯤 된 시각이었다. 아기가 안 자고 있었다. 잠시 안아줘도 되겠냐고 물으니 은비가 허락했다. 안자마자 방긋! 아기가 웃었다. 어떠한 숨김이 없는 자연스러운 웃음이었다. 햇살을 받아 봉오리가 팟! 하고 터지는 것만 같았다. 와락 눈물이 났다. 아기가 내 생일을 알고 나한테 선물을 보내온 것이다. 이것 하나면 되었다! 나는 아기한테 고맙다고 하면서 안아주었다. 주방으로 갔는데 뭔가를 발견했다. 맞은편 창문에 'HAPPY BIRTHDAY'라고 쓴 금빛 글자가 붙어 있었다. 글자의 양쪽으로 색깔 풍선이 세 개씩 달려 있었다. 은비야! 네가 한 거지? 고마워! 참, 멋지다! 언제 했니? 내 말에 은비가 웃으면서 말했다. 새벽에. 자는 오빠를 넘어가면서 붙였어. 그래도 오빠가 깨지 않더라. 나는 글자와 풍선은 어디에 있었던 거냐고 물었다. 예전에 썼던 것을 찾은 것인가? 사러 갈 시간이 없었을 텐데. 은비는 해산 전부터 미리 계획해서 사놓았던 거라고 했다. 언제 이렇게 챙겨줘 보겠어. 마침 이렇게 와 있을 때 엄마 생일이라서 준비했던 거야. 생일 축하해. 엄마. 그리고 이것. 은비가 작은 카드를 건네줬다. 갑자기 또, 눈물이 날 것 같았다. 읽을 수가 없었다. 나중에 봐야겠다고 생각하고 자는 방 매트리스 위에 놓아두었다. 그리고는 아침 준비를 했다.

# 19 / 45
# 먼지 같은

저녁에 제일이 꽃을 사 왔다. 보랏빛 카네이션이었다. 자주색에 가까운 보랏빛이었다. 자유로운 영혼을 가지신 장모님께! 제일이 이렇게 말했다. 웃어야겠다고 생각해서 웃었다. 케이크를 내밀었는데, 치즈 케이크였다. 혹시 고구마 케이크를 좋아하시나요? 제일이 케이크를 꺼내면서 물었다. 아니, 치즈 케이크를 좋아해, 하고 말했다. 나는 어른이니까. 내가 고구마 케이크를 좋아한다는 것을 은비는 알았을 것이다. 사실, 제가 치즈 케이크를 먹고 싶었어요. 제일이 솔직하게 고백했다. 나는 잘했다며 웃었다. 제일이 식탁 한가운데, 늘 앉던 제일의 자리를 가리키며 앉아라고 했다. 흠칫 놀라면서 앉지 않겠다고 했다. 감히, 주인의 자리에 앉을 수 없는 종처럼. 자신의 신분을 잘 알고, 알아서 몸을 사리는 하녀처럼 행동했다. 제일이 사진을 찍어야 하니까 잠시만 앉아라고 했다. 그리고 사진을 찍었다. 케이크를 들고 있는 나, 불을 끄는 나, 케이크를 절단하는 나, 웃고, 웃고, 웃고 있는 나, 은비와 나란히 하트 모양을 하며 팔을 치켜든 나. 폴라로이드 카메라로도 찍었다. 작은 렌즈에 셋의 얼굴을 억지로 구겨 넣은 사진. 제일의 얼굴은 풍선처럼 부풀어 올라 있었다. 스스로 주문을 걸었다. 웃어야 해. 지금은 제일과 은비한테 기쁨을 줄 시간이야. 환하게 웃어. 더, 크게 환하게! 나중에 나온 사진을 보면, 얼굴은 웃는데 허리는 이상하게 뒤틀려 있었다. 은비하고 찍은 사진들에서는 은비 쪽으로 너무 몸을 기울여서 균형을 잃을 지경이었다. 그렇게 내 생일이 지나가고 있었다. 왜 그렇게 나한테 화를 내세요? 라고 두 눈을 동그랗게 뜨며 나보다 더 큰 소리를 지르던 제일, 그런 제일을 두둔하며 나를 매몰차게 대하던 은비. 그 일이 있고 나서 5일이 지난 날이었다.

보랏빛 카네이션을 식탁에 두었다. 모두가 잘 볼 수 있는 공간이었다. 매일 물을 갈아주었다. 제일이 출근하고 난 뒤, 한적한 시간에 꽃병 두 개를 놓고 사진을 찍어보았다. 은비가 받았던 분홍빛 카네이션과 보랏빛 카네이션을 나란히 놓았다. 식탁 위에, 탁자 위에 놓고 각각 배경을 달리해서도 찍었다. 풍선과 해피버스데이 사이에도 놓고, 푸른 숲이 있는 액자 앞에 놓고도 찍었다. 분홍과 보라 카네이션은 서로를 이해하고 화해하는 듯했다. 우리는 왜 이 카네이션처럼 되지 않을까. 하루에 세 번 이상 주문처럼 계속하는 호오포노포노의 네 가지 말들. 그 말대로 그냥 하면 되지 않을까? 미안하고 용서하고 감사하고 사랑하면 되지 않는가?

생일날, 자기 전에 읽었던 카드에는 이렇게 적혀 있었다.

'사랑하는 어머니께. 엄마! 머나먼 길을 큰 각오를 하고 와주셔서 감사해요. 엄마와 이렇게 시간을 보낼 수 있어서 매일매일이 감사하고, 행복해요. 이제는 엄마가 힘들어하시는 모습을 보면, 꼭 안아드리고 싶은 마음이 들어요. 시간이 갈수록 엄마를 더 이해하고 마음 깊이, 따뜻하게 챙겨나가는 딸이 되고 싶어요. 하와이에서의 남은 시간 동안 우리 행복하고 즐겁게 지내요. 감사하고, 사랑합니다. 생신 축하드려요. 딸 은비 드림.'

빨간 카네이션 그림이 카드 안과 겉에 붙어 있었다. 나중에 물어보니, 은비가 그 그림을 다른 곳에서 오려와서 붙였다고 했다. 카드 겉에 붙은 카네이션 위에는 '사랑하는 어머니께'라고 아치 형태로 두 개의 하트와 함께 적혀 있었다. 봉투에 이 카드를 넣은 채 내가 자는 매트리스 옆 창가에 두었다. 내가 떠나오기 직전까지 그 자리에 그대로 두었다. 사랑하는 어머니께. 그 말을 하루에 한 번 이상 읽고 또 읽었다.

은비와 불거진 감정의 고리는 어디서부터였을까. 낮 동안, 수유할 때 슬그머니 은비 곁으로 가 있곤 했다. 분명 풀어야 했는데 잘되지 않았다. 은비는 아마도 내가 하기 싫은 주방일을 하고 있어서 신경이 날카롭다고 여겼으리라. 나는 나대로 은비가 수유하느라 잠을 제대로 자지 못해서 그렇다고 여겼다. 그깟 주방일은 잘하지는 못하지만, 지극 정성으로 하니 해결이 되긴 했다. 단 한 번, 고함을 질렀던 날에 가졌던 감정들이 여전히 남아있어서 좀처럼 훌훌 털고 나오지 못했다. 동생이나 후배한테 하듯 나를 대하던 은비의 태도가 못마땅했다. 홀대하는 태도에 대해 사과받고 싶었지만, 절대 그러지 못할 것을 알고 있었다. 은비는 그것이 절대 홀대가 아니라고 우길 게 뻔했다. 그러니 대화는 겉돌고, 나는 진심을 드러낼 수 없었다. 극도로 말수를 줄이고 있는 내 모습에 대해서도 은비는 묘한 눈치를 채면서 언짢아하고 있었다. 그럴수록 나는 지극 정성을 다하고 있었다. 삼겹살을 굽는데 제일이 어떻게 이렇게 잘 구웠냐고 대단하다고 칭찬하면 단 한마디로 이렇게 말했다. 지극 정성으로! 정말, 그랬다. 다만 나는 거의 먹지 않았다. 하녀가 주인의 식탁에서 같이 먹다니! 있을 수 없었다. 그래서 주로 서서 먹거나 먹지 않거나 했다. 그 모습을 보던 은비가 한마디 쏘았다. 밥을 먹으면서 돌아다닌다고 뭐라고 해놓고서는! 왜 서서 먹어? 앉아서 먹으란 말야. 그러면 슬그머니 눈치를 보면서 먹지 않았다. 정말이지 나는 그렇게 느꼈다. 집안일을 하되 흠집 없이 할 것! 새집에 누가 되지 않게 깨끗하게 할 것! 그 어디든 기스가 나지 않게 할 것! 그러니 부지런하게 일하되 흔적이 없는 먼지 같은 사람이 될 것!

## 20 / 45
## 마음의 코르셋

그런 역할을 하느라 존재감 없이 지냈다. 내 존재를 내세우면 안 된다며 마음의 코르셋을 조였다. 자주, 불목하니를 떠올렸다. 여기는 내가 스스로 들어온 곳이다. 나는 불목하니가 불을 때고 물을 긷고 허드렛일하듯 종노릇을 해야 한다. 어떤 날이었다. 요리를 하고 있는데 아침나절부터 은비가 곁에서 수납장을 정리하고 있었다. 넓지 않은 주방에서 그렇게 하는 것이 상당히 거슬렸다. 정리는 나중에 하면 좋을 텐데, 빨리 준비해야지 제일의 도시락을 싸줄 텐데. 마음은 급하고, 은비는 내 동선을 가로막으며 몸을 놀리고 있고. 참 난감했다. 그때도 불목하니를 떠올렸다. 이 집의 여주인이 몸소 납시어 이렇게 일하고 있다. 어쩌겠는가. 가만히 있자. 감히 종이 나설 일이 아니다. 가만히 입 닫치고 비좁은 가운데 요리를 했다. 그런 식이었다.

생일 케이크를 한 조각 정도 겨우 먹었을 뿐이었다. 다음 날, 제일이 케이크가 있냐고 물어와서 챙겨줬다. 그다음 날에도 챙겨주니 좋아라 했다. 나보고 잘 먹었는지 묻지도 않았다. 그래서 더 먹을 수도 없었다. 호놀룰루 쿠키도 그랬다. 은비가 수유하는 자리에 쿠키 봉지가 놓여 있어서 그런가 보다 했다. 새벽에 수유하다 보면, 얼마나 출출할까. 제일이 은비를 챙겨주는 모습이 보기 좋았다. 그런데 한번은 제일이 그 쿠키를 가져다가 먹었다. 먹으면서 나보고 먹어보라는 소리 한번 없었다. 그러면 그렇지. 종이 주인 것을 어떻게 탐할 수 있겠는가. 나는 당연하다며 스스로를 달랬다. 생일 며칠 뒤였다. 그제야 은비가 나를 살짝 불렀다. 쿠키를 한 번 먹어보라는 거였다. 엄청 맛있다고 했다. 나는 괜찮다고 했다. 그래도 한 번만 먹어 봐라고 했다. 마지못해 한 개를 먹었더니 한 개를 더 먹어라고 해서 두 개를 먹었다. 쿠키 봉지를 본 열흘 만이었다. 그렇게라도 불러서 먹게 하다니. 황송할 따름이었다.

나도 알고 있다. 이런 마음이 얼마나 어리석고 부족한 것인지. 말도 되지 않은 것인지. 내가 느꼈던 감정들, 생각들은 죄다 내가 미성숙한 탓에 가지게 된 것이다. 성숙하고 현명했더라면 이런 일을 겪지 않았을 것이다. 이곳에 왔다는 것부터가 어리석기 짝이 없었다. 왜 이렇게 사서 고생을 했던가. 학교 일로 시간을 뺄 수가 없다고 둘러댔어야 했던 게 아닌가. 다른 핑곗거리도 많았다. 특히, 할머니를 모실 사람을 도저히 구할 수가 없어. 혹은 할머니가 도저히 나를 놓아주지 않아. 그렇게 해도 좋았지 않았던가. 바락바락 가야 한다고 우겨서 이렇게 와서는 돈도 시간도, 감정도 낭비하다니. 온종일 온몸을 바쳐서 일해도 좋은 소리 한번 듣지 못하고, 집에서는 어머니가 내 욕을 그렇게 바리바리 강 선생한테 퍼붓고 있는데. 도대체 뭐 하는 짓인가. 이게. 이런 게 내 모습이라니.

차라리 오지 않았어야 했다. 오더라도 한 십일 정도로만 가볍게 있다가 가야 했었다. 나 자신을 원망하고 또 후회했다. 그렇지만 아무리 발버둥을 쳐도 이미 주어진 날을 삭제시킬 수 없었다. 그냥 세월이 흐르기를 바라며 버티는 수밖에 없었다. 그런 내 감정이 어쩌면 솔직하게 얼굴에 드러났을 수도 있다. 제일이 한 번은 이렇게 말했다. 걱정 마세요. 이 또한 지나갑니다. 그 말에 웃었다. 그랬다. 생각보다 나는 많이 웃었다. 힘없이. 어이없이.

제일이 식사 시간에 자주 일어난다는 사실을 은비한테 말한 것은 이유가 있었다. 놀랍게도 은비가 제일처럼 하고 있기 때문이었다. 부부가 닮는다는 말이 있던데, 그 말이 맞구나 싶었다. 불과 2년 사이에 은비는 오랫동안 같이 산 것처럼 닮고 있었다. 어투도 그랬는데, 제일처럼 이렇게 말했다. 저것 좀 갖다 줄 수 있어? 이것 좀 해줄 수 있어? 그 말이 상당히 거슬렸다. 부탁 조로 묻고 있지만, 억지스러웠다. 차라리 이것 좀 해줘, 저것 좀 해줘, 라는 말이 나았다. 왠지 딱딱한 데다가 가식적인 예의를 가장한 느낌이었다. 내가 알던 은비의 어투가 아니어서 더욱 그랬을 것이다. 게다가 식사 시간에 벌떡벌떡 일어나서 어디론가 갔다가 오곤 했다. 예전의 은비는 그러지 않았다. 식사하다가 어떤 일이 있으면 밥 먹고 하자! 라고 했었다. 무분별하게 닮아가는 모습에 아연실색한 나는 은비한테 말하지 않을 수 없었다.

"응, 나도 처음에는 이상해서 왜 그런지 물어봤어. 나한테 알려줄 게 많아서 그렇대. 밥을 다 먹고 나면, 생각이 안 날까봐 생각날 때 바로 알려주려고 자꾸 일어난 거래."

그렇게 말하더니 이제는 은비가 그랬다. 밥 먹다 말고 나한테 뭔가를 알려주었다. 제일을 따라 하는 게 분명했다. 언젠가 이렇게도 물어봤다. 예배를 드릴 때마다 왜 그렇게 다리를 떨지? 제일은 그랬다. 이상하다고 느낀 것은 결혼식 이후 출국을 앞두고 교회에서 예배를 드릴 때였다. 내 오른쪽에는 어머니가 왼쪽에는 제일과 은비가 앉았다. 갑자기 제일이 양다리를 바르르 바르르 떨었다. 그 서슬에 책상이 함께 떨리고 소리까지 날 정도였다. 한 번 정도 그렇게 하는 게 아니었다. 예배드리는 한 시간 내내 그렇게 떨었다. 버릇치고는 고약했다. 저 정도면, 뭇사람들의 눈에도 띌 게 분명했다. 틱 같은 것일 수도 있었다. 내면에 만성화된 불안 덩어리를 가지고 있을 거라고 짐작했다. 그 일을 깡그리 잊고 있었다. 그러다가 같이 지내니 유독 눈에 띄는 거였다. 내 물음에 은비는 이렇게 말했다.

“다리 떠는 것. 나도 물어봤어. 성가대 할 때도 계속 다리를 떨거든. 허리가 아파서 그렇대. 다리를 떨면 허리가 좀 괜찮아진대.”

그렇구나, 하고 말했지만, 대번에 알 수 있었다. 제일은 방어기제가 너무나 단단한 사람이다. 곁에 있는 사람에게까지 잘못된 확신을 주게 될 정도다. 게다가 은비는 믿고 싶은 대로 믿을 것이다. 가족을 객관적으로 들여다보는 것은 여간해서 잘 되는 일이 아니니까.

내가 그랬다. 어머니가 경계성 인격장애라는 사실을 인정하지 않았다. 우울증이 심하다고만 여겼다. 고함지르고 욕하고 혼자서 훌쩍이는 어머니의 모습을 늘 바라보며 자라왔다. 마음에 조금이라도 들지 않으면 바로 욕부터 해대는 어머니.

정신과 간호사를 20년 동안 하면서도 어머니의 인격이 파괴되었다는 사실을 부인했다. 첫 번째 결혼에 실패해서 우울증이 생겼다고만 믿었다. 훗날 결혼을 한 번도 아니고 두 번이나 실패해도 어머니 같지 않은 나를 발견했다. 그럼 무엇 때문일까. 어머니 말대로 아버지가 미친놈이거나 지질맞을 놈이어서일까? 내가 기억하는 한, 아버지는 순한 편이었다. 황소고집과 뚝심이 있었지만, 그것마저 없었으면 일찌감치 큰 병이라도 걸렸을 터였다. 아버지의 고집은 어머니의 등쌀을 버텨낼 수 있었던 유일한 무기였던 셈이다. 사업이 망해서 화물차를 운전하게 되었을 때, 어머니의 악다구니는 점점 거세어져 갔다. 집에서 쫓겨나 딱히 갈 데가 없는 아버지. 추운 겨울에 히터도 켜지 않고 용달차 안에서 웅크리고 있던 아버지를 기억한다. 아버지는 극도로 끓어오르는 화를 주체하지 못해서 살림을 패대기친 적이 있긴 했다. 어머니의 가슴에 빨간 손자국이 남을 정도로 밀쳤던 적도 있었다. 하지만 그것은 평생 다섯 손가락에도 꼽지 못할 만큼 드물었다. 더 자주는 어머니의 악다구니, 고함, 욕설, 언니와 나를 향해 휘두르던 몽둥이, 매서운 눈빛으로 저주를 퍼붓던 모습이다. 그 모든 세월을 어떻게 견뎌냈을까, 나는.

## 21 / 45
# 운명이야

언니는 어머니보다 더 심각한 상태가 되고 말았다. 그 조짐이 일어난 것은 11살 때부터였다. 나란히 자던 나를 더듬었다. 어른들도 다 한다며, 내 아랫도리에 불쑥불쑥 손이 들어왔다. 한 3년 동안 그런 행동을 했다. 어머니한테 이른 이후에는 그 행동이 뜸해지다가 결국 멈추었다. 망설이다가 털어놓았을 때, 어머니는 오히려 언니 편을 들며 나무랐다. 좋아서 만지는 건데, 그것도 안 된다고 해? 야멸찬 년!

한때는 그런 언니가 너무 무섭고 징그러워서 집에 있을 수가 없을 지경이었다. 그런 이후 언니는 머리가 너무 아프다고 고함을 질렀다. 하루에도 수십 번씩 아픈 머리를 부여잡았다. 큰 병원을 가봐도 소용이 없었다. 급기야 아버지는 언니를 데리고 정신과로 갔다. 처방받은 약을 먹었는지 기억이 없다. 다만, 아버지는 계속 병원에 다니는 것 말고 다른 방법을 선택했다. 언니만 데리고 여행을 간 것이다. 그렇지만 언니의 날카롭고 신경질적인 태도는 나아지지 않았다. 극도에 달했던 것은 고등학교 때였다. 언젠가 악다구니를 하던 어머니를 피해 도망쳐 나오던 아버지처럼 이제는 어머니와 내가 피신해야 했다. 언니는 보이는 물건은 모조리 던지며 고함을 질러대곤 했다. 집 근처 다방에 들어가서 어머니는 신세 한탄을 하곤 했다. 어떤 날에는 언니와 어머니가 뒤엉켜 개처럼 싸우기도 했다. 그러고는 또 언제 그랬냐는 듯 나를 비웃으며 둘이서 시시덕거리곤 했다. 그 모든 파란만장한 집안 분위기. 정상이 아닌 게 분명한 집. 나를 붙잡고 수시로 울던 어머니. 그러면 함께 울먹이며 그런 어머니를 달래던 나. 어머니는 형편없이 어렸고, 약했고, 막무가내였다. 그런 어머니가 심각한 우울증이라고 둘러댔다. 경계성 인격장애라는 사실을 알고서도 모른 척했다. 나중에 언니와 형부가 어머니는 혼자 고생하도록 내버려 둬야 한다고 했을 때도 발끈 화를 냈다. 이미 고령에 든 어머니를 어떻게 혼자 둔단 말에요! 그런 말은 꺼내지도 마세요! 라고 했다. 언니는 자기 말을 받아들이지 못한다며 나를 비난하곤 했다.

형부는 결혼 초기만 해도 언니와 싸움이 잦았다. 언니는 형부한테 자주 구타를 당하는 모양이었다. 언니의 어깨 정도밖에 오지 않을 정도로 키가 작았던 형부는 전도사였다. 목사가 되기 위해 대학원에 진학했고, 결국 목사 직위를 따냈다. 몇 군데의 교회를 전전했는데 얼마 가지 못해 쫓겨나곤 했다. 그게 언니 탓이라고 여기고 언니를 때려왔다. 그러다가 조카들이 아직 어릴 때, 형부는 교회를 열었다. 몇 명의 신도들이 생겼고, 그나마 잘 운영하는가 했지만, 2년도 채 안 되어 문을 닫았다. 이유를 알 수는 없지만, 그때도 언니 때문이었을 것이다. 언니는 너무나 말이 많았다. 잠시도 쉬지 않았다. 상대방이 자기 말을 듣지 않으면 불같이 화를 냈다. 오로지 자기 말이 맞다고 떠들어대니 예의상 말을 듣고 있다가도 뒤돌아서면 욕이 나올 지경이었다. 인간관계에서 상처받은 언니가 사모 역할을 잘할 리가 없었다. 아이들은 자라나고, 중학교에 보낼 등록금은 없고. 언니와 형부는 광고지를 붙이거나 폐지를 주우면서 살았다. 그러다가 시골을 전전하며 이사를 하곤 했다. 수차례나 이혼한다는 말도 했다. 그런데도 언니와 형부는 평생을 함께하고 있다.

언젠가 형부가 이런 말을 했다. 처음에는 언니가 너무나 싫어서 견딜 수가 없었다고. 자신의 인생을 망친 여자라는 생각밖에 들지 않았다고 했다. 그러다가 언젠가부터 생각을 고쳐먹었다고 했다. 현생에서 내가 진 십자가는 바로 언니라고. 이혼을 한 채 목회 일을 할 수 있는 것도 아니고, 이혼을 못 할 바에야 목회를 접겠다고. 그리고 형부는 학원 차 모는 일을 했다. 교통사고로 다리를 심하게 다쳐서 인공관절 시술을 하고 나서도 운전을 계속했다. 그랬지만 엄청난 생활 빚을 갚기에는 역부족이었다. 그때쯤, 나는 카드깡 사기를 당했고 수천만 원의 빚더미에 올라 있었다. 형부가 보증을 서 준 것이 있었는데, 내가 경제적으로 망했다는 소식을 듣자마자 전화를 걸어왔다. 정신이 있어? 없어? 내 돈 내놔! 하며 막말을 했다. 은행에 직접 주지 말고 형부가 자신의 계좌로 보내오라고 했다. 나는 꼬박꼬박 그 돈을 갚았다. 아무리 돈이 없더라도 그 돈만큼은 갚아나갔다. 점심 끼니도 거르고, 버스비도 아껴서 보냈다. 그렇게 한 3년 뒤, 충분히 그 돈을 갚고도 남았을 시기였다. 신용회복위원회에 도움을 청하며 알아보니 그 돈은 사라지고 없었다. 단 한 번도 은행으로 들어가지 않았던 것이다. 그때 형부한테 연락하니, 오히려 역정을 냈다. 아, 그깟 돈. 갚으면 될 거 아냐! 뭘 그것 가지고 그래! 형부의 그런 반응에 아무 말도 못 하고 전화를 끊었다. 언니는 그 돈을 꼭 갚아야 한다고 생각했던 모양이었다. 조금이라도 돈이 생기면 조금씩 돈을 보내왔다. 견해가 달라 형부와 싸워서 보냈다고 했다. 그런 말조차 듣기 불편했다. 언젠가 보내온 돈들은 형편없이 어려운 조카들한테 도로 돌려주기도 했다. 조카들은 기억이나 할까? 조카들은 내게서 돈을 받았다는 얘기를 한 번도 꺼낸 적이 없었다. 그래도 상관없었다. 그저 조금이라도 돕고 싶었다. 큰 조카는 중학교에 가지 못했다. 대학에 들어가서부터 큰조카는 영락없이 제 엄마 흉내를 내고 있었다.

언니는 40일 금식기도를 하고 나서 자주 환상을 얘기하곤 했다. 하나님의 계시를 받았다고 주위에 알리기도 했다. 형부는 그 말을 믿는 눈치였다. 아이를 학교에 보내지 않은 것도 계시였을 것이다. 언니는 자주 꿈을 꾸고, 예지몽이라고 함부로 믿었다. 나한테도 연락을 해와서 꿈대로 행하라고 했다. 형부 친구 목사와 결혼하라고도 했다. 듣지도 않으려는 나에게 불같이 화를 냈다. 당장 결혼하라고! 너는 그렇게 해야 할 운명이야! 그게 하나님의 지시야! 그걸 모르다니, 천벌 받을 거다! 그런 식이었다.

큰 조카가 진학을 포기하자 작은 조카도 초등학교를 자퇴했다. 주위의 만류에도 소용이 없었다. 단단하고 듬직한 몸집에 쾌활하던 둘째를 기억한다. 몇 년 사이에 홈스터디로 검정고시에 합격했지만, 둘째 조카는 놀라울 정도로 변하고 말았다. 위축되고 왜소해 보였다. 그러다가 큰 애가 열여덟, 작은 애가 열일곱에 대학에 입학하게 되어 지방신문에까지 알려지게 되었다. 큰 애는 지상파 방송국에서 성공담을 들려줄 수 있겠냐는 제의도 받았다. 부모도 잠시 출연해야 한다고 해서 큰 애는 오랜만에 부모한테 연락했다고 한다. 언니 내외는 그렇게 하는 조건으로 큰 애한테 고분고분할 것, 잘못을 뉘우치고 사죄할 것을 요구했고, 큰 애는 그걸 거부했다. 결국 방송 건은 물 건너가고 말았다. 조카는 도대체 뭘 그렇게 잘못했던 걸까. 그러다가 사달이 난 것은 큰 애가 대학 입학을 앞두고 모아놓은 돈 때문이었다. 아이스크림 가게에서 아르바이트해서 1년 가까이 차곡차곡 모은 돈이 있었다. 큰 애는 그 돈의 일부로 파마를 했고, 그게 부모님을 진노하게 했다. 한 푼이라도 아껴서 기숙사비를 내야 한다는 게 이유였다. 얼마나 상처가 컸던지 큰 애가 전화해서는 펑펑 울었다. 단 한 번, 그렇게 한 것인데 그걸 이해하지 못하는 부모에 대한 원망이 컸다. 중재한답시고 형부와 통화했지만, 소용없었다. 형부는 아이에 대한 원망과 분노가 아이보다 훨씬 컸다. 아예 없는 자식 취급하겠다고까지 했다.

언니 내외가 자식한테 가지는 감정의 기복은 파도타기였다. 언니는 어머니와 은비와 나로 이뤄진 가족 구성에 대해 곧잘 비난의 말을 던지곤 했다. 그렇게 살다가는 아이가 어긋나기 마련이라고 했다. 아무리 싸우더라도 우리는 안정적이잖아. 부부가 이렇게 사는 게 맞는 거지. 언니가 그렇게 말하면 형부는 미소를 머금으며 맞다는 표정을 지었다. 작은 애가 열두 살이 되던 무렵에 형부가 인근의 맥줏집으로 모두를 데리고 갔다. 아이들이 올 데가 아니지 않냐고 해도 형부는 괜찮다고 했다. 어른들이 하는 것, 아이들도 할 수 있는 거야. 언니는 이렇게도 말했다. 몽정이나 자위하는 것도 우리는 다 까놓고 말해. 뭐, 숨기는 것이 하나도 없어. 그게 가족이지. 술도 어른한테 이렇게 배우는 거야. 자, 한잔해. 열두 살 아이가 익숙하게 맥주를 입에 털어넣고 있었다. 도무지 상식적이지 않은 처사였다. 아니라고 말하는 나를 이상하게 보며 말했다. 너는 결손 가정의 가장이잖아. 우리가 맞아. 두고 봐. 우리가 아이들을 아주 잘 키우고 있는 거라고!

22 / 45

# 언니는 잘 지내나요?

두고 보니, 아니었다. 상식을 거슬리는 것이 맞는 게 아니었다. 결손 가정을 어쩔 수 없이 이끌었던 나는 치료사가 되었다. 은비는 결혼해서 선우를 낳았다. 갈등이 있다고 하더라도 우리는 늘 소통 중이었다. 언니네는 자식들과 단절한 지 여러 해가 되었다. 결정적인 발단이 된 일에 대해 여러 번 들은 바가 있다. 대학 생활 내내 큰 조카는 여러 개의 아르바이트와 학업을 병행하고 있었다. 작은 조카도 예외가 아니었다. 부모들은 자립심을 키워줘야 한다며, 경제적인 지원을 거의 하지 않았다. 그러면서도 한 번씩 아이들이 자취하고 있는 집을 방문하곤 했다. 큰조카는 개를 기르고 있었는데, 언니는 동물을 질색했다. 개를 처분하라고 다그쳤는데, 큰조카는 계속 길렀다고 한다. 어느 날, 전화에서 다시 그 이야기가 나왔고, 큰 조카는 '개소리'라고 했다 한다. 그러니까 개소리 그만해! 이렇게 말한 것인데 옆에서 그 말을 듣고 형부가 극도로 화를 내면서 엄포를 놓았다고 했다. 너, 그렇게 네 엄마한테 욕할 거면 부모 자식 인연 끊자. 더 이상 연락하지도 찾아오지도 마라. 그게 사건의 전말이었다. 그 이후 형부는 철저히 그 말을 지켰고, 큰 조카를 보지 않았다. 언젠가 내가 어떻게 하면 다시 딸을 볼 거냐고 물어본 적이 있었다. 석고대죄해야지. 무릎을 꿇고 싹싹 빌고 뭐든지 우리 말대로 다 한다고 하면 모를까. 언니가 그렇게 말했고, 형부는 맞는 말이라고 했다. 처제가 몰라서 그런데, 그 애는 내 딸이라고 하기에 부끄러울 뿐이야. 얼마나 악독한지 몰라. 형부 입에서 그런 말이 흘러나왔다.

그 악독하다던 조카는 너무나 아팠다. 내가 알던 조카는 살려고 발버둥을 치고 있었다. 대학 1학년 때가 가장 큰 고비였다. 자주 손목을 긋거나 옥상에 올라갔다. 아이는 억지로 학교를 다니면서 식당 아르바이트를 하고 있었다. 아이가 내게 도와달라고 요청한 것은 바로 정신적 혼돈 때문이었다. 교양으로 심리학 수업을 듣고 있다고 했다. 자살, 우울척도 검사를 하는데 심각한 상태였다고 했다. 그 사실을 엄마한테 알렸지만, 엄마는 대수롭지 않게 말했다 한다. 혼자서 정신과에 찾아가야 하는지 고민 중이라고 했다. 병원에 가더라도 돈이 들 텐데, 그 돈이 없다고 했다. 학교에서 하는 무료 심리상담을 신청했지만, 대기자가 많아서 당장 할 수도 없다고 했다. 그 당시, 나는 문학치료학 박사과정이었다. 조카와 이모라는 관계에서 상담이 성립될 수 없다는 상담의 윤리적 원칙을 깨뜨렸다. 무조건 달려가야 했다. 매주에 한 번씩, 아이의 기숙사 방으로 잠입했다. 외부인 출입이 금지여서 모자를 눌러쓰고 학생인 척했다. 수위한테 걸리지 않고 계획했던 열두 회기를 다 할 수 있었다. 특별히 계획된 심상 시치료 기법이 적중했던 걸까. 한 번씩 편의점으로 데리고 가서 먹고 싶은 것을 사게 했던 효과였을까. 매일 같이 자살 충동이 올라오곤 했던 아이가 드디어 살아야겠다고 했다.

엄마와 사이에 좋은 추억이 하나도 없어요. 단 한 번도 엄마한테서 따스함을 받은 기억이 없어요. 조카가 울상을 지으며 말했다. 조카가 꺼낸 이야기 대부분이 엄마였다. 엄마에 대한 애증은 조카의 엄마처럼 심각했다. 프로그램의 마지막 회기를 앞두고 조카가 나를 바래다주면서 말했다. 그날은 내 생일이었는데 나는 심한 감기에 걸려있었다. 조카한테 생일이라는 말을 하지 않았다. 마침 보름달이 떠 있었다. 버스 정류장까지 걸어가면서 조카가 말했다. 아, 이모. 그러니까 생각이 나요. 이렇게 환하게 달이 뜬 날이었어요. 일곱 살 때였을 거예요. 엄마가 저한테 이렇게 말했어요. 아유, 참 예쁜 달이 떴네! 저 달보다 네가 더 예쁘고 곱구나! 왜, 그 말이 지금에야 생각났는지 모르겠어요. 분명, 그렇게 나를 예뻐해 줬는데. 조카는 그날, 내게 멋진 생일선물을 안겨주었다. 몇 주 뒤에 회기를 끝내면서 다시 조카가 말했다. 이제는 죽고 싶다가도 이모 얼굴이 떠올라서 화들짝 놀라 깹니다. 순식간에 죽고 싶은 마음이 사라져요. 그리고 몇 년 뒤 조카는 자퇴하겠다던 대학을 무사히 졸업했다. 그리고 오랫동안 사귀어온 남자친구와 결혼하겠다고 했다. 결혼을 앞두고 신랑과 함께 찾아가서도 언니 내외는 문전 박대를 했다. 다급해진 큰 조카가 나를 통해 사정을 해와서 연락을 해도 소용없었다. 처음으로 다 함께 보자고 해서 오빠, 언니의 만남에 내가 큰 조카와 신랑감을 오게 했는데, 그게 더 큰 사달이 나고 말았다. 형부는 험악한 문자까지 보내왔다. 나를 죽이겠다며 협박해왔다. 평생 두 번 다시 보지 말자고 했다. 나한테 했던 이 말을 형부는 철두철미하게 지켰다.

결국 큰 조카의 결혼식에 언니 내외는 오지 않았다. 어머니와 나, 은비, 작은 조카만이 유일하게 참석했다. 신랑감이 오빠들한테 인사를 했던 차라 오빠들한테 갈 거냐고 물어봤지만, 거절했다. 그 결혼은 1년이 채 가지 못했다. 조카의 남편은 그 당시 대학원생이었다. 매일 같이 술을 마신다는 사실을 듣고 부디 금주하라고 당부한 적이 있었다. 물론, 그 말이 통하지 않을 거라는 사실을 알고 있었다. 결혼식 때 만났던 신랑의 아버지는 코끝이 빨개져 있었다. 피로연에서도 술에 취해 있었다. 그래서였을까. 이혼하게 된 일이?

나중에 조카한테서 연락이 와서 알게 된 사실은 이러했다. 술은 매일같이 마시지만, 그렇게 술이라도 마시지 않으면 아무 재미도 없다고 했다. 그러니 조카한테 남편의 술은 전혀 문제 될 사안이 아니었다. 이혼 사유는 남편의 무능력 속에 있었다. 조카는 유치원 교사였고, 그 일이 하기 싫었지만 해야 했다. 남편은 학생이니 당연히 생활비를 벌 수가 없었다. 임신했던 조카는 자신을 잘 돌봐주지 않는다며 남편을 타박하기 시작했다. 그러다가 유산이 되고 말았다고 했다. 조카는 유산 당한 탓을 오로지 남편한테 돌렸고, 급기야 오만 정이 떨어져서 헤어졌다는 거였다. 그러면서 조카는 덧붙였다. 이모, 그래도 혼인 신고를 하지 않았거든요. 그래서 법적으로는 깨끗해요.

그 이후로 조카한테서 간혹 연락이 오곤 했다. 조카는 유난히 들뜬 목소리로 잘 지낸다고 했다. 연극 동아리에 소속되어 활동도 하고 있어요. 은비언니는 잘 지내나요? 결혼이 재미있대요? 그거, 별것 아닌데. 나중에는 환멸을 느낄걸요. 저도 그랬으니까요. 이런 말들을 해왔다. 예전에 신랑과 함께 명절에 찾아왔을 때만 하더라도 나는 '용서'에 대해 얘기를 꺼냈다. 네 부모님을 용서하거라. 그게 자신을 사랑하는 길이란다. 그 말에 조카는 발끈 화를 내곤 했다. 용서라뇨? 누가 누굴 용서해요? 말이 통해야 용서죠. 실은 지금 이대로가 좋아요. 서로 왕래하지 않는 게 편해요. 왔다 갔다 하면, 또다시 저를 못 잡아먹어서 안달이 날 텐데, 그것보다 지금이 훨씬 나아요, 라고 했다. 그러니 여전히 부모와 단절한 채 지내고 있다.

작은 조카도 일련의 사건들이 있었다. 군대에서 잘 적응하지 못해서 관심병사로 지냈다고 들었다. 저보다 동생이 문제예요. 자꾸만 죽고 싶대요. 이렇게 큰 조카가 말한 적이 있을 정도였다. 다행히 만기 제대를 한 뒤, 묵을 집을 구할 때였다고 한다. 큰 조카한테 걸던 희망까지 작은 조카한테로 일방적으로 쏟아질 무렵이었다. 그런지 집세를 부모가 주기로 했던 모양이었다. 조카는 집을 구하는 과정을 화상 전화로 죄다 알리고 있었다고 한다. 집주인의 인상을 보니, 그 집에서 꼭 살아야 한다고 언니가 말했고, 연이어 형부도 그 말에 동의했다고 한다. 작은 조카는 방이 마음에 안 들어서 다른 곳에 가려고 했다. 그러자 자기 말을 듣지 않는다고 고함을 지르며 화를 냈다고 한다. 그 정도가 심해서 전화를 끊자 수십 통의 전화를 해대면서 받으면 고함, 화를 내는 모습에 그만 질렸다고 했다. 그래서 그런 지원을 받지 않겠다고 결심하고 대출을 받아서 집을 구했다고 했다. 그게 부모와 단절하게 된 결정적인 계기가 되었다고 했다. 벌써 3년 전의 일이다. 그 이후로 작은 조카는 어쩌다 한 번씩 전화 정도로만 소통하고 있었다.

## 23 / 45
## 원래 잘 안 울어요

큰 조카는 1년 전, 추석에 전화를 걸어왔다. 해마다 추석이나 설에는 방문하거나 전화를 걸어오곤 했다. 올해 추석은 찾아뵙지 못할 것 같아서 이렇게 전화를 하는 거라고 했다. 그러더니 옆에 남자친구가 있고, 친구 부모님께 인사를 드리고 오는 길이라고 했다. 조만간 이 친구와 함께 가겠다고도 했다. 나중에 다시 전화를 해왔다. 자신의 과거를 다 말했지만, 남자 쪽 부모님들이 이해하고 받아들였다는 거였다. 남편과 헤어진 지 불과 1년도 되지 않았을 때였다. 조카가 할머니한테는 어떻게 설명해야 할지 몰라서 전화한 거라고 했다. 나는 좀 더 기다려보자고 했다. 그러고 나서 다시 1년이 더 지난 후에는 조카는 그 남자와 헤어지고, 다시 예전 신랑을 만나고 있다 했다. 신기하게도요. 나랑 헤어지고 나서 직장도 잡았더라고요. 생각해보니, 우리가 7년간 연애하고, 그렇게 쉽게 헤어진 게 믿기지 않는 거예요. 아마 혼인 신고를 안 해서 쉽게 헤어진 것 같아요. 그래서 혼인 신고부터 하자고 했어요. 내일 다시 만나기로 했는데 만나서 얘기가 잘 되면 바로 신고부터 할 거예요. 나는 이번에도 좀 더 기다려보자고 했다. 중요한 일을 충동적으로 하면 분명 후회하고 만다고. 그게 내 경험이라고 했다. 결혼에 실패한 내가 하는 피눈물 나는 충고라고도 했다. 그 사람과 헤어지고 나서 스스로 잘 헤어졌다고 말한 적이 없었는지 물어보았다. 조카는 아주, 아주 많았다고 했다. 늘 그렇게 생각하면서 속 시원했다고 한다. 그런데 왜 또 만났는지 물어보았다. 그러게요. 늘, 제 주위에 있더라고요. 한 번씩 연락을 해오고. 그런데 생각해보니 내가 그 누구를 만나더라도 일부러 속일 수가 없으니 이 사람 얘기를 꺼내야 하더라고요. 결혼한 적이 있었다고요. 그러니 귀찮기도 하고요. 그런데 오랜만에 연락이 와서 만나게 된 거예요. 어떻게 만류하겠는가. 큰 조카는 또 언니의 성향을 닮아가고 있었다. 자기 말만 내세우고, 그 말을 듣지 않으면 바로 단절하고 상대를 저주하는 언니처럼. 내 말이 귀에 들어오지 않을 거라는 사실을 뻔히 알면서도 몇 마디를 보탰다. 차분하게, 안정된 마음에서 깊이 생각해보고 결정해야 한다고. 결혼이라는 것이 그렇게 쉬운 일이 아니고, 또 헤어지게 되었던 갈등과 섭섭함은 지내다 보면 똑같이 생길 수밖에 없다고. 그러니 좀 더 시간을 두고 만남을 가져 보라고. 내 말의 끝나기가 바쁘게 조카가 말했다. 그런데 언니는 행복하대요? 좋겠다. 곧 애가 태어나겠네요!

조카가 유산을 경험했듯, 은비도 그랬다. 결혼하고 나서 1년 만에 아이가 들어섰다. 별다른 태몽을 꾸지 않았더랬다. 다만, 그 소식을 듣기 일주일쯤 전에, 커다란 하얀 코끼리를 만났다. 정면에서 마주 보면서 코끼리 이마를 가지런히 쓰다듬고 있었다. 고요하고 성스러웠다. 그게 태몽인지는 모를 일이었다. 그때는 제일의 친부가 급성 간경화 판정을 받고 입원 중이었다. 아이가 생겼다는 말에 무척 기뻐하셨을 것이다. 그런데 결혼 초기이고, 싸움이 잦을 때였다. 지금에야 하는 말이지만, 은비는 어떻게 제일을 견뎠던 걸까. 나 같으면 도무지 자신이 없을 지경이었을 것이다. 나중에 은비한테 이렇게 말한 적이 있었다. 네가 결혼 초에 힘들어했던 것이 오롯이 이해가 간다. 잘 버텨내서 다행이다. 게다가 빵글이를 가지지 않았더라면, 지금까지도 힘들었을 것 같다. 이 말은 경우에 따라서는 남편에 대한 비판으로 들을 수도 있었다. 그렇지만 나는 진심으로 그렇게 느꼈다. 아이를 가지지 않았다면, 은비를 대하는 제일의 태도가 이렇게 변할 수는 없을 거라는 교묘한 논리가 작동하고 있었다. 제일은 자신의 가치 판단이 확

고했고, 그 테두리에 맞는 값을 지녀야 인정을 했다. 기대에 미치지 못하면 가차 없이 비판했다. 그게 제일의 성격이었다. 첫 임신은 그렇게 오래가지 않았다. 급기야 제일은 다급한 목소리로 내게 전화를 해왔다. 은비가 작은 방으로 들어가 문을 걸어 잠근 채 나오지 않는다는 거였다. 온종일 아무것도 먹지 않은 상태라서 위험하다고 했다. 어떻게 해야 할지 물어왔다. 잘못을 따지지 말고, 다만 달래고 들어주라고 했다. 그러면 문을 열 거라고 했다. 불안과 불만이 섞인 목소리로 은비가 감정 기복이 심하다고 했다. 정신과 치료든 심리치료든 받아야 하는 게 아닌지 물어봤다. 나는 그러다가 괜찮아질 거라고 했다. 어떤 불쾌한 상황이 생기면, 그게 과거의 아팠던 상처와 접목되어 자신도 모르게 언행으로 나타날 수도 있다고 했다. 다분히 학문적인 얘기였다. 내 말이 별로 도움이 되지 않았겠지만, 결론적으로는 무사히 해결되었다. 제일은 나와 통화를 끝내고 나서 바구니에 과일을 가득 담고, 꽃다발을 사 와서 문 앞에 둔 것이다. 화를 녹이기로 결심하고 행동으로 옮긴 것이다. 그런 노력에도 불구하고, 그 이전에 했던 몇 번의 싸움이 화근이 되었는지 결국 유산하고 말았다.

유산 소식을 듣고 제일과 은비는 동시에 부둥켜안고 울었다 한다. 참지 못하고 마구 화를 발산하던 날들이 한꺼번에 떠올랐다고 했다. 의사는 아직 젊으니, 얼마든지 희망이 있다며 노력하면 될 거라고 했다 한다. 은비가 직접 그 소식을 카톡 전화로 전해왔다. 전화에서 은비의 떨리는 음성을 들으며 눈물이 났다. 태명을 축복이라고 불렀던 아이. 한창 싸웠을 그 무렵에 은비한테 축복이를 생각해서 이겨내자고 했다. 은비는 지금 생각 같아서는 바로 한국으로 출발하고 싶다고 했다. 그냥 축복이와 둘이서 한국에서 살까 한다고도 했다. 축복이가 지금 배 안에서 넓은 마음으로 엄마, 아빠가 화해하기를 기다리고 있을 거라고 말해주었다. 은비는 아니라며, 이미 늦었다고 했다. 아이한테 악영향을 줄 대로 다 줬다는 거였다. 딱한 노릇이었다. 그리고 유산이라니. 이대로 축복이를 보낼 수가 없었다. 은비의 배 안에 있은 지 8주만이었다. 축복이한테 보내는 시를 적었다.

내 손자 축복아,
네 엄마가 갓 결혼을 하고 지도책에서만 봤던 하와이로 떠나고 난 꿈속에서 난생처음 코끼리를 만났는데, 코끼리의 하얗고 긴 코를 찬찬히 쓰다듬었는데 네가 하늘나라에서 왔다는 소식을 들었다. 네 엄마도 잘 아는 건데 말이다. 평소에 내가 얼마나 할머니 되기 싫어했는지, 참 철딱서니 없는 할머니인데 말이다. 네가 왔다는 말을 듣고 그냥 이런 말이 흘러나왔단다. 이건, 축복이야! 축복! 그리고 네 이름을 축복이라고 지었다는 얘기를 들었지. 내 손자 축복아. 너는 그렇게 온 것처럼 홀연히 갔구나. 아직 귀를 기울이거나 제대로 보기 전에, 아직 심장이 뛰기 전에 하늘나라로 다시 갔구나. 그곳에서 좀 더 머물렀다가 햇살이 맨발로 반짝거리며 뛰노는 날, 바람이 새순의 잎사귀를 찬찬히 쓰다듬어주는 날, 꽃을 키워내는 넉넉한 땅의 숨결이 들리는 날에 마음 놓고 건너오너라. 그때, 네 엄마와 아빠는 이제 축복과 행복이 함께 찾아왔다며 함빡 웃을 것이란다. 모든 것이 감사란다. 우리가 오고 가는 것도, 이렇게 마음을 주고받는 것도. 바로, 여기에서 하늘을 보는 것도. 함께 기도하는 것도. 또 만나자꾸나.

시를 쓰면서, 읽으면서 눈물이 솟구쳤다. 가슴이 먹먹했다. 그리고 축복이가 온 곳으로 다시 돌아가 평안히 쉬고 있기를 바랐다. 그리고 그다음 해 초에 빵글이가 하늘나라에서 건너온 것이다. 축복이를 잃고 나서 제일도 많이 울었을 것이다. 제일의 친부는 돌아가시는 순간까지 축복이가 하늘나라로 먼저 간 것을 몰랐다. 친부를 돌보던 분이 병세가 악화될까 봐

두려워 털어놓지 못했다고 했다. 이제는 축복이도 축복이의 할아버지도 그곳에서 만났을 것이다. 원도 없이 안고 어르며 같이 놀고 있을 것이다. 그런 일을 겪고, 제일과 은비는 서로의 관계를 위해 애썼을 거라고 짐작해 본다. 제일이 지나가는 말로 이렇게 말한 적이 있었다. 저는 원래 잘 안 울어요. 그런데 은비하고 살면서 많이 울었어요. 부디, 제일이 자신을 성찰하게 되는 기회가 되었기를 바랐다.

# 24 / 45
# 눈초리

제일은 다리를 떠는 것 외에 가끔 음음하면서 소리를 내기도 했다. 영락없는 틱이지만, 그 소리는 그렇게 심하지는 않았다. 어쩌다 한 번씩, 드물게 냈다. 이제 은비는 제일이 그렇다고 한다면, 달을 해라고 해도 믿을 심산이었다. 그게 어떻다는 것이 아니다. 은비도 모르게 제일의 버릇을 닮아가는 것이 문제였다. 말투나 행동에 벌써 그런 조짐이 보였다. 이러다 가치관마저 닮아갈 수도 있지 않을까. 형부가 그랬던 것처럼. 더 이상 언니와 싸우지 않는 형부, 언니를 원망하거나 때리지 않는 형부는 성숙해진 게 아니었다. 서서히 언니와 동화되어 갔다. 언니의 말을 그대로 믿었다. 이상한 꿈을 내세우며 계시라고 하면, 그것을 부인하지 않았다. 아니, 은근히 그 말에 기댔다. 그러는 동안 언니처럼 아이들에게 집착하고, 등을 돌리게 되었다. 큰 조카가 했던 말이 있다. 이상해요. 전에는 그러지 않았는데, 이제는 아빠가 엄마보다 더해요.

이렇게 가까이에서 제일을 보기 전에는 알지 못했다. 겸손한 미덕을 지니고 있다고만 알았다. 그게 사실이긴 했지만, 그것만으로 제일을 이름 그대로 제일이라고 볼 수가 없었다. 전에 제일은 늘 제일이었다. 결혼 초에 은비와 갈등이 심해서 하소연하는 전화가 와도 제일의 마음이 이해가되었다. 은비는 나한테도 종종 공격적인 어투와 신경질적인 태도를 보여왔다. 때로는 심할 정도였다. 게다가 은비는 할머니 편을 들면서 나를 비난하듯 했다. 화를 내는 할머니 때문에 속상해 있으면, 이렇게 말하곤 했다. 엄마가 퉁명스럽게 하니까 할머니가 그러는 거지. 엄마가 좀 다정하게 해봐. 할머니가 그러는지? 언젠가 제일이 나한테 전화를 해와서는 이렇게 말하기도 했다. 그런데 장모님. 은비가요. 엄마가 아니라 할머니가 안쓰럽대요. 엄마에 대해서는 별로 마음이 가지 않는대요. 이상하지요? 도대체 어떤 마음이기에 그런 말들이 나오는지 알 수 없는 노릇이었다.

제일의 버릇은 은비가 아니라 선우한테 영향력이 클 것이다. 아무것도 모른 채 그래도 되는 줄 알고 따라 할 것이다. 예배를 드리며 쉬지 않고 다리를 떠는 선우. 음음거리는 소리를 내는 선우. 식탁에서 수십 번도 더 자리를 뜨면서 한 시간도 넘게 밥을 먹는 선우. 생각만 해도 끔찍할 노릇이다. 그리고 제일의 가치관도 있다.

제일이 어떤 생각으로 꽁꽁 뭉쳐 있는지 알기 위한 일이 있었다. 이사를 할 즈음해서 나는 창고나 옷장의 선반을 먼저 해야 정리가 될 거라고 귀띔했다. 제일은 그러려면 사람을 불러야 하는데, 여기는 한국과 달리 인건비가 많이 든다고 했다. 필요하다면 그렇게 해서라도 설치해야 하지 않겠냐고 했다. 혼자서 설치를 할까, 말까를 망설이다가 결국 업자한테 연락했다. 같은 교회 소속이라고 했다. 수개월 전, 이사할 계획이라고 하니, 자신이 도와줄 일이 있으면 말해라고 했다는 거였다. 선반 회사에 다니는 사람이라고 했다. 그는 흔쾌히 옷장 칸의 치수를 재고 설치할 재료 견적을 내고 연락을 주겠다 했다 한다. 창고도 그렇게 할 생각인데, 일단 방 두 개에 딸린 옷장 공간만 그렇게 견적을 받았다 한다. 그러면서 제일은 은비와 얘기를 나눴다. 그분이 돈을 안 받겠다고 하면, 얼마를 드리면 되지? 한 10만 원 정도? 그래. 그 정도 드리자. 도와준다는 말을 했으니, 돈을 안 받겠다는 말인 것 같았어. 제일의 믿음은 여지없이 어긋났다.

그 업자는 수고비를 요구했고, 그것도 재료비보다 훨씬 많은 돈을 청구해왔다. 제일은 이 문제를 두고 계속 같은 말을 반복했다. 그냥 내가 할까? 아니면 맡길까? 그 사람, 그렇게 안 봤는데, 돈을 챙기는 사람이었네? 그렇게 많은 돈을 달라고 하다니, 말도 안 돼! 그러더니 나한테도 물었다. 제가 직접 하는 게 맞을까요? 아니면 돈을 주고 맡길까요? 옷장을 하나 새로 사는 셈 치는 게 어떠냐고 했다. 한국이라면 그 돈이면 괜찮은 옷장 하나를 사는 가격이긴 했다. 그러니까 미국식 옷장은 이러했다. 방 안쪽에 움푹 들어간 공간을 마련해 놓고 그곳을 알아서 꾸미는 식이었다. 전에 살던 집에는 관리사무소에서 고장과 수리를 도맡아 했다며, 이런 일에 신경을 쓰지 않아도 되었다고 했다. 그도 그럴 것이 이미 그 집은 지은 지 몇 해가 된 건물이어서 옷장 설치가 되어 있었기 때문이었다. 이제, 새집으로 처음 왔으니 선반들을 직접 설치해야 했다. 그 업자에 대한 원망이 컸다. 그냥 무료 봉사가 아니었다는 점, 돈을 너무 많이 받으려 한다는 것에 대해 제일은 몇 날 며칠 입에 달고 살았다. 자신의 어머니한테까지 물어봤다고 했다. 어머니도 너무 비싸다고 했다 한다. 그렇게 시간이 가고 있었다. 이사 가기 전에 옷장 설치를 마무리 지어야 정리가 될 거라고 한 번 더 내가 언급했다. 마지못해 제일이 업자를 불렀고, 그렇게 설치를 완성했다. 이제는 창고 선반을 어떻게 할지가 문제였다. 그 치한테 맡기자니 또 돈을 과하게 부를 것 같고, 혼자 하자니 자신이 없고. 그 문제를 두고 조바심을 냈다. 하루에도 수 번씩 같은 말을 되풀이했다. 제가 혼자 할 수 있을까요? 장모님이 좀 잡아주시고요. 아니면 그냥 업자를 부를까요? 이럴까 저럴까를 2, 3일 반복하다가 결국 마트에서 재료를 사 와서 사위가 직접 하기 시작했다. 생각보다 조립은 간편했고, 결국 한 시간 정도 집중해서 설치를 마쳤다. 나는 잡아달라는 대로 잡아주었다. 그런 다음에는 결제를 앞두고 또 노심초사했다. 돈이 너무 과하게 청구되었다, 재료비 중에서 얼마 정도는 떼먹은 게 아닐까, 그 사람은 못 믿을 사람이다, 그런 이야기들을 노상 달고 있었다. 식사 시간마저 그 이야기를 할 정도였다. 보다못해 한 마디를 꺼냈다.

"어차피 줄 돈이긴 한데, 한번 물어보면 어때? 창고 재료를 사보니 알겠더라고. 재료비와 수고비가 다소 과하게 책정된 것 같다고. 혹시 청구한 것보다 좀 깎아 주실 수 있는지 정식으로 물어보면 어떨까? 만약 그분이 그렇게 해주면 감사한 일이고, 그렇게 하지 않고 돈을 다 받겠다면, 어쩔 수 없는 노릇이고. 그 사람에게 이렇게 에너지를 많이 쓸 이유가 없을 것 같아."

제일이 교회를 다니는 분인데, 이런 식으로 한다며 울화통을 터뜨렸다. 그건, 우리의 생각이라고 했다. 그분은 자신이 판단하건대, 그런 식으로 일하는 것이 맞겠다고 여겼을 거라고 했다. 만약, 그게 하나님 보시기에 어긋난다면, 하나님이 알아서 그분한테 개입하실 거라고 했다. 그것을 두고 왈가왈부하며 계속 신경을 쓰는 것은 아무런 도움도 못 된다고 했다.

"그런데요. 그렇게 깎아달라는 말, 저는 잘 못해요."

제일이 그렇게 말하면서 은비와 의논해보겠다고 했다. 나중에 물어보니 청구서대로 다 지급했다는 거였다. 은비가요. 그냥 다 드리자고 하더라고요. 교회에서 계속 볼 사람한테 어깃장 부리지 말자고요. 그렇게 옷장 일은 일단락되었다. 어쨌거나 제일은 그랬다. 과민하고 예민하고 섬세했다. 일거수일투족을 감시하는 듯했다. 그게 너무나 지나쳐서 깜짝 놀랄 때가 한두 번이 아니었다.

실시간 동영상으로 예배를 드릴 때였다. 마침 아기가 울어서 안으러 안방으로 달려갔다. 아기를 안고 나오면서 아기 뺨에 손을 대보았다. 손을 갖다 대는 방향으로 뺨을 실룩거리고 입을 쫑긋거리면 분명 배가 고파서 우는 것이니까. 갑자기 제일이 소리쳤다.

"지금 뭐 하는 거예욧! 아기한테!"

그 날카로운 말에 아무 말도 할 수 없었다. 나는 아기를 은비한테 건네주고 말았다. 놀란 가슴이 진정되기 전에 은비가 덧붙여 말했다. 핸드크림 바른 손이지? 그 손으로 그렇게 한 거잖아.

되도록, 아기를 안는 것을 자제했다. 은비의 허락을 받지 않고서는 아기를 안지 않으려 했다. 불신이 가득한 눈초리로 바라보는 제일과 은비가 느껴졌기 때문이었다. 한번 안아봐도 될까? 내가 트림을 시켜줄까? 그렇게 물어보면, 열 번 중에서 여덟 번은 아니라고 했다. 내가 할 거야. 괜찮아. 나는 아기를 돌봐줄 자격이 없는 사람 같았다. 그런 은비가 낯설게 느껴지기도 했다. 고함 사건이 있은 다음 날이었다. 서글픔이 가득 묻어난 눈으로 잠든 아기를 들여다봤다.

사랑하는 선우야. 할머니야. 할머니는 참으로 곱고 예쁜 태몽을 꿨단다. 희고 커다란 복숭아를 봤어. 큰 인물이 태어난다고 알려진 꿈이야. 우리 선우를 이렇게 보다가 시간이 되어 할머니는 한국으로 돌아갈 텐데, 아마도 두 번 다시 보지 못할지도 몰라. 선우야. 할머니가 다시 선우를 보지 못하게 되더라도 늘 사랑하는 마음으로 기도하고 있을 거야. 점점 자라나고, 말도 하고 걷고, 더 자라나서 어른이 되는 날이 오겠지. 직접 보지 못하게 되더라도, 할머니는 선우를 사랑하는 마음, 늘 가득 품으며 있을 거야.

그렇게 말을 걸고 있었다. 쌔근거리며 자는 선우를 보면서 슬픔이 밀려왔다. 이러려고 여기에 온 것이 아니었다. 딸 옆에서 딸과 사위를 위해 도움이 되고 싶어서 온 것이다. 그런데 현실은 내가 생각했던 대로 흘러가지 않았다. 도대체 무엇 때문일까. 어디서부터 잘못된 것일까. 그것은 도저히 풀 수 없는 밧줄과 같았다. 갈수록 나를 옭아매고 있었다. 갑갑했지만, 절대로 빠져나올 수 없는 천형과도 같은 밧줄.

## 25 / 45
# 청소 하나만큼은

다음 날이었다. 하필이면 왜 그렇게 물었을까? 느닷없이 은비한테 혹 꿈꾼 것이 있는지 물었다. 은비가 있다고 했다. 꿈에서 다 같이 식당에 밥을 먹으러 갔는데, 누가 다가왔다고 했다. 그러더니 다짜고짜 아기의 입에 블럭을 넣었다고 했다. 그렇게 장난감 블럭을 자꾸만 집어넣더라고 했다. 아니, 아기의 입에 자꾸만 넣는 거야. 어떻게 그럴 수 있어? 그래서 내가 하지 말라고 했는데도 계속 넣었어! 그 순간, 나는 뜨끔했다. 그날, 낮에 간신히 고백했다. 실은 어제, 내가 잠든 선우를 보고 있었는데 말야. 마음이 서글퍼졌어. 슬픈 마음으로 그렇게 보고 있었단다. 꿈속에서 블럭을 넣은 게 나였을까? 내 말을 듣더니, 은비가 말했다. 그러게! 왜 슬픈 눈으로 봤어? 그랬나 봐. 그 사람이 엄마였나 봐.

그래서 더욱더 아기 곁으로 갈 수가 없었다. 내 마음을 다스리지 않는다면, 아기 곁에 간다는 것은 위험한 일이었다. 그래도 근 10년간 치료학을 공부하고, 20년 넘게 정신과 병원에 있었으며 칠 년은 임상에서 상담심리 치료를 전문적으로 해왔던 내가 내 마음 하나를 다스리지 못하다니, 통탄할 노릇이었다. 부끄럽기 짝이 없었다.

핑계를 대자면, 끝이 없었다. 식기 하나하나를, 깨끗한지 살피는 제일. 흠집 하나라도 들춰내며 숨 막히게 하는 제일. 제가 소리와 빛에 무척 예민해요. 그렇게 말하면서 쥐 죽은 듯이 고요하게 있기를 요구하는 제일. 자고 난 뒤에 이불을 절대 개지 않는 제일. 그냥, 이대로 놔둬요. 저는 이불이 깔린 게 좋아요, 라고 했지만 청소하기 위해서는 이불을 개고 다시 깔아야 했다. 식욕이 없으신가 봐요. 라고 했지만, 기껏 사놓은 음식이 빨리 없어질까 봐 신경을 곤두세우고 있는 것이 뻔히 보였다. 그런 제일의 태도와 은비의 냉담한 모습에 질릴 만큼 질려 있던 차였다. 이런 상황에서도 너그럽고 따뜻하게 인자한 태도를 보여야 할까? 어떻게 하면 중심을 잡을 수 있을까.

탐독했던 책 속의 지식도 소용없었다. 한번 섭섭한 감정이 들자 걷잡을 수 없었다. 그래도 버티고 있는 것은 역시 호오포노포노의 네 가지 말이었다. 신기하게도 그 말을 하면, 마음이 편해 왔다. 아렸던 마음이 누그러지고 있었다. 그렇게 기도하듯 말하고 잠이 들었다. 다시 깨어나면, 제일과 은비는 여전히 속상할 일을 준비해놓고 기다리듯 나를 자극해왔다.

되도록 은비와 제일의 비위를 맞춰주려고 했다. 기분이 나쁘더라도 티내지 않았다. 그랬지만, 어쩔 수 없이 힘이 빠지는 것은 감출 수 없었다. 이사 와서 주방 일을 도맡아 하던 첫날부터였다. 제일이 한 입 더 늘었으니까, 밥을 지을 때 쌀을 한 컵 더 해야 할 거라고 말했다. 그래서 백미 두 컵, 현미 두 컵씩 맞춰서 밥솥에 넣었다. 물양을 어떻게 하면 좋은지 물어보았다. 묻지 않으면, 왜 안 물어보냐고 따질 것 같아서였다. 은비가 알려준 대로 했는데, 너무 질척이는 밥이 되었다. 다음부터는 묻지 않고, 내가 해오던 식으로 알아서 했다. 은비가 어떻게 했는지 물어왔다. 밥 짓는 것은 나보다 더 잘하는데! 내가 나중에 배워야겠어. 은비가 말했다. 그 말이 칭찬으로 들리지 않았다. 또 제일의 말투구나! 나도 모르게 인상이 찌푸려졌다. 제일이 요구한 대로 기스 난 벽을 박박 문질러서 자국을 없앴을 때였다. 아니, 그보다 앞서 이사하기 전 집의 후드를 청소할 때였나. 몇 년 동안 한 번도 하지 않았을 후드 위를 철수세미로 밀어서 말끔하게 닦아냈다. 흰 페인트칠에 오래된 먼지와 기름이 뒤엉겨 변색이 될 정도였다. 청소를 다 하고 나니 페인트 가루가 튀어서 검은 옷이 엉망이 되었다. 딱히 갈아입을 다른 옷이 없어서 그 옷을 빨아서 계속 입었다. 제일은 감탄하면서 내가 청소 쪽으로 탁월하다고 했다. 한 시간 동안 그렇게 하느라 팔이 빠져나갈 듯이 아팠지만, 힘들지 않았다는 말은 하지 않았다. 새집으로 이사를 와서는 으레 집의 모든 청소는 내 몫이라고 여기는 듯했다. 시간 나시면 여기 좀 해주실 수 있으세요? 이렇게 점잖게 얘기했지만, 그 말은 듣기가 상당히 거북했다. 왜 그랬을까? 미안하고 감사한 마음이 조금이도 느껴지지 않았다. 피고용자를 부리듯 하는 어투였다. 어쨌든 나는 벽을 닦았고, 청소를 했다. 나중에 제일이 와서 이렇게 말했다. 아, 장모님은요. 청소 하나만큼은 저희 어머니보다 훨씬 잘해요. 그게 칭찬이었을까? 비교하는 투로 얘기하는 것이 불쾌했다. 은비도 그런 어투를 따라 쓰는 것을 보고 가슴이 아렸다. 그래서 말할까 하다가 그만두었다. 기분 나빠할 게 뻔했기 때문이었다. 그럴 때마다 날짜를 짚었다. 이곳을 떠날 날이 며칠 남았구나! 하루하루 줄어들 때마다 희망이 보였다. 그러다가 결국 그 일이 일어나고 말았다.

아기가 20일이 지나자 뭔가 달라졌다. 아무런 투정 없이 젖을 잘 먹던 아이가 자주 사레에 걸렸다. 젖을 먹다 말고 꺽꺽

하는 소리를 냈다. 겁이 나기 시작한 은비가 인터넷 여기저기를 찾아보았다. 분명 먹고 싶다는 기색을 보여 젖을 물리는데 그런 행동이 반복되는 거였다. 의사의 권유로 비타민 D를 젖에 한 방울 떨어뜨려 먹인 뒤로 그렇지 않나 하고 짐작하기도 했다. 특히 오후 5시에서 6시 사이에 집중적으로 그런 현상이 나타났다. 은비는 이런 고민을 내게 털어놓지 않았다. 전후 사정을 나중에 듣고 알게 된 사실이었다. 안방 문을 거의 닫고 있어서 들어가지도 못했다. 그저 싸늘하고 냉랭한 은비의 눈치를 살필 뿐이었다. 밥 언제 먹을 수 있을까? 이런 질문만 간신히 하기 위해 방문을 두드리곤 했다. 마침 은비한테 줄 피문어를 우린 물을 가지고 들어갔는데, 그때가 오후 5시경이었다. 아기가 울고 있는데 가만히 놓아두는 거였다. 아기가 크립 위에서 우는데도 가만히 지켜보고만 있었다. 이상한 일이었다. 평소의 은비 같지 않았다. 아기가 울면 울음을 멈출 수 있도록 즉각 반응하던 은비였다. 나는 왜 그렇게 놔두는지 물어보았다.

젖을 먹였는데, 자꾸 달라니까 그래. 그래서 주면 켁켁거리고. 벌써 사흘째 이 시간이 되면 그래. 은비는 나를 쳐다보지도 않고 퉁명스럽게 답했다. 나는 슬그머니 돌아서 나왔다. 식탁에 앉아서 은비한테 카톡을 보냈다. 아직 신생아니까 아기의 울음에 반응해서 아이를 편하게 해줘야 할 것 같다고.

그래야 아기가 욕구를 충족하면서 정서가 안정될 거라고. 은비한테 제발, 일관성 있게 대해라고 따지고 싶은 심정이었다. 애지중지할 때는 언제고, 저렇게 방치하다니! 나는 언제나 그랬듯 화를 마음의 서랍 속에 서둘러 집어넣었다. 화를 내봤자 도움이 되지 못할 게 뻔했다. 어쩔 수 없이 식탁에 앉은 채 책을 펼쳐 들었다. 아기가 자야지만 은비가 저녁을 먹을 수 있다. 당장 내가 할 수 있는 일이 없었다. 저녁상을 다 차려놓고는 언제가 될지 모른 채 다만 기다릴 뿐이었다. 30분쯤 지나자 은비가 다가왔다. 아기 울음소리는 그쳤다. 은비는 전화통화를 하면서 식탁 쪽으로 걸어왔다. 제일의 전화라고 짐작했다.

# 26 / 45
# 은비 말로는요

응, 맞아. 오늘도 그랬어. 어머니는 오빠 키울 때, 쩝쩝거리는 소리를 들어본 적이 없다고 하시더라고. 그거야 아이들마다 다르지 않을까? 우리 선우는 그러고 있으니까. 비타민 D는 오늘은 먹이지 않았어. 울 때마다 젖을 먹이지도 않았고. 그랬는데 계속 울어서 어쩔 수 없이 젖을 주니, 지금 잠들었어. 어머니가 또 뭐라고 하셨다고? 응응. 응응.

그런 대화였다. 통화하는 도중, 불쾌한 기색이 감돌았다. 선우는 입을 새처럼 벌리면서 젖을 먹고 싶다는 신호를 보내오곤 했다. 쩝쩝거리는 소리도 자주 냈다. 사흘 전부터 고민이었던 상황을 제일하고 의논했고, 제일은 자신의 어머니와 의논한 모양이다. 이렇게 내가 있는데도 나하고는 한마디 상의도 하지 않았다. 그것은 둘째치고, 은비는 지금 골이 잔뜩 난 표정이었다. 그러지 않아도 사사로운 것까지 참견하는 시어머니가 뭐라고 한 게 분명했다. 뭘 그래? 아기가 뭘 쩝쩝한다고. 우리 제일이는 그런 적 없었어. 네가 잘못 본 거겠지. 그런 말들이 오고 갔으리라 짐작했다. 전화를 끊고 나서 은비는 이제 밥 먹을 수 있어, 라고 했다. 은비가 안방에서 나오는 순간, 책을 바로 덮고 자리에서 일어났다. 주방에 얼른 가서 냄비에 미역국을 데워 내왔다. 은비는 내가 잘 모르면서 아이의 울음소리에 반응하라고 했다며 한소리를 했다. 맞아. 난 잘 몰랐으니까. 그렇게 답했다. 모르면 연구를 해봐야지, 인터넷에 찾아봐야지, 그러지도 않고 왜 안 하냐고만 말하면 어떡해? 나는 상황을 잘 몰랐다고 했다. 나한테 얘기를 하지 않았으니까 그렇다고 했다. 그러면서 이제부터는 나도 찾아보겠다고 했다. 은비는 누구는 젖을 안 먹이고 싶어서 그런 줄 아냐고 따졌다. 젖을 먹고 자꾸 사레가 걸리니까 두려워서 못 먹이는 줄도 모르고 왜 다그치냐고 했다. 나는 알겠다고 하며, 한번 알아보자고 했다. 차려놓은 미역국을 한 숟갈 먹다 말고 은비가 말했다. 엄마도 같이 먹자. 나는 아예 밖으로 나가지도 못하고 운동도 하지 않는 탓에 저녁을 먹지 않고 있었다. 하루에 한 끼 정도만 먹고 있던 차였다. 은비의 말에 나는 괜찮다고 했다. 은비는 같이 먹자고! 라며 힘이 들어간 눈으로 나를 쳐다봤다. 먹지 않으면 안 될 것 같아서 응, 그래. 라고 했지만 정작 먹으려니 가슴이 막혀 먹을 수가 없었다. 난, 못 먹겠어.

운동을 안 해서 저녁은…… 이렇게 말하려는 찰나 은비가 숟가락을 내동댕이치듯 놓고 큰 소리로 말했다.

"나, 안 먹을래. 먹으라고 하지도 맛!"

그러고는 안방으로 들어가 문을 닫았다. 황당한 일이었다. 갑자기 나한테 화풀이를 하는 것으로 밖에는 설명되지 않는 행동이었다. 그동안 저녁을 계속 먹지 않았지만, 같이 먹자는 말을 한 번도 은비는 내게 꺼내지 않았다. 잠시 호흡을 고른 다음, 안방 문을 살며시 두드리고 나서 가만히 문을 열었다.

"문 열지 마! 들어오지 마!"

은비는 매몰차게 쏘아붙였다. 젖을 먹여야 할 텐데, 저녁을 거르면 안 될 텐데. 적이 걱정되었다. 달랜다고 달래지지 않을 게 뻔했다. 어떻게 해야 이 난감한 상황을 해결할 수 있을까. 궁리 끝에 제일한테 카톡을 보냈다. 강의 준비로 늦게까지 일하고 있을 텐데, 미안한 마음도 들었지만 어쩔 수 없는 노릇이었다. 잠시 통화 가능한지 물어보니, 제일이 카톡으로 전화를 걸어왔다. 은비가 저녁을 먹지 않고 안방 문을 닫고 들어갔다고 말했다. 아무리 생각해도 왜 그런지 잘 모르겠다고 했다. 어쩌면 아기가 사레 걸리는 것 때문에, 그리고 몇 날 며칠 잠을 설치며 수유해서 예민해져서 그럴 것 같다고 했다. 제일은 자신이 직접 은비한테 전화를 해보겠다고 했다. 30분쯤 지나서 제일이 다시 전화를 해왔다. 대뜸 이렇게 물어왔다.

"장모님, 우리하고 지내는 것 어떻게 생각하세요?"

무슨 말인지 의아스러웠다. 어떻게 생각하냐니? 왜 그렇게 묻는지 되물었다.

"우리하고 지내는 것이 싫으신가 하고 물어본 거예요. 은비가요. 장모님 때문에 화가 난 거래요. 밥을 같이 먹자고 했는데 안 먹어서요. 그리고 그것뿐만 아니라던데요. 장모님이 오늘 낮에 있었던 일, 기억나세요?"

은비가 제일한테 들려준 말은 이러했다. 오늘 낮에 수유 쿠션을 좀 달라고 하니, 황급하게 건네주는 바람에 쿠션에 달린 벨트 부분이 아이의 얼굴을 치었다고 했다. 뭔가 차분하게 일하지 못하고 조급해하는 바람에 일어난 일이라고 했다 한다. 저녁만 해도 같이 먹자고 하면 먹으면 될 텐데 내가 안 먹겠다고 해서 상당히 기분이 나빴다는 거였다. 그래서 도저히 밥이 입에 넘어가지 않아서 안 먹겠다고 했다는 거였다. 사실, 수유 쿠션은 그랬다. 실수로 쿠션 끝자락이 아기 머리를 약간 스쳤지만, 다치지도 않았고 아기가 울지도 않았다. 그것을 두고 말하는 게 또 황당하기만 했다. 제일한테 그것은 실수였다고 말했다. 실수를 자꾸 꼬집어서 말하면 어떻게 하자는 거냐고 했다. 제일은 그것 말고도 또 있다고 끄집어냈다. 나흘 전에는 갑자기 예정에도 없던 젖병에 둔 젖을 아기한테 물리려고 했다는 거였다. 그랬다. 그때, 은비는 너무나 지쳐서 잠들어 있었다. 이른 아침이었다. 아기는 젖을 달라고 칭얼대고 있었다. 은비를 깨워야 하나, 어떻게 해야 하나, 망설이다가 냉장고 안에 두었던 젖병을 떠올렸다. 은비가 젖을 모아 넣어 놓은 것이다. 저걸 데워서 줘야겠다고 생각해서 데우는데 은비가 깼다. 뭐하냐고 대뜸 고함부터 질렀다. 그건, 우리가 미리 약속한 게 아니잖아. 왜 함부로 하고 그래!

“은비 말로는요. 자꾸만 장모님이 자신이 어릴 때 돌보지 않고 버려두고 일하러 갔다는 것이 생각난대요. 그래서 장모님에 대한 원망이 생긴대요. 그리고 이런 말을 왜 자꾸 털어놓게 되는지 모를 일이라고 말하면서 울더라고요.”

슬그머니 화가 나기 시작했다. 그런 이야기를 왜 제일한테 한단 말인가. 결혼 직전까지 은비와 살아온 나는 뭐란 말인가. 왜 제일의 입에서 이런 말들을 들어야 하는지 모르겠다고 했다. 제일은 그렇다면 자신도 할 말이 없다며 화내라고 하는 말이 아니니 들어보라고 했다. 은비와 이렇게 결론을 내렸다는 거였다. 장모님의 식사는 더 이상 터치하지 말자. 드시든

드시지 않든 알아서 하시는 것으로 하자. 그리고 장모님은 선우한테 조심해달라. 선우가 다치지 않게 해달라. 그것만 제대로 지켜달라. 제일은 그러면서 이렇게 덧붙였다. 예정보다 조금 일찍 퇴근할 테니, 와서 은비와 함께 차려놓은 식사를 하겠다고 했다. 은비가 그렇게 한 번씩 공격적인 말이 나올 때가 있다고 했다. 자신도 이미 많이 당했다고 했다. 아마도 예민해져서 그런 것 같다며, 나더러 잠이 오지 않겠지만 그래도 잠을 청해보라고 했다. 전화를 끊고 나서 한숨을 쉬었다. 제일의 말이 맞았다. 내가 할 수 있는 것은 없었다. 잠이나 잘 수밖에 없었지만, 잠이 오지 않았다. 은비야, 미안합니다. 용서해주세요. 감사합니다. 사랑합니다. 자꾸 되뇌고 되뇌었다.

# 27 / 45
# 노력하니까

은비를 낳은 지 일주일도 채 되지 않았을 때였다. 황달기가 뚜렷했다. 병원에 문의했더니 모유 대신 분유로 변경해야 한다고 했다. 분유를 살 돈이 없었다. 직장을 구해야 했다. 그나마 오래 버틸 수 있겠다고 생각한 것이 정신과였다. 인근에는 정신과 병원이 없었다. 버스를 두 번 갈아타고 두 시간 가까이 소요되는 곳에 큰 정신과 병원이 있어 면접을 봤다. 발이 퉁퉁 부어서 신발이 잘 신겨지지 않았다. 산후조리를 잘하지 못했던 탓이었다. 누구 하나 살뜰하게 챙겨줄 사람이 없었다. 출산하고 하루 만에 퇴원하고 집에 왔을 때였다. 수박이 그렇게도 먹고 싶었다. 시원한 수박을 한입 베어 물면, 노곤함이 사라질 것 같았다. 은비 아빠한테 그 말을 했지만, 아예 듣지도 않았다. 너무 섭섭해서 혼자 골방에 가서 울었다. 대학 3학년이던 그는 시종일관 늦게 귀가했다. 아이가 태어났지만,

돌봐주지 않았다. 생활비가 바닥이었다. 분윳값을 벌려면 일을 해야 했다. 신발에 발을 억지로 구겨 넣고 버스를 타고 가서 면접을 봤다. 몸이 부풀 대로 부풀어서 꺼지지 않았다. 산욕기 동안 요양하는 것은 엄두도 낼 수 없었다. 어머니는 딱 한 번, 미역국을 끓여주고 가 버렸다. 직장에 나가기 위해서는 아기를 맡겨야 했다. 고민 끝에 작은 올케언니한테 연락했다. 흔쾌히 맡아주겠다고 했다. 그렇게 태어난 지 열흘이 된 아기를 맡겼다. 아기가 자꾸 울고 보채고 잠을 자지 않는다고 했다. 일주일에 한 번 정도 쉬는 날에만 아기를 데리고 왔다. 올케언니한테 수고비를 드리고 두 달 정도를 맡겼다. 100일이 지나서는 어린이집에 맡겼다.

은비한테 그동안 과거에 대해 세세하게 말한 적이 없었다. 은비도 그랬다. 간혹 떠오르는 기억이 있으면 주고받은 적이 있었지만, 과거를 물고 늘어져 본 적이 별로 없었다. 간혹 은비가 이모를 만나면, 놀랄 정도로 과거 얘기를 듣곤 했다. 그것도 왜곡되어 이리저리 비틀어진 이야기들을 속속들이 듣곤 했다. 이모가 그러던데, 이렇게 시작하는 얘기들을 꺼내면 그게 온전한 기억이 아니라는 것을 다시 설명해줘야 했다. 조카들한테는 수정해줄 기회도 없었다. 조카들은 언니로부터 배배 꼬인 기억들을 오랫동안 주입 당해 왔다. 아무리 따뜻하게 베풀어도 조카들은 나를 겉으로만 대하는 눈치였다. 언니는 어머니가 늘 자신과 나를 비교해서 깔아뭉갰다고 여겼다. 언니는 나를 증오의 대상이자 엄마의 사랑을 낚아채는 방해꾼으로 여겼다. 최근 발간한 자전적 소설은 기억에 관한 이야기였다. 내 나이만큼 번호를 매겨가며 기억을 끄집어내는 것으로 시작했다. 책에 관해서 경기도 지역 방송국에서 인터뷰 요청이 와서 간 적이 있었다. 피디가 그 책이 어느 정도 사실이냐고 물었다. 역사소설만큼이라고 답했다. 추상적으로 답했지만, 피디는 고개를 끄덕였다. 실은 그 소설은 소설이 아니었다. 있는 그대로 내 이야기였다. 너무나 적나라해서 '소설'이라고 이름을 붙인 것 자체가 허구인 셈이었다. 책을 발간하고 나서 제일과 은비한테 보내야 하는지, 말아야 하는지 망설였다. 책을 내놓고 가장 가까운 은비한테 안 보내는 것은 말이 안 되고, 은비한테만 준다는 것도 아닌 것 같았다. 보내려면 제일과 은비한테 각각 한 권씩 보내는 게 맞을 것 같았다. 책이 세상에 나왔으니 인연이 있는 사람들의 손에 쥐어질 것이다. 그리고 은비가 책 내용을 모르고 있다는 것도 어긋난 일이라고 생각했다. 마치 고백록인 듯한 이 책을 두고 문제 삼을 제일이 아니라고 여겼다. 그때는 제일에 대한 신뢰가 두둑할 때였다. 해서, 각각의 이름을 적어 두 권의 책을 보냈던 것이다. 하와이에 도착한 지 이틀째 되는 날, 은비가 이렇게 말했다.

“그 책. 푸른 침실로 가는 길. 봤어. 봤다는 말을 직접 해야 할 것 같아서 말야. 이렇게. 그래서 그동안 책 이야기를 꺼내지 않았어.”

은비가 촉촉한 눈으로 말하면서 내 손을 잡았다. 어땠는지 물어봤다. 낯이 화끈거려왔다.

“우울했어. 그즈음 임신성 당뇨라는 말을 들었거든. 그 책 때문인지 진단 때문인지. 한동안 우울했어. 하지만 이해했어. 엄마가 살았던 인생. 나도 엄마를 닮은 부분이 있어서 놀랍기도 했고.”

어떤 부분이 닮았는지 물어보지 않았다. 책에 관해 세세히 나누지도 않았다. 책을 봤으면 충분히 알 수 있을 법했다. 내가 신생아인 은비를 일부러 내버려 둔 것이 아니라는 사실을. 은비를 키우기 위해 직장을 다닐 수밖에 없었다는 사실을.

“그리고 괜찮아졌어. 이제는 엄마가 사랑을 실천하며 노력하니까.”

그날, 은비는 분명히 이렇게 덧붙였다. 그런데도 지금은 자신이 팽개쳐졌다고 여기고 있으니 어쩌면 좋단 말인가. 그런 걱정과는 달리 이상하게도 잠이 잘 오는 밤이었다. 닫힌 문밖에 제일이 와서 은비와 저녁을 먹는 소리가 희미하게 들려왔다. 어느 틈엔지 나는 꿈도 꾸지 않고 잠들었다.

다음 날, 아무렇지도 않은 듯 일했다. 태연한 척했지만, 위축되고 자신 없어지는 나를 느꼈다. 나는 쪼그라들고 웅크리고 있었다. 태연하게 행동했지만, 가슴이 쓰라렸다. 조금만 건드려도 눈물이 나올 것 같았다. 그렇지만 반백 년을 살아오지 않았던가. 감정을 그대로 드러내면 안 된다고 다독였다. 내가 슬퍼하면 은비와 제일이 불효가 되는 것이 되므로. 별것 아닌 것처럼 여기고 훌훌 털어버려야 한다고 자신을 달랬다. 제일한테는 어제 저녁 식사를 은비와 같이해서 다행이라고 말했다. 은비한테는 더욱 조심스럽고 부드럽게 대했다. 아기한테는 잘 가지 않았다. 안방에 들어가서 빨랫거리만 주섬주섬 담아서 나오기만 했다. 그다음 날이었다. 저녁을 차려놓고 기다리고 있었다. 제일은 아직 퇴근하지 않았다. 나는 식탁 한쪽에서 책을 읽고 있었다. 아기가 마침 자고 있는지 은비가 다가왔다. 읽던 책을 덮고 국을 데우려는데 은비가 말했다. 얘기 좀 해. 그리고 은비의 말이 시작되었다.

다짜고짜 왜 고자질했냐고 따졌다. 제일이 학교 일로 바쁜데 저녁을 안 먹었다는 걸 일러서 신경 쓰게 만들었다며, 내가 했던 행위를 비난했다. 미안하다. 그런 뜻이 아니었다. 네가 저녁을 먹지 않는 게 너무나 염려가 되어서 그랬다. 그렇게 말했지만, 은비는 이미 작정하고 있었다. 그날, 오빠한테 무슨 일이 있냐고 물었다면서? 우리는 아무 일이 없어. 내가 그랬던 것은 순전히 엄마 때문이야. 나는 그날 엄마와 같이 밥 먹고 싶었단 말야. 그렇게 하지 않아서 화가 난 것뿐이야. 그걸 두고 그렇게 고자질하면 어떻게 해? 왜 그렇게 오빠한테 신경 쓰게 만들었냐고! 대화가 아니었다. 일방적으로 퍼붓고만 있었다. 나는 미안하다고 말할 수밖에 없었다. 그 공격이 너무나 힘들어서 쓰러질 지경이었다.

"엄마는 어떻게 신생아를 두고 일하러 갈 수가 있었어? 나는 우리 선우를 보면서 계속 그 생각이 나. 이렇게 작고 예쁜 아기를 내버려 두고 일하러 가다니. 절대 있을 수 없는 일이야. 나는 예쁨을 받은 적이 없었어. 내가 아무리 기억하려고 해도 사랑받은 기억이 나지 않아. 자꾸만 선우를 안고 있을 때마다 그 생각이 나. 팽개쳐졌다는 생각. 엄마가 쓴 소설 속에서 기억의 총에 맞은 사람이 나오잖아. 그것처럼. 나도 기억의 총에 맞아서 내가 하지 않으려 해도 기억들이 쏟아지듯 나오는 거야. 나를 내버려 둔 기억!"

은비가 그렇다면, 그런 것이다. 나는 계속 미안하다. 하지만 내버려 둔 것은 아니었다고 했다. 은비는 엄마는 나와 일 사이에서 일을 택한 거잖아. 맞잖아! 라고 했고, 나는 살아가려고 한 일이었지 그게 선택의 차원은 아니라고 했다. 은비는 연이어 말했다. 오빠가 뭐라는 줄 알아? 엄마한테서 자신의 아버지를 느낀대. 고집부리는 것이 영락없이 아버지 같대.

28 / 45

# 언제나 사랑했어

은비는 작정하고 나를 쏘아붙이고 있었다. 그래, 그렇구나. 그렇게 느꼈구나. 그렇게만 말해야 했을까? 나는 점점 불쾌해지기 시작했다. 그렇지만 애써 화를 내려놓고 차분하게 대답했다. 너는 얘기를 하자고 했지만, 이건 일방적이잖아. 네가 마음속에 자꾸 떠오르는 것을 얘기하고 있지만 그건 예전에 어쩔 수 없이 했던 일이었어. 그리고 너를 사랑하지 않았던 게 아냐. 언제나 사랑했어. 네가 이렇게 말하니 나는 그저 미안하다고밖에 할 수 없구나. 이건 대화가 아니잖아. 그래, 미안하다. 정말 미안하구나. 그렇지만 나도 한마디 하마. 내가 여기에서 지내면서 가장 힘든 게 뭔 줄 아니? 주방 일하는 것? 요리하는 것? 아냐. 그것 때문이 아니야, 물론 내가 잘하지는 않지만 해야 하니까 하는 것이고, 최선을 다하려고 하고 있어. 가장 힘든 것은 제일과 네가 나를 믿지 않는 거야. 그렇게 불신의 눈으로 보는 게 견딜 수 없이 힘들구나. 그리고 진작부터 하고 싶은 말인데 말야. 기분이 언짢더라도 들어보렴. 나에 대한 부정의 말을 남편한테 늘어놓는 것, 그게 결국 네 얼굴에 침 뱉는 것으로 돌아온단다. 분명, 그렇게 돼. 그러니 이왕이면 그런 말을 자제했으면 한다.

은비는 그 말을 왜 지금 하는 거야? 엄마는 말을 할 때를 맞추지도 못해? 그래. 기분 나빠. 그 말을 왜 하는 건지 모르겠어. 라고 대꾸했다. 나는 말이 나온 김에 하겠다며, 제일이 있는 앞에서 나한테 함부로 대하는 것이 나를 너무 힘 빠지게 한다고 했다. 은비는 내가 언제 그랬냐고, 예를 들어보라고 했다.

사흘 전이었다. 그날은 주일이라서 예배를 드려야 했다. 실시간 동영상이 유튜브로 송출되고 있었다. 제일이 예배 시작 15분 전부터 카운트다운을 시작하고 있었다. 물론 나도 알고 있었지만, 그때 현관용 러그를 빨고 있었다. 원래 깨끗이 빨아서 놓은 러그가 있었지만, 제일이 짐을 정리하면서 러그를 하나 더 발견했다. 그것을 원래 러그와 나란히 놓은 것을 가져와서 빨았다. 아무리 빨아도 모래 찌꺼기들이 자꾸만 나오고 있었다. 그러는 차에 예배가 시작되었다. 찬송하는 시간이기에 조금 있다가 들어가도 되겠지 하는 마음으로 하던 일을 마저 하고 있었다. 갑자기 은비가 화장실 문을 벌컥 열더니 소리쳤다. 나오란 말야! 예배드리라는 말 안 들려? 나는 당황스러워서 일단 문을 닫으면 가겠다고 했다. 은비는 막무가내였다. 아니, 그냥 열어둘 거야. 나올 때까지 이렇게 서 있을 거야. 지금, 당장 나오란 말야! 은비는 제일이 있는 것도 아랑곳하지 않았다. 이런 강압적인 경우가 어디 있냐며, 갑자기 화가 솟구치기 시작했다. 간신히 호흡을 가다듬으며 알겠다고 말했다. 빨던 러그를 그대로 놓고 손을 씻고 나왔다. 왜 그렇게 힘이 없어요? 제일이 나한테 물었다. 두세 번 반복해서 물어왔다. 아무런 대답도 하지 않았다. 설교 말씀이 귀에 들어오지 않았다. 기도를 드리는데 눈물이 났다. 서럽기만 했다.

나를 아이처럼 대한 것 말야. 사흘 전에. 기다리고 있으니까 얼른 나오시라고 하면 되는데, 문을 계속 연 채 고함을 질렀잖아. 예를 들어보라니까 그 일이 떠오른다. 제일이 있는 데서 함부로 대하는 것이 나를 무시하는 것 같아서 굉장히 불편했어. 그 순간, 은비는 잠자코 내 말을 듣고 있었다. 그러다가 이사 온 첫날, 수납장 정리를 할 때 이야기도 꺼냈다. 이왕 이렇게 얘기를 꺼냈으니 응어리지기 시작했던 그날의 감정을 솔직하게 말하고 풀고 싶어서였다. 은비도 나도 피곤한 상태였고, 잘하지는 못했지만 나름대로 열심히 정리하고 있었는데 그렇게 인상을 쓰고 소리를 쳐서 놀랐었다고 했다. 아, 그

이야기까지 해서는 안 되었나 보다. 은비가 팔짱을 끼면서 말했다. 못해도 그렇게 못한 것 처음 봐. 아니, 주방 물건이 아닌데 그걸 왜 주방에 꾸역꾸역 넣어? 그냥 못한 정도가 아니니까 그렇지! 그래서 나는 본전도 건지지 못하고, 미안하다고 말해야 했다. 혹시나 했는데, 여전히 대화가 통하지 않았다.

은비는 사나운 눈초리로 나를 노려보며 말했다.

“미안하다고 하지만, 내가 보기에는 그럴 수밖에 없었으니 잘했다는 식으로밖에 안 들려. 답답해. 항상 엄마와 얘기하면 갑갑하고 답답해. 그냥, 그랬구나. 그래. 그렇게만 말하면 되잖아. 왜 설명하려고 들어? 그리고 오빠가 엄마보다 훨씬 나아. 오빠는 그래도 엄마하고 풀어보라며, 나더러 대화를 나눠보라고 했어. 그런데 엄마는 계속 부정적인 얘기만 하잖아!”

그리고는 홱 일어나서 다시 방으로 들어갔다. 한참 뒤에 아무 말 없이 밥을 먹고 들어갔다. 생각해보니, 이건 내가 할 수 있는 일이 아니었다. 겁도 없이 산후조리를 해준다고 먼 길을 왔다. 내가 미처 받지 못했던 사랑을 주고 싶었다. 이렇게 오게 된 과정이 험난하기 이를 데 없었다. 지금도 어머니는 자신을 두고 갔다며 나를 지독하게 원망하고 있다. 그리고 여기에서 은비는 원망의 눈으로 나를 바라보고 있다. 이상한 일이었지만, 이것이 현실이다. 나는 비로소 모든 것을 놓기 시작했다. 화를 참는 것도. 눈에 거슬려서 견딜 수 없는 것도. 서글픔으로 오는 섭섭함도. 은비와 제일에 대한 마음도. 내가 할 수 있는 것이라고는 전혀 없었다.

은비의 말을 듣고 자꾸만 떠오르는 것이 있었다. 제일의 친부였다. 상견례를 포함해서 다섯 번을 봤다. 볼 때마다 든 생각은 참으로 권위적인 분이라는 것이다. 자신이 옳다는 아집으로 똘똘 뭉쳐 있었다. 상대방을 테스트해서 어느 수준인지 엿보기도 했다. 입원 중일 때였다. 막 병실에 들어서자 눈을 감고 있다가 내 소리를 듣더니 상체를 일으켰다. 다시 누우시라고 해도 막무가내였다. 뭔가 얘기를 나누고 싶어 했다. 화제가 갑자기 인간의 욕심으로 옮겨갔다. 그 욕심이 얼마나 허망한지 보여주는 소설이 있다고 했다. 친구한테 받아서 잃어버린 목걸이가 진짜인 줄 알고 평생을 갚았다는 얘기를 하며 소설 제목이 뭔지 아냐고 물었다. 내가 안다고 하니, 말해보라고 했다. 매서운 눈초리로 나를 내려다보았다. 내가 모파상의 목걸이라고 하자, 칭찬했다. 오, 아시는구나. 잘했어요! 그것으로 모든 성향을 짐작할 수 있는 것은 물론 아니다. 친부는 다정다감했다. 직접 크리스마스트리를 만들어주겠다며 만년초 화분에 조명을 달아서 주기도 했다. 만년초의 가녀린 줄

기들이 조명으로 꽁꽁 싸매여 있었다. 보기만 해도 불쌍했다. 즐비한 조명들로 만년초는 몸살을 앓고 있는 듯했다. 친부가 작고하고 나서 나는 은비한테 허락을 받고, 그 조명들을 제거했다. 고집스러운 면이 강했지만, 마음을 줄 만한 대상한테는 아낌없이 퍼붓는 성향이 있는 듯했다.

은비의 결혼 직전이었다. 은비와 방문했을 때 친부는 나비를 좋아한다는 내 말에 두 눈을 반짝 빛냈다. 자신도 나비를 좋아한다며 나비 도감에서 따로 보관했던 거라며 나비가 그려진 그림들을 건네주었다. 사양했지만 괜찮으니 가져가라며 나비를 좋아한다니 반가워서 주는 거라고 했다. 친부는 자신이 직접 지은 시와 짧은 수필, 인용했던 문구들을 적은 공책을 보여주었다. 글 끝에 '파괴'라고 적어서 이유를 물었다. 파괴해야 새로운 것이 생겨날 수 있는 법이라고 했다. 끊임없이 파괴해야 하니까 '파괴'라고 적는다고 했다. 그걸 옆에서 보던 부인이 말했다. 내가 그 말을 적지 말라고 해도, 저렇게 우기면서 적어요. 친부는 제일이 고등학교 때 받은 선행상과 어릴 적 사진을 은비한테 건네주었다. 이제 짝지가 생겼으니 이렇게 가져가는 게 맞아. 거무튀튀하고 메마른 얼굴에 유난히 빛나던 그 눈빛을 잊을 수 없다. 친부의 성향은 그러했지만, 그걸 탓하고 싶지 않았다. 오히려 있는 그대로 존경하고 존중했다. 다만, 친부와 친밀하게 지내고 싶은 생각은 들지 않았다.

짧은 투병 중일 때 찾아가서 '힐링코드'에 대한 얘기를 한 적이 있었다. 친부는 부인한테 말해서 당장 그 책을 사도록 했다 한다. 책을 읽긴 했겠지만 믿지는 않았으리라. 어쩌면, '힐링코드'를 할 정도의 기력이 없었을지도 모른다. 제일은 돌아가신 아버지 이야기를 아예 꺼내지 않았다. 선우가 태어나서 아버님이 살아계셨더라면 정말 기뻐하셨을 거라고 해도 아무런 대꾸도 하지 않았다. 제일이 부친을 한 번 언급한 적이 있었다. 책을 함께 정리할 때였다. 어떤 책을 가리키며 읽어봤냐고 물었다. 제일이 읽지 않았다면서 아마도 아버지가 줬던 책 같다고 했다. 원래 아버지가 추천하는 책은 절대 안 읽는다고 했다. 그러니, 제일이 내가 아버지를 닮았다고 한 말은 좋은 이미지로 한 말이 아닌 게 분명했다.

## 29 / 45
# 육아 휴직

왜 나한테 자신의 아버지를 느낀단 말인지 따질 수도 없는 문제였다. 아깃적일 때 자신을 두고 일하러 간 엄마를 원망하는 마음을 왜 가지는 건지 은비한테 따질 수 없는 것처럼. 그 모든 것이 마음의 작용이었다. 왜 그런 마음을 가지고 있냐고 물어봤자 소용없을 게 뻔했다. 그런 부정적 이미지 때문에 은비는 나를 경멸스럽게 대하고 있었다. 그제야 모든 것이 아귀가 맞아떨어졌다. 매몰차게 대했던 이유가 밝혀지게 된 셈이었다. 내가 아무리 노력해도 은비가 꽉 잡고 놓지 않는 한, 부정적 마음은 변할 수 없을 것이다. 은비가 가진 마음의 억센 손을 놓게 하는 것은 내 힘으로는 절대 되지 않는다. 그 사실을 절절하게 알아차렸다. 은비가 말하는 과거는 너무나 쓰라려서 부디 잊고 싶은 기억들이었다. 돈을 벌기 위해 억지로 몸을 이끌고 출근하던 나. 대학 동기가 나를 보고 왜 그렇게 얼굴과 몸이 부풀어 올랐냐며 놀라던 순간. 흘러나오는 젖 때문에 거즈를 대고 일하던 나. 악착스럽게 생활비를 벌어야 했던 스물네 살의 나. 그제야 지나가는 말로 제일이 건네왔던 것이 생각이 났다. 은비를 낳고서요. 육아 휴직을 해보지 않으셨나요? 그러면 아기를 키울 수 있었을 텐데요. 뜬금없이 왜 그렇게 이야기를 꺼냈을까 생각했지만, 이내 답을 했다. 그 당시 육아 휴직이 보편화 되지 않아서 그렇게 하는 사람이 없었다는 사실. 그러니까 법적으로는 엄연히 존재하지만, 그걸 쓸 수 있도록 근로자의 권익을 보호해주지 않던 때였다. 게다가 직장에 다니다가 아이를 낳았던 게 아니라고 했다. 임신 오 개월까지 다니다가 그만두고 생활비를 벌어야 해서 출산한 지 일주일 만에 직장을 새로 구해서 나가게 되었다고 했다. 그때, 눈치 빠르게 물어봤어야 했다. 왜 그렇게 물어보는 것인지. 은비가 아기가 너무나 예뻐서 손에 놓아둘 수 없을 정도인데, 엄마는 예전에 이런 나를 놓아두고 어떻게 일하러 갈 생각을 할 수 있었을까, 이런 원망의 말을 제일한테 털어놓고, 제일이 느닷없이 나한테 말한 것이리라. 그렇게 생각하면 할수록 은비는 엄마에 대한 분노가 들끓게 되고 그래서 내게 냉랭하고 공격적인 태도를 보인 것이다.

한창 이삿짐이 쌓여 있는 채 며칠 지낼 때였다. 날마다 조금씩 짐 상자를 허물고 정리를 했다. 일이 끝이 없었다. 처음에는 새벽 4시까지 일해야 했다. 마침 그때 학교에서 퇴근한 제일이 자신도 자야 하니 자고 일어나서 하라고 해서 겨우 쉴 정도였다. 그날, 처음으로 은비의 침대에서 잤는데 은비가 아침에 이렇게 말했다. 엄마가 아까 자면서 나한테 잠꼬대한 것 기억해? 내가 도와줄 것 있으면 말해. 그러면서 잤어. 은비는 웃으면서 그렇게 말했다. 그랬다. 그랬던 적도 있었다. 하지만 그건 그날 하루뿐. 그 이후로 은비는 차갑기 그지없었다. 불신의 눈초리로 나를 바라보았다.

이불, 시트, 베갯잇들을 세탁하고, 원래대로 집어 놓고 나면 또 해야 할 빨래들이 넘쳐났다. 빨래를 개는 데도 한 시간이 넘게 걸렸다. 바흐의 무반주 첼로를 들으면서 빨래를 갰다. 그 음악마저 없었으면 영락없는 로봇으로 나를 착각할 뻔했다. 냉장고와 세탁기, 건조기는 모두 독일제였다. 탈수기능이 따로 없어서 내 옷을 빨아서 넣어 놓고 건조 버튼을 눌렀을 때였다. 은비가 건조기를 보더니, 기겁했다. 여기는 탈수가 안 돼. 이렇게 하나만 넣고 돌리면 전기세가 엄청나게 나와. 엄마는 엄마 집에서 할머니 덕분에 전기세 감면 혜택을 받아서 얼마 내지 않겠지만, 여기는 그렇지 않아. 전기를 아껴야 해. 이렇게 넣고 돌리면 안 돼. 은비의 이야기가 길어지고 있었다. 족히 5분 넘게 안 돼. 그래선 안 돼. 이런 말들이 이어졌다.

나는 미안하다. 잘 모르고 그랬다. 알겠다를 연신 반복했다.

은비의 몸보신을 위해 준비해 간 피문어와 대추 얘기를 한 것은 이사 전부터였다. 그 말을 듣던 은비는 맛없으면 안 먹을 거야. 아무리 좋은 거라도 맛없으면 안 먹어! 라고 했다. 옆에서 제일도 은비는 그럴 거예요. 피문어와 대추. 별로 안 좋아할 것 같군요, 라고 은비를 거들었다. 아주 비싸게 주고 귀하게 구한 거라고 말해도 소용없었다. 어쨌거나 중탕 용기에 우려내어 피문어를 날마다 은비한테 주고 있었다. 하루에 두 컵 정도 부어서 갖다주면, 몇 시간이고 먹지 않고 그대로 두었다. 한번은 제일이 이렇게 말하기도 했다. 아침에 은비한테 가니 냄새가 나서 왜 그러냐고 물었더니 방금 피문어를 마셨대요. 나는 피문어와 대추를 들고 온 것을 후회했다. 사정사정해서 갖다 바치는 꼴이었다. 다행히 호박 가루는 먹을만하다고 했다. 그렇지만 타주고 이내 마시는 게 아니라 몇 시간째 그대로 둔 채로 있다가 내키면 먹는 것은 피문어와 같았다. 안방에 들어갈 때마다 컵을 살펴보곤 했다. 마시라고 재촉하면 화를 낼까 봐 아무 말도 하지 못했다. 다 마셨을 때는 마셔줘서 고맙다고 하면서 컵을 치웠다. 호박을 좋아하니 꾀를 내보았다. 중탕할 때 호박까지 넣어서 같이 우려내면 맛이 좀 더 낫지 않을까 하고 궁리한 거였다. 그렇게 하고 보니 문제가 일어났다. 중탕 솥의 김이 빠지면서 호박 물들이 사방으로 튀었다. 마침 솥 아래 책장이 있었는데 그곳으로 튀었다. 서둘러 솥을 안쪽으로 옮겼지만, 이미 튄 것은 어쩔 수 없었다. 김이 다 빠지고 나서 책장을 닦았다. 꽂힌 책 윗부분에 노란 얼룩들이 박혀버렸다. 닦아도 잘 지워지지도 않았다. 밥을 먹던 은비가 그걸 보고 있었다. 마침 캔버스에 인쇄된 작은 예수 그림이 있었는데 그곳으로도 튄 듯했다. 그 그림은 언젠가 교회에서 받은 거라고 했다. 각자 하나씩 받아서 같은 그림이 두 개였다. 은비한테 혹시 노란 물이 튀었는지 그림을 봐달라고 했다. 은비가 원래 그림과 비교하며 자세히 살펴보더니 손가락으로 여기저기를 가리켰다. 언뜻 보아서는 전혀 표시가 나지 않았다. 그도 그럴 것이 그림의 바탕이 노란색이었던 거였다. 별로 표시가 나지 않아서 다행이라고 여기던 차였다. 그런데 은비가 손가락으로 가리키는 곳을 자세히 보니, 약간 튄 것 같기도 했다. 미안해. 하루에 한 번씩 이렇게 실수를 하네. 그렇게 말했고, 은비는 아무 말도 하지 않았다. 나중에 보니, 그렇게 튀었다고 가리켰던 그림의 쌍둥이 그림도 원래부터 그런 듯 하단에 칠이 벗겨져 있었다. 괜찮아, 엄마. 이렇게 말할 법도 했건만, 은비는 싸늘했다. 그렇게 호박과 섞은 피문어 물을 은비는 맛이 없어서 못 먹겠다고 했다.

나는 두 말도 하지 않고 그렇게 우린 물들을 죄다 버리고 다시 마련했다.

서툰 주방일 때문에 몇 번 접시를 깬 적이 있었다. 은비한테 말한 적도 있고, 말하지 않은 것도 한 건 있다. 이제는 은비한테 뭔가를 물어보는 것도 조심스러웠다. 그저 숨죽여 일만 했다. 사과나 귤이 먹고 싶어도 눈치가 보였다. 상을 차릴 때 과일을 썰면서 하나씩 맛볼 뿐이었다. 대놓고 먹을 수가 없었다. 밥도 그랬다. 아예 아무것도 먹지 않은 채 지내기도 했다. 뭘 잘한 게 있다고 밥을 먹어? 이렇게 다그칠 것만 같았다. 나는 죄인 중의 죄인이 된 것만 같았다. 온몸에 힘이 빠져 눈물이 나오지도 않았다. 우울한 기분을 들키지 않으려고 갖은 애를 썼다. 조금이라도 얘기를 걸면 웃었다. 웃음이 나오지 않는데도 웃었다. 불행한 느낌이 들면 은비와 제일이 불효를 저지르는 게 되니까 그래서는 안 된다고 나를 다그쳤다. 그동안 해주지 않은 것을 하는 것뿐이라고 나를 다독였다. 은비한테 언제 한번 따뜻하게 밥을 차려준 적이 있었나. 지금이야말로 내가 해보지 않았던 엄마 노릇을 할 때야. 그깟 은비의 원망 같은 것은 흘려버리자. 그렇게 마음을 가졌지만, 쉽지 않았다.

30 / 45

## 이겨내세요

힘들 때면 카톡으로 전화를 했다. 언제나 나를 지지해주고 챙겨주는 추 화백한테였다. 추 화백과의 인연은 벌써 7년째다. 페이스북을 처음 할 때였는데, 우연히 추 화백과 연결이 되어 연락하게 되었다. 그러다가 추 화백이 있는 도시로 이사를 오게 되었다. 센터를 오픈하고 싶었지만, 경제 사정이 여의찮았다. 추 화백이 화실 한쪽을 센터로 쓸 수 있도록 해주었다. 추 화백의 배려가 아니었더라면 센터를 열 수 없었을 것이다. 한때, 추 화백과 개인적인 감정으로 엮였던 적도 있었다. 마음이 가는 대로 행하는 것이 괴로워서 견딜 수 없을 지경이 되었을 때 결단을 내린 것이 있었다. 누가 봐도 떳떳하고 아름다운 관계로 지내자는 것이다. 그것이야말로 유부남인 추 화백을 존중하는 길이었다. 누군가 그것이 가능하냐고 물어보거나 눈속임이 아니냐고 하더라도 상관없다. 실제로 그렇게 하고 있으므로. 하늘이 우리를 만나게 해준 큰 뜻을 따라야 한다는 사실에 우리는 동의했다. 개인적인 감정과 욕망에 집착하는 것이 하늘이 주신 뜻이 아니라고 믿었다. 추 화백의 작품세계를 일목요연하게 정리하고, 이론적 토대를 세워 치유에 적용하는 논문을 발표한 것도 근래의 일이다. 추 화백은 그림을 완성한 다음, 제목이나 화제를 다는 것을 내게 맡겨왔다. 제목을 정해주면, 추 화백은 비로소 페이스북에 작품을 올리곤 했다. 게다가 내 일신에 관해서라면 누구보다 더 소상하게 나를 아는 이가 바로 추 화백이었다. 예전에는 주로 어머니에 관한 고민을 털어놓았지만, 은비가 결혼할 무렵부터는 은비 이야기를 많이 했다. 추 화백은 그럴 때마다 좀 더 성숙해지도록 나를 이끌었다. 용서하고, 이해하고, 딸 입장에서 생각해보라는 말을 자주 했다. 은비의 마음 안으로 들어가 보면, 은비를 잘 알 수 있을 거라고도 했다. 그런 말들이 정말이지 도움이 되었다. 내 좁은 마음의 그릇을 그나마 넓혀갈 수 있었던 것은 추 화백 덕분이었다. 은비네의 새집에서 울면서 잠들면서도 추 화백한테 차마 이런 얘기를 할 수가 없었다. 그러다가 은비가 숟가락을 보란 듯이 팽개치고 방으로 들어간 다음이었다. 어떻게 할지 혼자서 결정할 수가 없어 얘기를 꺼냈다. 그동안 지내온 이야기를 하니, 추 화백이 그럴 줄 알았다고 했다. 그래서 미리 언질을 주려다가 말았다고 했다. 그러면서 어쩔 수 없는 일입니다. 그렇다고 바로 돌아오면, 이제 다시는 은비와 만날 수가 없어요. 그것으로 인연을 끝내는 식이 되고 마는 겁니다. 힘들어도 참고 이겨내어야 합니다. 약속했던 기한을 다 채우고 돌아와야 합니다, 라고 했다.

"모든 것이 운명입니다. 그런 은비를 낳은 것이 바로 당신이지 않습니까? 마음 같아서는 당장에 짐을 싸고 떠나고 싶겠지만, 그런 마음도 이해하지만, 그러면 안 됩니다. 이겨내세요. 버텨보세요. 그래서 다 끝나고 돌아오면 은비가 새록새록 이 일들을 떠올릴 거예요. 내가 이렇게 엄마한테 했구나. 이런 말을 했어야 했는데, 못했구나. 이렇게 말입니다."

추 화백 말이 맞았다. 그래야 했다. 알고는 있지만, 쉽지 않았다. 내 고집, 아집, 내 생각, 내 가치관을 죽이는 것은 너무나 아프고 힘들었다. 그렇지만 나는 종노릇을 즐기기로 했다.

은비는 어쩌면 뒤늦게 나를 생각하게 될 것이다. 내가 가고 나서, 시댁 내외분이 올 예정이다. 시어머니를 대하면서, 시어머니가 무엇이라고 하는 말들을 들으면서 내 생각을 하게 될지도 모른다. 내가 가고 난 두 달쯤 뒤, 아이가 100일쯤 되면 시댁에서 올 거라고 들었다. 나는 이 짐들을 다 치우고 편하게 지낼 때 오시겠으니 좋겠다고 했다. 은비가 발끈하며 대답했다. 그러게 짐 박스들을 한 번에 하나씩만 하라니까! 왜 일을 많이 벌이고 그래! 누가 그렇게 하랬어! 그때도 은비의 날이 선 반응에 깜짝 놀랐었다. 또 생각해본다. 내가 이 세상에 없을 때, 그제야 은비는 내가 아무런 조건 없이 은비를 사랑했음을 기억할지도 모른다. 아마도 그럴 것이다. 그때가 되어서야 은비는 왜 그렇게 사납게 나를 대했는지, 타박하고 원망했는지 후회하게 될지도 모를 일이다. 그럴 때 나는 미련 없이 세상을 떠나면서 은비의 어깨를 토닥여줄 것이다. 괜찮다. 자책하지 말아라. 네가 아니라 내가 잘못한 것이란다. 그렇게 말해주며 안아줄 것이다.

추 화백의 충고와 격려가 큰 도움이 되었지만, 현실은 여전히 녹록지 않았다. 여기는 분명 하와이인데, 시베리아 벌판에 와있는 듯했다. 둘러싼 도시의 불빛들도 갑갑하기만 했다. 하늘을 바라보면, 자주 무지개가 걸려있었다. 은비가 휴대폰으로 무지개를 찍었다. 집의 왼쪽, 산골짜기는 무지개가 찾아오는 단골 자리였다. 이사 오기 전, 집을 둘러보던 날에도 무지개가 있었다. 그래서 우리는 잠시 손을 함께 잡고 기도를 드리기도 했다. 은비와 나는 그곳을 '무지개 골짜기'라고 불렀다. 저기 봐, 무지개 골짜기에 또 무지개가 생겼어! 한번은 무지개가 엄청난 부피로 산 위가 아니라 산 아래에 놓여 있었다. 몇 개의 산들을 거대한 띠처럼 휘감고 있었다. 추 화백이 자주 그리던 그림 같아서 놀라울 정도였다. 무지개를 보고 있는 동안만큼은 부정의 감정이 사라지는 듯했다. 그것은 자연이 주는 선물이었다. 하와이의 차량 번호판에 무지개가 그려진 이유를 비로소 알 수 있었다.

계속 날씨가 더워서 민소매 옷이 편했다. 가져온 옷들에서 입을 게 마땅치 않아서 은비한테 옷을 빌려줄 수 있는지 물었다. 임부복으로 입던 민소매 원피스 세 벌을 건넸다. 그 옷들을 번갈아 입으면서 지냈다. 은비처럼 나도 삼칠일 동안 밖으로 한 발자국도 나가지 않았다. 갑갑하지는 않았지만, 하루가 너무 길게만 느껴졌다. 시간이 어서 지나서 이곳을 벗어날 날이 다가오기만을 기다렸다. 나중에 추 화백은 카운트다운을 해주기도 했다. 이제 열흘 남았습니다. 이제 구일이에요. 이제 일주일입니다. 딱 일주일만 버티세요, 라고.

이건, 애초에 예상했던 일이 아니었다. 꼬박 2년 만에 만나는 은비와 얼마나 다정하게 지낼지 상상만 해도 달콤했다. 우리가 그렇게 알콩달콩 지냈던 적이 있었던가. 물론, 내 기억에는 있었다. 우리는 장난을 치기도 하고, 많이 웃었다. 배꼽이 빠질 만큼 웃기도 했다. 한번은 버리는 옷을 이리저리 손으로 찢어서 머리에 쓰고 다리에 휘감아서 은비는 춤을 추었다. 나는 이 순간을 기록해놓아야겠다며 사진을 찍었다. 내 친구들 이야기를 들어봤는데 말야. 역시 우리 엄마가 최고야! 언젠가 은비는 이런 말을 한 적도 있었다. 그렇게 오래되지 않은 것 같은데 벌써 10년도 더 되었다. 언제부터 은비가 나에 대해 묘한 적대감을 가지게 된 걸까. 고등학교 때까지만 해도 은비는 그러지 않았다. 어쩌면 대학에 진학해서 심리상담센터를 찾던 날부터였는지도 모른다.

은비는 교내에서 무료로 하는 심리센터에 등록했다고 알렸다. 음악 치료사를 꿈꾸던 은비한테 도움이 될 거라고만 여겼다. 그런데 문제가 불거지기 시작했다. 과거의 기억이 하나 둘씩 들춰진 거였다. 엄마, 왜 그랬어? 그러지 않았어야 했잖아! 이런 얘기들을 꺼내왔다. 일시적일 거라고 여겼지만 그러지 않았다. 까마득한 과거, 어릴 적 이야기를 들추면서 자신한테 대했던 방식들을 원망했다. 어릴 적에 재미 삼아 했던 역할 바꾸기 놀이가 있었다. 은비가 내가 되고, 내가 은비로 변신하는 놀이였다. 그렇게 서로를 바꿔서 흉내를 내는 거였다. 많은 시간을 그렇게 한 것도 아니었다. 짧게, 어쩌다 한 번씩 하는 놀이였다. 그게 잘못되었다는 거였다. 아이한테 역할 혼동을 주는 아주 안 좋은 방식이었다고 따졌다. 그러더니 급기야 내가 세상에서 가장 싫다고 고함을 지르기도 했다. 투룸에서 살던 어느 날에는 갑자기 따로 집을 얻어 살겠다며 막무가내로 떼를 쓰기도 했다. 언젠가는 이런 말도 했다. 엄마니까 이렇게 보는 거야. 친구 같으면 엄마 같은 성향인 사람은 거들떠보지도 않을 거야. 엄마는 정말이지 내 스타일이 아냐! 은비는 그렇게 말하기 3년 전, 고등학교 때만 해도 존경하는 사람이 엄마라고 학생기록부에 남겼다. 그 말을 내 마음 깊은 곳에 소중하게 간직해왔다. 그것은 얼어붙은 삶을 녹이는 큰 힘이 되었다. 언젠가 그렇게 말을 했더니 은비가 뜨악한 얼굴로 반문했다. 내가 그렇게 썼다고? 기억도 안 나. 옛날에는 모르겠지만, 지금은 전혀 아냐. 그 말이 또 나를 당황하게 했다.

31 / 45

## 종노릇

결혼 직전까지 은비는 내게 반감으로 가득 차 있었다. 갑자기 결혼 비용 1000만 원이 없었던 나는 대출까지 해야 하나 고심하고 있었다. 신기하게도 언니가 예전에 빌렸던 돈을 갚겠다며 350만 원을 보내왔다. 오랜 친구 아사가 300만 원을 축의금으로 보내오고 해서 그럭저럭 웨딩 촬영과 예식을 할 수 있었다. 아담한 레스토랑을 빌려서 가족들과 저녁을 먹는 방식으로 식을 올렸다. 식순을 적은 용지를 직접 디자인하고 만들던 은비는 갑자기 욕실에 들어가더니 펑펑 울었다. 왜 그러냐는 질문에 아무 말도 하지 않고 퉁명스러운 얼굴로 나왔다. 내가 도와주겠다고 하니, 인쇄된 용지를 접어달라고 했다. 그렇게 하고 있는데 갑자기 낚아채더니 접은 게 마음에 안 든다며 화를 냈다. 완벽하게 하고 싶은데 피곤하고, 혼자 하자니 힘들고, 누구한테 맡기니 마음에 안 들고 그런 상황일 거라고 이해를 하긴 했다. 하지만 결혼식 날 아침에 그렇게 화를 내는 것은 아니라는 생각이 들었다. 게다가 어렵게 마련한 결혼 비용에 대해 단 한 번도 고맙다는 말을 하지도 않았다. 사실 그 소리를 듣고 싶었던 것은 아니었다. 그보다 부디 은비의 마음이 온유하기를 바랐다. 공항으로 출발하는 리무진 버스를 타러 가면서, 마지막 포옹을 하자 은비는 간단하게 이렇게 말할 뿐이었다. 잘 지내. 나도 잘 지낼게. 도대체 우리는 어디서부터 틀어진 것일까.

은비의 꼬인 마음을 풀어줄 길이 없던 나는 모든 것을 내맡겼다. 그것은 포기가 아니었다. 내 힘으로 할 수 없는 일이라고 여기고 내려놓았다. 좀 더 솔직하게 말하자면, 그저 내려놓는다고 놓여나는 게 아니라고. 어쩔 수 없다고 말하는 순간, 포기가 먼저 떠오르는 게 사실이라고. 나는 자신에게 솔직해져야 한다. 내맡기는 것은 정말 어려운 일이다. 화가 나고 억울하고 분했다. 그 감정을 움켜쥐고 있었다. 제일과 은비를 불러놓고 따져 묻고만 싶었다. 내가 그렇게 만만해 보이냐고, 나를 윗사람 대우를 한 적이 있냐고 호통을 치고 싶었다. 그렇게 한들 내 마음이 전달되지 않을 게 뻔했다. 진정으로 원하는 것에 도달하지 못할 뿐 아니라 오히려 더욱 멀어질 것이다. 내가 마음 다해 원하고 바라는 것은 '사랑'이다. 사랑을 주고받고 싶다. 지금까지 겪어온 여러 정황상 사랑을 받는다는 것은 요원한 게 사실이다. 이제, 어쩌겠는가. 내가 할 수 있는 것이라고는 오로지 사랑을 주는 것이 다이다. 그것이 지금, 내가 해야 할 일이다.

사랑을 주는 것을 어떻게 표현할 수 있을까? 아무리 생각해봐도 특별한 방법이 떠오르지 않았다. 아기를 돌보고 싶지만, 그러면 은비가 좀 더 편하게 쉴 수 있지 않을까 했지만, 은비는 나를 믿지 않았다. 제일도 마찬가지였다. 아기를 해코지할 사람으로 여기는 듯했다. 그럴 리가 없는데도 그렇게 불안한 눈으로 나를 바라보았다. 제일은 방바닥에 떨어뜨린 공갈젖꼭지를 내가 아무 생각 없이 다시 아이 입에 넣은 줄 알았다고도 했다. 그렇다면 그저 집안일이었다. 나는 지극 정성으로 그 일을 하기 시작했다. 제일의 이불을 개고, 청소가 끝난 뒤에는 다시 깔았다. 이불 위를 깨끗이 쓸고 정리를했다. 가지런히 이불 귀를 맞춰서 깔고 주변 정리도 했다. 식기세척기가 있었지만, 처음 한 번 쓰고는 아예 사용하지 않았다. 이전 집에서 쓰던 식기 건조대를 가져와서 사용하고 있었다. 그릇들은 반나절도 안 되어 잘도 말랐다. 다만, 식기 건조대의 받침 부분에 고인 물을 자주 비워주고, 그릇을 놓지 않을 때는 건조대를 잘 말려주었다. 냉장고를 안과 밖을 깨끗하게 닦고 또 닦았다. 냉장고 서랍 안쪽에는 손이 닿지 않았다. 미역국을 담은 냄비를 냉장고 안에 넣어 두었는데 국물이 안쪽 귀퉁이에 조금 흘러있었다. 그걸 닦아내느라 안간힘을 썼다. 냉장고 서랍은 아무리 애써도 분리가 되지 않아서 손이 닿는 데까지 닦아냈다. 생선을 지극 정성으로 굽고, 샐러드를 정성껏 만들었다. 유튜브를 보고 생전 처음으로 두부 요리를 하기도 했다. 모든 것에 정성을 쏟았다. 그것 말고 달리 사랑을 표현할 방법이 없었다. 이전에는 서러운 종노릇이었다면, 내맡기겠다고 한 이후로는 기꺼이 종노릇을 했다. 내가 먹는 것은 최소한을 유지했고, 식탐을 내지 않았다. 금요일이면 제일이 먹고 싶은 음식을 사 와서 같이 먹곤 하는데, 은비와 둘이서 먹도록 이내 문을 닫고 들어가 있곤 했다. 그렇게 하루하루를 버텼다.

내맡기는 방법을 처음부터 터득한 게 아니었다. 특출나게 뭔가를 한 것도 아니었다. 다만, 내가 적극적으로 화를 내려놓기 시작했다. 신기하게도 마음이 점점 가벼워졌다. 또 하나, 차분하고 다정하게 말하는 것이다. 그것은 일부러 화를 억누르고 억지로 했던 게 아니었다. 처음에는 잘되지 않았다. 그저 차분하고 다정한 어투를 흉내 낸 것뿐이었다. 그렇다. 그것은 흉내였다. 그래서 서글픈 피에로였다면, 서서히 진짜 피에로가 되어가고 있었다. 어차피 부딪히고 살아낼 시간이었다. 그렇지만 불쑥불쑥 화가 올라올 때도 있었다. 주로 제일이 꺼내는 말이나 태도 때문이었다.

"장모님, 청소하는 것 좋아하시잖아요. 바깥 유리창도 좀 닦으시면 어때요?"

떠나기 사흘 전이었다. 나는 선풍기를 분해해 달라고 제일한테 요청했다. 수년 동안 한 번도 분해한 적이 없는 선풍기를 해체해서 씻고 닦았다. 뜯기 불가능한 부위는 손을 집어넣어서 일일이 닦았다. 그렇게 하고 있던 날, 제일이 이 말을 꺼냈다. 내가 집 관리사도 아닌데 그렇게 말하냐고 대꾸했다. 선풍기는 혹시나 먼지가 많이 쌓여서 천식이라도 걸릴까 봐 한 거잖아. 그리고 청소를 좋아서 하는 사람이 어디 있어? 깨끗해야 하니까 하는 거지. 내 말에 제일은 아, 그럼 미역국 끓이는 것과 같은 일이었어요? 건강 생각해서 끓여주시는 미역국처럼요. 그렇게 답해왔다. 이 말을 은비한테 했더니, 엄마, 기분 나빴겠다. 괜찮아? 그렇게 한마디 해주었다. 은비는 그러기 보름 전쯤에 마치 협상이라도 하듯 대화를 하자고 했다.

그날은 새벽부터 일이 터졌다. 은비가 자지도 않고 매일 같이 밤을 새워서 수유하는 것을 보고 제일이 방법을 제시했다.

유축기로 젖을 짜내어 보관해놓자는 거였다. 새벽녘에 한차례 내가 젖병으로 젖을 주면 은비가 한숨 잘 수 있을 거라고 했다. 그래서 새벽 4시에 일어나서 안방으로 가기로 했다. 제일은 이사 온 날부터 모니터 화면이 있는 거실 한쪽 끝에 자리를 잡고 잤다. 영화를 보면서 거의 자지 않는 날도 있었다. 모든 것이 불규칙적이었다. 정말이지 멋대로 행동하는 듯했다. 거기에 대해 내가 관여할 바는 아니었지만. 어쨌든 그날, 언제나처럼 제일은 거실에서 잠들어 있었다. 나는 새벽 4시보다 약간 일찍 깨어 세면을 하고 나서 안방으로 갔다. 은비가 막 수유를 마쳤다며 트림을 시키고 있었다. 내가 트림을 시키면 어떻겠냐고 하니 바로 아기를 맡겼다. 아기를 안고 트림을 시키는 동안, 은비는 졸음에 겨워하며 누워있다가 바로 잠이 들었다. 애처로운 마음이 들었다. 은비는 수유일지를 일일이 기록하고 있었는데, 그날도 한 시간이나 두 시간 간격으로 계속 젖을 먹였던 거였다. 아기를 크립에 눕혔다. 자려고 하는 걸 보고 나도 침대에 몸을 눕혔다. 아기는 설핏 자는 듯했지만, 이내 눈을 뜨고는 칭얼대는 소리를 냈다. 그러면서 잠시 뒤 또 조용해졌다. 그게 계속 이어졌다. 자는가 하면 소리를 내고, 소리를 내고 있는가 하면 또 잤다. 그때마다 나도 일어나서 아기한테 갔다가 또 잠잠하면 침대에 누웠다가를 반복했다. 그러다가 아기가 좀 더 칭얼대는 소리를 크게 냈다. 이러다가 은비가 깨면 어쩌나 싶었다. 조금이라도 은비가 더 잤으면 했다. 병에 담아 놓은 젖을 데우려면 시간이 걸린다. 물을 데우고, 그 물에 젖병을 넣고 먹기 적당할 정도의 온도로 맞추는 데 족히 5분은 걸릴 것이다. 나는 아기한테 공갈 젖꼭지를 물렸다. 아기가 쪽쪽 잘도 빨았다. 그때였다. 은비가 눈을 떴다. 갑자기 날카롭게 짜증 섞인 소리로 몰아세웠다.

# 32 / 45
# 나는 은비를

"아니, 아기한테 쪽쪽이부터 물리면 어떻게 해? 그냥 가! 놔두고 가란 말이야! 아기 보지 맛!"

나는 젖병을 데우고 있었다고 설명했다. 은비가 필요 없다며 손을 내저었다. 알겠다고 나가겠다고 했다. 그러면서 한마디만 더 했다. 아기가 자고 일어난 게 아니라 자는 듯하다가 일어나고, 또 일어나다가 자고 한 시간째 그랬다고 했다. 조금 전에는 약간 우는 것처럼 소리를 내어서 쪽쪽이를 물리면서 젖병도 준비하던 중이라고 했다. 그러고는 나와서 내가 자던 방으로 갔다. 이것마저 내려놓아야겠구나. 참 쉽지 않다 싶었다. 무조건 내가 하는 모든 것이 거슬리나 보다. 어쩌면 좋을까. 불신의 마음이 이렇게나 뿌리가 깊으니 마음이 아팠다. 나에 대한 부정은 곧 자신에 대한 부정으로 이어지고 있을 것이다. 은비가 부디 자신을 사랑하게 되기를 바랐다.

동이 트고, 아침이 되자 나는 시치미를 떼고 주방에 갔다. 늘 그렇듯이 제일의 도시락을 싸고 식탁을 차렸다. 늦어도 10시 전에는 식사를 해야 하는데 나오는 기미가 보이지 않았다. 걱정되어 안방으로 들어갔다. 은비가 아기를 안고 있었다. 밥 준비는 다 되었어. 트림시키는 거라면, 내가 할까? 내 말이 끝나기 무섭게 은비가 퉁명스럽게 내뱉었다.

"됐어. 엄마는 선우 보지 마. 엄마한테 안 맡길 거야!"

그 순간, 제일이 내 얼굴을 흘낏 보았다. 알겠다며, 문을 닫고 나왔다. 제일은 식사를 한 뒤 은비가 예민해서 그런가 봐요, 라고 했다. 나를 안 믿어. 그래서 그래. 이 말이 갑자기 튀어나왔다. 청소를 마치고 나서 피문어 우린 물을 건네주려고 안방에 들어갔다. 아기는 자고 있었고 은비는 창문 쪽으로 등을 돌린 채 앉아 있었다. 처량해 보였다. 외롭고 고단해 보였다. 어깨를 감싸주고 싶었지만, 아무 말 없이 돌아 나왔다. 오후 4시쯤 되었을 때 호박 차를 가져다주자 은비가 나를 쳐다봤다. 얘기 좀 할 수 있을까? 은비가 물었다. 나는 흔쾌히 그러자고 했다. 생각해오던 것이 있었다. 예전처럼 은비가 나에 대한 부정의 감정을 드러내더라도 그저 들어주자고. 그냥 그랬구나. 그래서 힘들었구나, 그렇게 온 마음을 실어서 들어만 주자고. 절대 설명하거나 설득하지 말자고. 그렇게 마음을 가지고 있었다. 지금, 이 순간이다. 그 결심을 실천해 볼 때다. 그런 마음으로 은비 옆에 앉았다.

"엄마, 아까 새벽에 내가 너무 했어. 미안해. 엄마도 아기가 울어서 이것저것 생각해보고 시도해본 것인데, 나는 일어나자마자 쪽쪽이를 준 것으로 착각했어. 엄마도 아기를 안아보고 싶었을 텐데 내가 그동안 문을 꼭 닫고 있어서 내 눈치 보느라 다가오지도 못하게 했어. 미안해."

나는 은비를 꼭 안아주었다.

"이제 네가 뭐라고 말해도 나는 고스란히 들어주려고 하는데, 겨우 이런 마음이 생겼는데…… 네가 미안하다고 하니, 고맙고 또 내가 미안하구나. 그렇게 말해줘서 고마워."

이렇게 말했다. 눈물이 나왔다. 나도 은비도 울었다. 우리는 잠시 그렇게 안고 있었다. 그것이 잠깐의 화해였던 걸까? 진정한 화해의 시작인 것일까? 그런 뒤 추 화백으로부터 연락을 받았다. 한 시간 전쯤에 은비한테서 전화가 왔다는 거였다. 새벽 일을 이야기하면서 자신이 너무 한 것이 느껴지는데 어떻게 사과해야 할지 모르겠다고 했다고 한다. 그러면서 최근에 자신도 모르게 자꾸만 과거 일이 생각났다고 했다 한다. 엄마가 자신을 놓아두고 일하러 간 것이 떠올라서 힘들었다고 하더라는 거였다. 추 화백은 이렇게 말했다고 한다. 은비야. 생각해보렴. 너도 그렇게 이쁘고 귀한 아이를 키우고 있으니까 알겠지. 엄마 눈에도 네가 그렇게 예쁘고 귀했던 거야. 사랑하는 아기를 두고 일하러 가야 했던 찢어지는 엄마 마음을 짐작해 보렴. 얼마나 힘들었을까. 언젠가 엄마가 나한테 이렇게 털어놓은 적이 있었어. 아이를 두고 일하러 갔던 때를 생각하면 지금도 눈물이 난다고. 엄마한테도 넌 귀한 아이였어. 지금의 네 아이가 은비한테 귀하듯이. 그러자 은비가 이제껏 갈등이 있으면 단 한 번도 먼저 엄마한테 미안하다고 해보지 않았는데, 처음으로 미안하다는 말을 할 거라고 했다는 거였다. 추 화백한테 감사하다고 했다.

며칠 뒤, 아이를 재우고 난 짧은 틈에 은비는 내가 제일한테 실망했을까 봐 슬퍼진다고 했다. 나는 고백했다.

"사실, 어떠한 일이 있어도 사위를 사랑해주고 아껴준다고 해놓고, 그렇게 못했어. 자꾸만 흉볼 거리만 눈여겨봤지. 하지만 귀한 내 사위야. 그러니 사랑하기로 선택하려고 해. 내가 또다시 불평하고 흉을 본다면, 그건 내가 한 선택을 배반한 거니까 내가 자신을 가다듬어야겠지. 할머니도 그래. 과거에 내게 어떠한 언행을 하더라도 사랑하기로 내가 선택했단다. 순간순간 잘 안될 때도 있더라도 결국 사랑하는 쪽으로 갈 거야." 은비는 흠칫 놀라며 물었다.

"언제부터 그런 생각을 했어?" 나는 부드럽게 웃으며 답했다.

"생각은 예전부터였어. 근데 이제부터 제대로 실천하려고 해. 지금, 이 순간부터!"

그런 다음부터 은비가 달라졌다. 신기한 노릇이었다. 은비가 나한테 대하는 태도가 눈에 띄게 변했다. 생기있게 웃고 농담도 했다. 카톡으로 뭔가를 말하는 시어머니한테 어떤 말을 해야 할지 모르겠다며 조언을 구하기도 했다. 놀라운 변화가 일어났다. 늘 힘이 다 빠져있던 나도 변했다. 그렇다고 활달해진 것은 아니지만, 억지스럽지 않게 차분하면서도 부드러워졌다. 그때부터는 입맛이 생겨나서 하루에 두 끼 정도는 챙겨 먹곤 했다.

무엇이 우리를 바뀌게 한 것일까. 알 수 없는 노릇이었다. 다만, 내가 한 일도 은비가 한 일도 아니었다. 애써서 노력한 것도 아니고, 그렇다고 아무것도 하지 않은 것도 아니었다. 우리는 다만 뭔가를 내려놓았을 뿐이다. 나는 따지고 싶고, 설명해서 이해시켜주고 싶은 마음을 내려놓았다. 은비는 화난 마음과 나에 대한 불신을 내려놓았다. 그다음에는 저절로 풀어졌다.

33 / 45

# 포근한 베개

이제 이곳을 떠날 준비를 해야 하는 날이 닥쳐왔다. 뭔가 깜짝 이벤트가 필요했다. 추 화백이 전에 울면서 전화하던 나를 달래며 한 말이 있었다. 마지막 날 은비한테 편지 하나 써 놓고 오세요, 라고 했지만, 코웃음을 쳤다. 편지는 무슨 편지. 아무것도 안 남기고 그냥 홀연히 떠날 겁니다. 나를 그렇게 싫어하는데 편지를 보기는 볼까요? 적어놓은 글을 찢어 버릴 것만 같습니다. 그 말에 추 화백이 허허, 웃었다. 그렇지는 않을 겁니다. 두고 보세요. 보내놓고 엄청 그리워할 겁니다. 있을 때 잘하지 못했던 것들, 예쁘게 말하지 못했던 것들이 생각나서 괴롭기도 할 겁니다. 나중에 시어머니가 오면 더욱 그럴 테지요. 시어머니한테 대할 때, 친정엄마가 겹쳐서 생각날 겁니다. 친정엄마한테 미처 하지 못했던 말과 행동들이 고스란히 떠오를 거란 말입니다. 제 말이 맞을 거예요. 어디 두고 보세요.

추 화백의 말이 떠올랐다. 그래서 나만의 작은 작별식을 행하기 시작했다. 떠나기 2주일 전부터 시작한 방법은 이러했다. 언젠가 보게 될 선우의 책들이 내가 기거하는 방 책장에 꽂혀 있었다. 그 책 중에서 비닐에 싸여 미개봉인 것을 제외한 책 안에 메모를 해두는 거였다. 짧은 메모 안에 선우를 위한 동시를 지어 같이 적어놓는 것이다. 내친김에 당장 시작했다.

1. 얼굴

아가 얼굴은 별빛
엄마 얼굴은 달빛
아빠 얼굴은 햇빛
온 얼굴이 온통 빛나요

2. 햇살 말

사랑해요 고마워요
들으면 햇살이 들어와요

사랑해요 고마워요
말하면 햇살이 퍼져나가요

3. 쑥쑥쓱쓱으쌰으쌰

아가가 자라나요 쑥쑥
엄마가 힘든 걸 잊어요 쓱쓱
아빠가 힘을 내요 으쌰으쌰

4. 팔베개

세상에서 가장 포근한 베개
엄마 팔베개
스르르 스르르 눈 감고
꿈길로 곧장 가게 하는
엄마 팔베개

은비가 주방에서 주로 사용하는 포스트잇을 가져다가 메모를 남겼다. '사랑하는 은비야, 오늘도 선우 키우느라 수고 많았다. 벌써 많이 자랐지? 멀리 있어도 늘 마음으로는 함께 하고 있단다. 마음 다해 응원하고 있단다. 사랑해!' 이런 말들을 먼저 쓰고 나서 아래에 동시를 적었다. 언젠가는 책을 펼쳐서 이 동시들을 읽게 되겠지. 할머니가 지은 동시를 선우한테 들려주겠지. 선우는 그게 무슨 뜻인지도 모르고 들을 것이다. 그러다가 어느 날에는 알게 되겠지. 언젠가는 그 동시를 지은 할머니의 마음을 느끼게 될지도 모를 일이다. 미소를 머금으며 그렇게 글을 적어 내려갔다. 선우한테 보여줄 책을 꺼내 들다가 포스트잇에 적은 메모를 발견하고 깜짝 놀라 웃을 은비를 떠올렸다. '팔베개'는 은비가 아기한테 팔을 베어주고 잠드는 모습을 보고 나서 지었다. 너무나 평온하게 잠이 든 은비와 선우. 저녁 먹을 시간이었지만, 은비를 깨울 수가 없었다.

며칠이 지난 날이었다. 은비가 이런 말을 했다. 선우가 너무 귀여워서 둘째를 가질 수 없을 것 같다고. 그 어떤 아이한테라도 이렇게 예쁘고 귀엽게 느껴질 수 없을 거라고. 나는 빙그레 웃으면서 그때가 되면, 또 이런 마음이 저절로 들 거라고 했다. 아기가 아무리 칭얼대고 새벽에 수유 때문에 잠을 제대로 못 자는 날이 이어져도 은비는 괜찮다고만 했다. 아기를 돌보는 일은 전혀 스트레스를 받지 않는다고 했다. 마냥 좋고 행복하다고 했다. 만약 다음에 공부를 계속하게 된다면, 아동발달 심리를 전공하고 싶다고도 했다. 은비는 정말 그랬다. 아기에 대한 사랑이 고스란히 넘쳐나는 젖으로 표현되고 있었다. 양쪽 겨드랑이 쪽에 부유방까지 생겨서 그곳에서도 젖이 나올 지경이었다. 가슴에 패드를 대고 매번 갈아주고 있었다. 아기가 젖을 빨다가 울 때 살며시 가슴을 떼어 보면, 분출하듯 젖이 솟구치기도 했다. 병원에서 스테이크만 먹을 때도 젖이 잘 나왔었다. 제일은 젖이 잘 나온다는 것은 은근히 여성의 자부심이기도 한가 보더라는 얘기를 몇 번이고 했다. 다행한 일이었다. 젖이 잘 돌지 않았다면 제일과 은비는 온갖 신경을 곤두세우며 불안에 떨었을 것이다. 나는 선우가 별 탈 없이 무럭무럭 잘 자랄 거라는 사실을 알고 있었다. 그것을 어떻게 아냐고 누군가 물어보면, 그냥 안다고 답할 수밖에 없다. 다만 희망 사항이 아니다. 누구나 목적을 가지고 태어나지만, 선우는 뚜렷한 목적을 가지고 이 세상에 왔다. 개인의 안위보다 만인을 위한 큰 뜻을 지니고 온 것이다. 몸도 마음도 건강하고 안정된 상태에서 자라다 보면 자연히 그 뜻을 펼치는 쪽으로 갈 것이다. 그래서 오로지 감사드릴 뿐이었다.

34 / 45

# 그만 불러

아기한테 자주 노래를 불러주었다. 푸른 하늘 은하수 하얀 쪽배에—, 그렇게 부르고 있으면 아이가 나를 빤히 쳐다보았다. 약간 칭얼대다가도 뚝 그쳤다. 아는 노래들을 순식간에 소환해서 불러주었다. 엄마야, 누나야 강변 살자 뜰에는 반짝이는 금모랫빛—, 아침 바람 찬바람에 울고 가는 저 기러기—, 반짝반짝 작은 별 아름답게 빛나네—, 그렇게 들려주면 아기는 가만히 노래를 듣고 있었다. 어쩌다 젖병을 이용해서 젖을 줄 때도, 트림을 시키려고 안고 있을 때도 불렀다. 그러다가 클레멘타인 노래를 개사하기 시작했다.

넓고 넓은 하와이에 선우가 살아요. 엄마, 아빠, 할머니의 사랑으로 자라요. 내 사랑아, 내 사랑아, 나의 사랑 박선우. 아름답고 빛나게 자라나고 있어요. 이렇게 불렀다. 때로는 후

렴구에 할렐루야, 할렐루야, 할렐루야 아멘! 이라고 넣기도 했다. 노래를 자주 불러주자고 은비한테 말하기도 했다. 은비는 자신이 정한 노래가 있다고 했다. 뭐냐고 하니, 유튜브를 찾아서 들려주었다. 애니메이션 포카혼타스에 나오는 '바람의 빛깔'이었다.

자기와 다른 모습 가졌다고 무시하려고 하지 말아요. 그대 마음의 문을 활짝 열면 온 세상이 아름답게 보여요…… 바람의 빛깔이 뭔지 아나요. 바람의 아름다운 저 빛깔을. 얼마나 크게 될 지 나무를 베면 알 수가 없죠…… 바람이 보여주는 빛을 볼 수 있는 바로 그런 눈이 필요한 거죠. 아름다운 빛의 세상을 함께 본다면 우리는 하나가 될 수 있어요.

그 말을 듣고 나서는 선우를 보면서 이렇게 말하곤 했다.

"아름다운 사람이 될 거예요. 빛나는 사람이 될 거예요. 바람의 빛깔을 볼 줄 아는 사람이 될 거예요."

선우는 그렇게 말하는 나를 빤히 바라보곤 했다. 하와이에 올 때, 가져온 선물 중에서 애착 인형이 있었다. 유기농 섬유로 만든 곰이었다. 제일이 그 곰을 꺼내어 크립 위에 세워두었다. 인형을 한번 빨아야 하는지 어떤지 물어봐서, 어정쩡하게 답했다. 떠날 날이 가까워질 무렵 인형을 빨아야겠다고 생각했다. 곰아, 목욕시켜줄게. 이렇게 말을 걸며 했는데 장난이 아니었다. 손빨래를 했는데 아무리 짜도 비눗물이 계속 나왔다. 한 시간 가까이 곰 인형을 빨았다. 기진맥진한 채 겨우 빨래건조대에 널어놓았다. 안방 문을 열고 들어가니 선우는 기저귀 대에 누운 채 계속 보채고 있었다. 은비가 왜 이렇게 우는지 모르겠다고 했다. 조금 전에 젖을 먹였다고 했다. 나는 무릎을 꿇고 앉아서 노래를 불렀다. 입이 바짝 타들어 갈 만큼 고단했지만, 노래를 들으면 차분해질 거라고 생각했다. 효과가 있었다. 선우는 언제 울었냐는 듯 조용해졌다. 나는 선우가 노래를 좋아해서 그렇다고 했다. 다음에 자라나서 가수가 된다고 하면 어쩌나, 아빠한테 혼날 수 있겠다는 말을 농담처럼 던졌다. 그러는 동안 은비는 선우를 안아서 쿠션 위로 옮겼다. 노래 더 불러줄까? 그렇게 말하며 가까이 다가갔더니 은비가 거칠게 말했다.

"노래 좀 그만 불러. 아이를 달래는데 노래밖에 할 줄 몰라? 이제 노래 좀 부르지 마."

나는 알았다면서 슬그머니 방을 벗어났다. 서로 마음을 풀고, 화해를 한 줄로 알았다. 불과 나흘 전에 은비는 처음으로 미안하다는 말을 했었다. 그런데도 불쑥불쑥 튀어나오는 모가 난 모습들! 나중에 은비는 이렇게 말했다. 노래 부르면서 엄마 소망을 심잖아. 이렇게 저렇게 하라고. 그리고 오빠가 뭐라고 한다며 그런 말까지 했잖아. 그런 식으로 유도하지 말라고! 아예 노래를 부르지 마.

은비가 그렇게 말한 뒤에는 은비 앞에서는 노래를 부르지 않았다. 은비와 제일이 밥을 먹을 때, 안방 문을 닫은 채 아기를 볼 때만 숨죽여서 노래를 불렀다. 부르다가 들켜서 또 한소리 들을까 눈치를 보면서 부르지 않은 척했다. 정말이지 아이는 클레멘타인을 개사해서 부르는 노래를 들으면 잠을 잤다. 어김없었다.

농담처럼 던진 말에 어쩌면 뼈가 있을지도 모를 일이었다. 새집에 온 지 얼마 되지 않았을 때였다. 제일한테 지나가는 말로 던진 말이 있었다. 예술가 기질이 다분한데, 예술 쪽으로 진로를 생각한 적이 있냐고 물었다. 그랬다면 큰일 났을 거라고 했다. 집안에서는 오로지 돈을 버는 쪽으로 진로를 정해야 한다고 했고, 자신도 그렇게 해야 한다고 생각했다는 거였다. 하지만 정말 예술 쪽으로 갔어도 잘 해냈을 것 같다고 했다. 사실, 친부를 방문했던 날 건네주었던 제일의 상에는 고등학교 때 받았던 미술상도 있었다. 제일한테 그런 말을 한 것은 제일이 스스로 말했듯이 빛과 소리에 예민하기 때문이었다. 집안의 여러 곳곳을 자세히 들여다보고 만져보는 섬세

한 모습을 두고 하는 말이었다. 주방 일을 하는 내게도 불쑥 불쑥 참견하기가 일쑤였다. 이 국자는 국을 뜰 때 쓰는 게 아니라 계량할 때 쓰는 거예요. 여기 정수기 물통의 마지막 부분은 쓰지 마세요. 침전물이 있을 수 있어요. 아보카도는 지금 당장 먹을 정도로 익었어요. 빨리 먹어야 해요. 여기 이 부분은 탔네요. 탄 것은 절대 먹으면 안 돼요. 뜨거운 것을 먹으면 후두암이 걸려요. 이런 말들이었다. 은비하고도 이런 이야기를 나눈 적이 있었다. 워낙 제일이 예민하고 소소한 데까지 신경을 쓰는 성향이 있다며 은비도 맞다고 했다. 원래 이런 부분을 활용해서 직업을 삼는 것도 좋았을 거라고 했다. 제일이 예술가였으면 행복했을까? 전공인 공학에 최선을 다하고 있지만, 너무 열심히 하는 나머지 안쓰러워 보이기까지 했다.

제일은 박사과정 때부터 아팠다며, 지금까지 몸 여기저기가 아프다고 했다. 한 번은 허리가, 한 번은 손목, 한 번은 다리, 그러다가 몸 전체가 찌뿌둥하다고 했다. 자주 병치레를 했고, 스스로 병약하다고 믿고 있었다. 전공에 목숨을 거는 형국이었지만, 아무리 봐도 공학은 부대끼는 대상일 뿐 행복해 보이지 않았다. 휴일에 혼자서 새벽까지 영화를 볼 때가 가장 느긋해 보였다. 그럴 때 제일은 소다수를 꺼내서 마셨는데 술 생각이 나서 대용으로 마신다고 했다. 한번은 이런 적이 있었다. 제일 집안의 가훈은 뭐냐고 물어보았다. 참고로 내가 정한 우리 집의 가훈은 '신나고, 즐겁고, 재밌게'라고 했다. 제일은 별로 뜸을 들이지도 않고 말했다. '과정보다 결과'입니다. 나는 웃으면서 농담이지 않냐고 했다. 제일은 정색하며 말했다. 아녜요. 진담입니다. 살아보니까 결과만 알아주는 세상이더라고요. 과정을 아무리 설명해도 소용없어요. 결과가 안 좋으면 인정해주지 않아요, 라고 했다. 나중에 한 번 더 물어도 똑같이 답했다. 은비한테 제일이 그러더라고 하니, 은비가 이렇게 말했다.

"농담은 농담일 뿐."

은비는 착각하고 있다. 그 말은 농담이 아니었다. 나중에 제일도 같은 말을 했다. 농담인 듯하지만, 실제로 그 말이 맞다고. 그게 가훈이라고. 결과 지상주의, 그거야말로 위험천만한 말이었다. 나는 그즈음, 제일의 책장에 꽂힌 《스크루테이프의 편지》를 읽고 있었다. 저자 C.S. 루이스는 이 소설에서 인간을 악으로 끌어오기 위한 사탄의 작전을 적나라하게 공개했다. 소설은 삼촌이 조카 웜우드에게 쓴 편지 형식으로 되어 있었다. '사랑하는 웜우드 조카에게'라고 시작한 글이 이어졌다. 그중에서 가슴에 박히는 두 구절이 있었다. '거리낌이 없는 사람은 거리낌을 가지고 있는 사람에게 항상 양보하라.'

는 말이었다. 물론 스크루테이프는 이 말을 반대로 행하도록 만들라고 웜우드에게 충고하고 있었다. 이 구절을 읽자마자 거리낌이 없는 사람이 되고 싶다는 간절한 바람이 들었다. '거리낌이 없는' 것은 막히거나 거치는 것이 없는 것, 무애無碍를 뜻한다. 무애를 실천하는 자는 사랑을 실현하는 자일 것이다. 이 구절을 읽자마자 은비를 떠올렸다. 그리고 제일도. 자아의 움직임대로 자기도 모르는 사이에 수시로 분노와 원망, 기쁨과 즐거움이 번갈아 춤을 추게 된다. 그러니 내가 품어주고 양보해야 한다. 나는 엄마니까! 나를 대하는 것에 따라 나도 덩달아 슬펐다가 섭섭했다가 하니, 나도 아직 멀긴 멀었지만 말이다. 점차 거리낌 없는 상태로 나가야겠다는 강한 소망이 가슴 깊이에서 일어났다. 또 다른 구절에는 이런 말이 있었다. '지옥의 정의란 순수하게 현실주의적인 것으로서, 오직 결과만을 고려한다는 사실.' 정확하게 가리키고 있었다. 제일이 그토록 강조하던 결과 우선주의! 어찌 된 일인지 제일과 얘기하고 나서 이 구절을 읽고 만 것이다. 은비와 제일한테 이 책의 200페이지를 읽어 보라고 권하고 싶은 것을 꾹 참았다. 다만, 이 책을 읽어봤는지 한번 물어봤는데 제일은 아버지가 권했던 책은 절대 보지 않는다고만 했다.

그런 제일이라면, 획기적인 변화가 없는 한 가치관을 바꾸지 않을 것이다. 그런 목적으로 산다면, 당장 느끼지 못하더라도 삶은 지옥과도 같을 것이다. 가까운 이들한테도 그렇게 몰아칠 것이다. 기대했던 수준 이상 끌어올리도록 끊임없이 요구하기 십상이다. 실제로 나를 대하는 제일의 태도도 그렇다. 바로 이것 때문에 숨이 막힐 지경이었다.

35 / 45

# 결과가 중요해요

은비를 대신해서 집안일을 해내야 했다. 도시락을 싸고 청소를 하고 무엇보다 미역국을 완벽하게 끓여야 했다. 처음으로 미역국을 끓여내기 직전, 노심초사하면서 불안한 심기를 드러내 보이던 제일. 그러다가 급기야 견디지 못하고 내가 소리까지 지르게 된 사건도 있었다. 그런 일을 겪고 나서 미역국을 끓이니, 제일이 맛보고 이렇게 말했다. 아, 괜찮네요. 잘 끓이셨어요. 그제야 칭찬과 격려라는 상을 주는 격이었다.

그리고 이런 말도 했다. 제가 말을 예쁘게 하지 못해서 죄송해요. 이 말은, 왜 나한테 화를 내세요? 사건이 일어난 다음 날이었다. 제일의 집에서 머무르는 동안, 딱 한 번 이 말을 들었다. 반면, 나는 '미안해'라는 말을 여러 번 했다. 은비한테는 더 많이 했다. 완벽하지 않으면 안 되는 제일이라는 레이더망에 나는 자주 걸렸고, 그만큼 수시로 지적당하고 사과를 해야 했다. 은비가 숟가락을 내동댕이치던 사건이 있은 직전이었다. 나는 최근 발견한 싱크대 금을 가리켰다. 몸을 바짝 갖다 대고 개수대를 사용했으니 그 부분은 사각지대였던 셈이다. 문득 보니 금이 가 있었다. 언제부터 금이 가 있었는지 전혀 알 수가 없었다. 발견한 즉시 말해야 할 것 같아서 은비한테 일러두었다. 그게 하필 그날, 은비가 숟가락을 내동댕이치던 날이었다. 은비는 금을 보더니 인덕션 쪽에 있던 금과 다르다며 깨진 것이 맞겠다고 했다. 주방 일을 주로 내가 했기에 깼다면 내가 한 것일 텐데, 나는 그랬던 적이 없었다. 그렇게 말하니, 은비는 한 번씩 그릇 깨지는듯한 소리가 들렸다고 했다. 그릇을 개수대에 놓다가 그런 적이 있긴 했다. 그렇다고 멀쩡한 대리석 상판이 깨질 리가 있을까? 내 기억에는 단연코 없었다. 그렇지만 눈에 보이는 한, 깨져 있다는 '결과'가 도출된 셈이다. 은비는 그날 밥을 먹지 않는 이유에 대해 자초지종을 말하면서 아마도 내가 깨뜨린 것 같다는 식으로 말했던 것이 틀림없었다. 다음 날, 제일한테 금을 가리키면서 들었냐고 하니 그렇다고 했다. 나는 그렇게 한 적이 없다고 하니 제일은 어쨌든 깨졌으니까요, 라고 했다. 그게 내내 신경이 쓰였다. '결과'가 자명했기 때문이다. 제일은 관리사무실을 통해 물어볼 거라고 했다. 수백만 원 정도 나갈 텐데, 새것으로 교환할 수 있을지 모르겠다고 했다. 입주하기 직전, 집을 둘러볼 기회가 있었는데 그때, 여기를 집중해서 보지 못했다고 했다. 건설관리자가 너무 자세히 보지 않아도 된다, 1년 정도 AS 기간이니 언제나 말만 해라고 해서 그랬다고 했다. 그 당시 찍었던 휴대폰 사진들을 일일이 검토해보기도 했다. 어째, 딱 이 부분만 비켜 가네. 처음부터 금이 가 있었던 것인지, 아닌지, 알 수가 없어. 제일이 단서를 잡지 못하겠다고 했다. 나는 공연히 미안해졌다. 내가 한 것이 아니라는 말조차 더 내세울 수가 없었다.

그러다가 며칠이 지난 뒤, 건설 담당자가 방문한다고 했다. 제일은 이 문제로 어머니와 통화를 했다고 말했다. 어머니가요. 처음부터 그랬다고 강하게 주장하래요. 아직 입주한 지 한 달이 안 되었으니, 그렇게 우기면 된대요. 제일이 말했다. 내가 그 금에 관해 얼마나 조바심이 났던지, 위축된 마음이 더 쪼그라들고 있었는지 아랑곳하지 않는 듯했다. 오로지 그런 흠이 생겼다는 '결과'에만 치우쳐 일을 빨리 처리해야 한다고만 생각하는 듯했다. 담당자가 왔고, 제일이 능숙한 영어로 말하기 시작했다. 백인 여자는 연신 유쾌한 목소리로 오케이, 오케이를 말하다가 갔다. 담당자가 가고 나서 제일이 설명했다.

"상판을 가져오는 과정에서 이렇게 금이 가곤 한 대요. 금이 자연스럽게 무늬처럼 보이도록 처리하는 방법이 있다고 하네요. 여기 다른 무늬처럼 보이는 것도 담당자의 눈에는 금으로 보인대요. 그 금을 손본 거라고 하더군요. 쓰는 데는 크게 문제는 없다고 하면서 담당자가 시간을 내어 조만간 와서 처리를 해주겠다고 합니다."

그렇게 '결과'적으로 처리가 된 거였다. 만에 하나 범인이 나였을 지도 모른다는 생각, 어떻게 하다가 이 지경이 된 것인지, 혹시나 손해를 끼치게 된 것인지에 대해 얼마나 초조했는지 모른다. 이 집은 필시 '유리 집'이었다. 조금만 건드려도 와장창 깨질 것만 같은 유리 집. '결과'를 중시하는 제일의 말은 장난이 아니었다. 제일이 두 번째로 과정보다 결과지요! 라는 말을 했을 때 정색을하고 나한테 이렇게 말했다.

"물론, 농담으로 한 것이지만 농담만은 아니에요. 결과가 중요해요. 늘 그렇게 살아왔는걸요."

그 말이 너무나 슬프게 들렸다. 어떻게 설득할 수도 없었다. 몇 마디의 말로 넘어올 제일도 아니었다. 제일은 종신교수라는 결과를 내기 위해 논문을 써야 했고, 강의 평가를 최상으로 끌어올리기 위해 갖은 애를 썼다. 강의나 논문 준비를 위해 새벽까지 학교에 있다가 오기도 했다. 결과로 모든 것이 판정받는 것이 삶이 아닌가, 이렇게 논리를 펼 것이다. 그 이

전에는 학위 취득이 있었다. 명문 학교에 진학하기 위해 다니던 대학원을 자퇴하고 다시 입학했다고 했다. 이를 악물고 결과를 위해 달려왔으니 지금, 이 자리에 있는 것이다. 제일이 살아온 자신의 삶이 결과를 위해 가도록 자신을 채찍질했을 것이다. 하지만 그것은 위험한 논리였다. 나는 이렇게 말하고 싶었다.

살아온 삶이 그랬다는 것은 이해해. 치열한 경쟁과 성과를 위주로 하는 사회구조에서 결과 중심으로 사는 것이 당연한 거겠지. 하지만 그게 다는 아니라고 생각해. 어떤 목표를 세우고 달려갔지만, 결국 해내지 못했다면 실패한 것이 아냐. 부족하고 모자란다고 자신을 닦달할 필요도 없어. 과정이 있었으니까. 결과적으로 안 된 것에 대해 가치를 매기게 되면 제로이겠지만 말야. 삶은 사실, 모든 과정의 연속이지. 마지막 날까지 삶은 과정이야. 그러니 크게 본다면, 목표에 달성하지 못했던 것도 과정이네. 가장 원하고, 바라고 있는 목표가 종신교수일 테지. 만약 그게 되지 못하면 실패인가? 되든, 되지 않든 그 모든 것은 과정일세. 삶을 크게 놓고 볼 때 모두 길 위에 있는 것이네. 알다시피 우리 인간은 너무나 근시안적이어서 미처 앞을 내다볼 수가 없네. 그게 좋은지, 알고 보면 안 좋은 것인지 알 수가 없다네. 모든 것에 신의 섭리가 작용하는 법이므로. 신은 매 순간, 모든 과정에 존재하고 계신다네. 결과가 나쁘면, 전부 소용없는 것인가? 결과로 모든 것을 판가름할 수 있는 것인가? 감히 그렇게 말할 수 없다네. 모든 과정들이 어우러져서 어떤 결과가 나올 것이네. 그 결과가 긍정이든 부정이든 그것마저도 더 큰 테두리에서 보면, 과정일세. 그러니 과정보다 결과가 아니라 모든 과정에 속속들이 신의 뜻이 깃들어 있다고 여겨보세나.

이 말을 할 수 없었다. 할 엄두를 낼 수 없는 분위기였다. 제일은 자신이 가진 생각, 가치관, 판단이 옳고 바르다고 믿고 있었으므로. 한 치의 틈을 주지 않았으므로. 비로소 은비가 신혼 초에 힘들었던 이유를 알아차릴 수 있었다. 이럴 거면 결혼하지 말 걸, 이런 말을 한 것도 이제야 이해가 갔다. 나 같아도 그랬을 것이다. 그랬던 은비가 이제 제일과 동화가 된 것일까? 어떤 작용으로 은비는 더 이상 제일과 싸우지 않게 된 것일까?

제일은 크리스천이다. 은비도 지금은 그렇다. 제일이 심각한 얼굴로 나를 보면서 물었다. 왜 예배를 안 드리시는 거예요? 그러면 안 되는데. 예배는 생명이에요. 그렇게 말한다면, 예배에 참석하겠다고 했다. 제일은 이내 환한 얼굴로 손가락을 걸자고 했다. 약속해주세요. 꼭 예배드리는 거예요. 한국으로 돌아가서도요. 제가 유튜브에서 좋은 교회 예배 영상을 찾아서 보내드릴까요? 아니, 그러지 말고 우리 교회 예배 영상을 주일마다 보내드리면 어떨까요? 나는 그렇게 해라고 했다. 예배를 드리든 드리지 않든 마음 깊이 늘 하나님과 함께하고 있으므로.

## 36 / 45
## 뭐라던가요?

그렇다고 제일이 실시간 예배 동영상을 켜놓고 엄청난 집중과 은혜를 받는 것 같지도 않았다. 설교 시간에는 어김없이 졸았다. 혹은 계속 덜덜덜 다리를 떨면서 두리번거렸다. 은비와 잡담을 하기도 했다. 반면, 은비는 수첩에 적으면서 열심히 들었다. 그렇지만 목사님의 설교는 가슴 아플 정도로 과장되어 있었다. 자신의 결혼식 때 주례를 서는 목사님이 너무나 길게 말을 늘어놓아서 너무 다리가 아팠다고 했다. 그래서 결혼식 이후 주례목사님을 단 한 번도 찾아가 본 적이 없었다고 말하며 웃었다. 그게 성경에 나오는 뜻과 어떤 연관이 있단 말인지 어처구니가 없었다. 어떤 날에는 이런 설교도 했다. 10년 전, 미국 본토에 있을 때의 사진을 딸이 보내왔다고 했다. 그때의 자신을 보니 머리숱이 많고 검었는데, 지금은 오십몇 살의 나이에 벌써 이렇게 되어 세월이 무상하다고 했다.

목사님이라기보다는 능숙한 연극배우 같았다. 적당히 온화한 웃음에 적절한 시기에 손을 들고 어깨를 움츠리는 몸짓까지. 이런 말을 하면 기독교인들은 그럴 것이다. 어디 목사님보고 교회를 다니나요? 하나님께 예배드리러 가는 거지! 맞는 말이다. 하지만 하나님은 무소부재 하시니, 어디든 예배 자리가 아닌가. 삶 자체가 이미 예배가 아닌가. 제일은 '결과'적으로 예배를 드려야 했고, 예배를 잘 드리려 하지 않는 나에 대해 형편없는 신앙을 가졌다고 믿는 듯했다. 하나님 말씀을 들었어. 한번은 이렇게 말을 꺼낸 적이 있었다. 전날, 배에서 가슴으로 울려오는 하나님의 말씀이 있었기 때문이었다. 뭐라던가요? 제일이 믿지 못하겠다는 듯 시큰둥하게 물었다. 이상한 종교에 빠진 이를 대하듯 경계하는 눈빛이었다. 나를 기억하고 계신대. 하나님이 그렇게 했기에 나는 사실을 말했을 뿐이었다. 멀리, 한국에서는 어머니가 자신을 버리고 갔다며 원망하고 있다. 산후조리를 위해 최선을 다하는 마음으로 왔지만, 은비나 제일은 나를 못마땅하게 여기고 역시 원망하고 있다. 그런데 하나님은 "내 너를 기억하노라!" 이렇게 말씀하고 계셨다. 제일은 아무런 대꾸도 하지 않았다. 결과적으로 예배를 잘 드리지 않는 내 이력이 있었으므로 믿지 못하겠다는 기색이었다.

제일의 책장에서 꺼내 읽은 책 중에서 'E형 인간'이라는 책이 있었다. 저자 변광호는 의사다. 국내 스트레스 면역학의 선구자로 알려져 있다. 건강 심리학적으로 사람의 유형을 네 가지로 분류한 것은 이미 알려진 바다. A형은 완벽주의자로 심장병 확률이 높다. B형은 낙천적이나 사회적응이 어렵다. C형은 내성적이고 방어적이어서 분노 조절을 잘하지 못해 암 발생률이 높다. D형은 적개심이 많고 냉소적이어서 관상동맥 질환, 심장병, 우울로 조기 사망률이 높다. 저자는 E형 성격이라는 것을 새롭게 창안해냈다. 좋은 스트레스라는 '유스트레스'의 앞 글자 'E'를 따온 말이다. E형 인간은 크고 작은 스트레스를 빠르게 긍정 에너지로 전환해서 호르몬의 균형을 이루는 사람을 말한다. E형은 비관이나 낙관을 하지 않고 긍정에 이르는 이들로 전화위복, 감사, 배려, 봉사를 실천하고 소통하는 사람이다. 이 책에는 자신이 어떤 유형인지 테스트를 할 수 있는 문항이 있었다. 놀랍게도 책 속에는 제일이 한 테스트가 적힌 메모가 있었다. 제일은 영락없는 A형으로, 심장계통 질환, 고혈압 우려가 있다고 적혀 있었다. 언제 책을 봤는지는 모르겠지만, 자신의 앞날을 내다본 게 틀림없다. 올해부터 제일은 고혈압약을 먹고 있으므로 예언은 적중한 셈이다. 이 책을 읽고 나서 은비한테 책의 주요 내용을 얘기했다. 제일의 메모도 보여주었다. 검사하지는 않았지만, 은비한테 무슨 유형 같은지 물어보았다. 은비는 잠시 생각하다가 A와

C형이 섞여 있는 것 같다고 했다. 나는 분명 아주 오랫동안 A형이었지만, 지금은 E형이라고 말했다. 은비는 내 말이 끝나기 무섭게 쏘아붙였다. 그렇게 자랑하고 싶어? 엄마도 참, 인정받고 싶은 마음이 크구나. 혀까지는 차지 않았지만. 속으로 혀를 차는 은비가 느껴졌다. 나는 아무 말도 하지 않고 자리를 피했다. 그러다가 며칠 뒤에 은비가 이 책의 내용을 다시 제일한테 상기해 주면 좋겠다고 넌지시 부탁을 해왔다. 아주 작은 일에도 스트레스를 받아서 온몸의 통증을 호소하는 제일이었다. 획기적인 내면의 변화가 없으면 스트레스는 축적되어 걷잡을 수 없게 될 것은 뻔한 이치였다. 제일의 표현에 의하면, 그것은 박사과정 때부터 시작되었다고 한다. 허리가 아픈 것도. 한 번씩 다리가 쑤신 것도. 소화가 안 되는 것도. 불면이 있는 것도. 모든 것이 그놈의 박사과정 때부터였다. 말할 기회가 될 때 그렇게 언급해보겠다고 은비한테 말했다. 이 책을 읽은 것이 확실하다면, 세세하게 말하지 않아도 말의 취지를 알아들을 것이다. 제일은 눈치가 너무나 빠르므로.

마침 저녁을 같이할 기회가 있었다. 나는 원래 저녁을 먹지 않지만, 제일은 베트남쌀국수를 사 왔다. 책장에 있는 책을 읽고 있는데 괜찮은지 먼저 물었다. 아, 그럼요. 얼마든지 읽으세요. 제일이 말했다. 요즘은 'E형 인간'을 읽었는데, 그 책이 제일의 책이 맞는지 물었다. 제일은 맞다며, 자신도 몇 년 전에 읽었다고 했다. 스트레스를 잘 관리하는 유형이 E형인데, 나도 예전에는 A형이었지만 점차 E로 가고 있다고 하니, 제일은 그냥 묵묵히 듣고 있었다. 별 관심 없어 하는 눈치였다. 은비가 좀 더 구체적으로 말해보라고 했다. 나는 책의 서두에 적혀 있는 말을 인용했다.

> "무엇을 발견하라는 말이오?"하고 묻는다면 나는 "혼자 힘으로 발견하셔야 합니다. 그렇지 않으면 발견이 아닐 테니까요."라고 대답할 수밖에 없다.
>
> —P. 맥스웰(Maxwell).

그 말을 듣자마자 제일은 영어로 그 말을 옮겨보겠다고 했다. 영어를 하면서 따라 해보라고 했다. 은비가 따라 하고 연이어 내가 하자 발음이 틀렸다면서 다시 해보라고 했다. 아니, 그 발음이 아니라 이렇게요. 역시 제일은 발견을 거부하고 있었다. 그렇게 E형 인간 이야기는 더 이상 이어지지 못했다.

제일은 영어에 대한 자부심이 대단했다. 갓 미국에 와서는 영어를 잘하지 못했다고 한다. 문법 정도만 익혀서 미국에 왔다고 했다. 아는 형을 찾아가서 무조건 가르쳐달라고 매달렸다고 한다. 제일은 은비와 나한테 아주 짧은 휴식시간에 자꾸만 영어를 시켰다. 한국으로 돌아가면 안 하게 된다니까요. 여기서 지금 해야 해요. 해보세요. 지금부터 오로지 영어로만 대화하는 시간! 이렇게 엄포를 놓고 시작했다. 더듬거리고 서툰 영어를 하면서 나는 일부러 주어와 동사를 빼고 단어만 나열하기도 했다. 제일은 문법부터 다시 하셔야겠네요, 라며 타박을 주었다. 나중에는 뻔히 아는 단어조차 틀리게 발음했다. 그렇게 제일에 대한 반감이 나도 모르게 엉뚱하게 드러나고 있었다.

## 37 / 45
## 잘 되나 봐라

맞다. 나는 호오포노포노와 힐링코드, 그리고 내가 개발한 심상 시치료를 접목해서 매일 행하고 있었다. 그러면서도 제일이 얄미웠다. 아니, 사실은 그런 감정을 괴로워했다. 내가 왜 미워해야 하나. 그것은 이율배반이었다. 제일을 멋진 사위로 인정했고, 더없이 따뜻하게 대하겠다고 다짐하지 않았던가. 나하고 가치관이 다르다고, 생각하는 방향이 다르다고 이렇게 다짐을 배반해도 되는가? 나는 그 정도밖에 안 되는 인간이었던가?

나는 또, 궁색하게 변명해보기도 했다. 매일같이 이불을 개고, 밥을 차리고, 도시락을 싸주고, 밥을 언제 먹든 몇 시간을 기다려주고, 토를 달지 않고 해달라는 것을 해주는 것이 사랑이 아닌가. 내가 할 수 있는 최선의 실천이 아닌가. 그러면 된 것이 아닌가.

아니었다. 나는 속 깊이 제일에 대한 알레르기 반응을 보이고 있었다. 즉흥적으로 불쑥 튀어나오는 무례한 말들, 나를 얕보는 어투, 함부로 지시하는 권위적인 태도, 아무런 사고를 내지 않고 일하는 로봇처럼 있기를 바라는 눈빛. 그 모든 것에 대해 반발감이 들었다. 억지로 참아내고 있는 이 노릇을 도대체 어떻게 해야 할는지. 다만, 내가 겨우 마음의 끈을 잡고 있는 것이 있었다. 이 모든 과정들이 결국 나를 성장시킬 기회라고 믿는 것이다. 어쨌든 버티고 끝까지 있어야 한다고 마음을 다잡았다. 화가 난 것은 아니지만 실망스러웠다. 멀리서 보던 제일과 가까이에서 부딪혀서 알게 된 제일은 확실히 달랐다. 그것은 욕심이 아니었을까? 살갑고 다정하고 친근하며 정이 오가는 관계로서 제일을 꿈꿨던 것은 그야말로 지나친 꿈이 아니었을까.

제일의 존재 이유를 생각해보았다. 그는 한 여자의 남편이고, 한 아이의 아빠다. 무엇보다 은비는 제일을 의지하고 있다. 주방에서 쓰는 찜기의 받침 하나가 뜯어져 나간 것이 고정되어있는 것을 보고도 오빠가 해준 거야! 라고 자신 있게 답했다. 사실, 그것은 제일이 한 게 아니라 내가 힘주어 고정했던 거였다. 오빠는 참 세심해. 그런 게 좋아. 그렇게 말하기도 했다. 결과 위주인 제일의 성향대로라면, 결과적으로 아이를 낳아서 다행인 셈이다. 만약 은비가 아이를 가지지 못했더라면, 생각만 해도 끔찍할 노릇이다. 참, 적절한 시기에 아이를 가지고 순탄하게 낳아서 다행이구나. 은비한테 이렇게 말하기도 했다. 은비는 맞다고 했다. 아이를 가지면서 평온해졌고 안정이 되었다고 했다. 그럴 수밖에 없었을 것이다. 은비와 나이가 열한 살이 나는 제일은 늘 조바심을 내었다. 박사학위를 딸 때 너무 고생해서 아이를 가질 수 없을 만큼 몸이 망가지지 않았을까 늘 우려했다는 거였다. 첫째 아이가 유산했을 때, 엄청난 위기를 느꼈을 것이다. 다행히 원망과 분노로 이어진 것이 아니라 극복으로 이어져서 선우가 태어난 것이다. 그렇게 생각해보면 제일한테 큰 가능성을 발견할 수 있다. 모든 것을 결과로 따지는 버릇도 스스로 발견하는 날, 수정할 수 있을 것이다. 이제껏 나는 '가능성'을 염두에 두지 않았다. 왜 그랬을까.

제일의 나이에 나는 어땠던가. 모든 것이 원숙하고 현명했던가. 결단코 아니었다. 은비의 나이에는? 들여다볼 수 없을 정도로 참담했다. 부끄러운 짓을 너무도 많이 저질렀다. 과거의 나에 비해서 제일도, 은비도 훨씬 현명하고 지혜롭게 살고 있다. 왜 나는 지금 현재의 내 수준에서, 내 시각에서만 바라보고 있는가? 실은 지금까지도 나는 때때로 함부로 뛰놀고 불안정하고 걷잡을 수 없이 날뛴다. 지나친 욕심만 가지고 경쟁에 사로잡힌다. 제일의 나이 때는 더했다. 지금도 여전히 암흑 속에서 헤매곤 한다. 자신을 찾을 수도 없고, 간신히 나를 보다가 동시에 나를 팽개치기 일쑤다. 머리로는 모든 것을 이해하는 척하지만, 실상은 아니다. 알고 있는 것과 행하는 것이 일치되지 않았다. 은비의 나이 때는 정신병원에 입원할 수준이었다. 정신과 간호사로 있었지만, 나는 심각한 우울증 환자였다. 날마다 자살을 생각했고, 아침에 눈을 뜨면 오늘은 어떻게 죽을까 심각하게 궁리했다. 알코올 중독자가 되어볼 요량으로 진탕 술을 마시고 충동적으로 해서는 안 될 행동을 하기도 했다. 그야말로 개차반으로 살아왔다. 그런데 지금 무슨 짓을 하고 있단 말인가.

갑자기 이런 생각이 들었다. 제일과 은비한테 나도 모르는 이상한 저주를 품고 있었던 것은 아닐까? 기껏 찾아온 장모를, 엄마를 이렇게 괴롭히다니. 이렇게 푸대접하다니. 너희들, 어디 잘 되나 보자! 이런 억하심정을 품고 있었던 것은 아니었나? 나는 내가 두려워졌다. 내 속마음을 모조리 까발려서 탈탈 털어서 마주하고 싶었다. 나를 불러 앉혀놓고 조곤조곤 따지고 싶었다.

— 시아. 말해봐. 너, 그런 저주를 한 것 아냐?

— 나는 고개를 저었다. 아냐, 그럴 리가 없어.

— 네가 했던 원망. 무표정. 경멸스러운 눈빛. 억지로 참는 모습, 모두 억압했던 거잖아. 그러면서 제일과 은비를 향해 잘 되나 봐라, 이런 식으로 생각했던 것 아니냐고!
— 아냐. 그것하고는 달라. 물론, 기분이 나쁘긴 했지. 화도 나고. 그 화를 낼 수도 없고, 말이 통하지도 않고. 하지만 잘못되라는 식으로 생각해본 적은 없어.

— 솔직해지자. 넌, 네가 죽고 나서 어떨지를 상상했잖아. 이렇게 가까이에서 함께 지내는 것도 이제 두 번 다시 없을 거라고 속으로 생각했지. 다시는 은비와 제일이 있는 곳에 오지 않겠다고. 그러면서 죽고 나면, 은비가 후회할 거라고, 분명 그럴 날이 올 거라고 이를 갈지 않았나 말야!
— 그래. 맞아. 그랬어. 지금 이렇게 함께 있을 때 깨닫지 못하니, 언젠가 뉘우칠 때가 올 거라는 생각이 들었어. 두 번 다시는 이렇게 산후조리를 해주지 않을 거라고도 생각했어. 둘째가 태어나더라도 말야. 내가 시간이 있다고 하더라도! 이렇게 사서 고생하지는 않을 거라고. 여기는 군대보다 더 하다고까지 생각했어. 두 번 군대 가는 사람이 없듯이 말야. 이 짓을 되풀이하지 않겠다고 결심했지. 분명 뜻깊은 시간이긴 하지만, 두 번은 아냐. 그리고 죽고 나서

은비는 지금, 이 순간들을 회상하겠지. 나한테 했던 뼈아픈 말들, 쏘아붙인 말들, 눈빛과 행동을 분명 후회하게 되겠지. 그런 걸 생각한다는 것이 도대체 뭐가 잘못이지?

— 그러고도 넌, 날마다 이렇게 기도를 했구나. 미안합니다. 용서해주세요. 감사합니다. 사랑합니다. 참, 이율배반적이구나.
— 그렇게라도 하지 않으면 견딜 수 없으니까. 내 마음이 가든, 가지 않든 그렇게 했어. 살아남으려고. 그래도 그렇게 기도해서 그런지 지극 정성으로 집안일을 할 수 있었어. 그게 뭐 잘못이란 말인가?

— 넌, 자신을 속이고 있구나. 미안하지도 용서를 구하지도 감사와 사랑을 하지도 않았어.
— 맞아. 그랬어. 내가 미안한 게 아니었거든. 용서해달라고 하는 것도 이치에 맞지 않고. 감사할 거리도 없고, 사랑하지도 않아. 아, 이 말은 좀 아닌 것 같아. 사랑하는 마음이 있어. 아니, 잘 모르겠어. 사랑할 의무와 책임 때문이라면, 사랑을 붙잡아야 하겠지. 그러니 사랑하지 않는 것은 아닌 것 같기도…….

— 무슨 소리를 하는 거야? 용서하고 이해하지 않는다면, 사랑도 아닌 거야. 허울 좋은 사랑일 뿐이야. 네가 그렇게도 내담자들한테 많이 강조했던 고린도전서 13장을 잊었어? 오래 참고, 온유하고, 유익을 구하지 않고. 모든 것을 참으며 모든 것을 믿으며 모든 것을 바라고 모든 것을 견디었단 말인가? 네가?
— 맞아. 그러지 않았어. 사랑하지 않았어. 미움을 가득 품고 그것을 사랑이라고 말했구나. 그것이야말로 이율배반이었어. 사랑하지 않았던 게 확실해. 다만, 이목 때문에. 주위 사람의 평가 때문에 정해진 기간만큼 눌러있으려고 한 것에 불과해. 이를 악물고 버티고 있었던 것뿐이야.

— 네가 나아진 게 무엇이 있지? 그 어떤 것을 보고 나아졌다고 할 수 있단 말인가? 너는 제자들을 가르칠 때, 영적으로 수준이 높은 것처럼 말하곤 했어. 육적인 것에 집착하는 버릇에서 벗어나라고 이르기도 했지. 그렇게 한 너는 과연 어느 정도 그렇게 해왔던가? 네 마음속에 온유함과 사랑은 어느 정도 있나? 있기는 한 건가?
— 원망이 사랑을 가리고 내 마음에는 어둠이 가득해. 오늘만 해도 제일은 일과를 마치고 자려고 인사를 하니 퇴근하세요! 라고 했어. 그게 농담이었을까? 농담치고는 너

무하지 않았나? 순간 얼굴이 굳어지더군. 퇴근이라니? 퇴근? 이렇게 제일의 앞에서 몇 번 그 말을 반복했지만, 제일은 자신이 한 말을 수정하지 않더라고. 그래서 속상했어. 오늘도 수고하셨습니다, 라고 하지 않고 퇴근이라니. 나를 종업원 취급하는 것에 발끈 화가 치솟아 올라왔어. 나, 이래 봬도 교수야. 학생을 가르치는 교수이고, 센터를 운영하고 있어! 이렇게 외치고 싶더라고. 아니, 장모를 이렇게 대해도 돼? 이렇게도 말야. 하지만 다시 생각해보니, 왜 내가 제일의 말투 하나하나, 행동에 이리도 목을 매달고 있는 걸까. 이렇게 말하면, 이렇게 생각하고 저렇게 하면 또 그렇게 끌려가고. 나는 종노릇이 아니라 개노릇을 하고 있었구나. 도대체 내가 왜 그랬던 걸까. 내가 주도적으로 뿌리를 가지고 생각하고 마음을 가질 수 있는데도 말이지.

— 모든 것이 선택이란다. 어떻게 해야 한다는 것도 이미 너는 잘 알고 있어. 그 길을 갈 것인지 아니면 거부할 것인지, 선택해보렴.

— 선택은 이미 한 거야. 이렇게 버티고 있으니까. 속마음을 말하는 거라면, 글쎄. 잘되지 않아. 하지만 처음보다는 점점 열어져 가고 있어. 실망도, 원망도, 느닷없는 당혹함도. 이제 그냥 받아들이고 있어. 그런데 그때그때 들려오

고 보이는 언행들이 거슬리기는 해. 어떻게 하면 용서할 수 있을까.

— 무슨 소리인지? 용서라니. 너는 욕심을 내는 것일 뿐이야. 생각해봐.
— 그 말이 맞아. 용서라니, 가당치 않은 말이구나. 제일의 옷을 다려놓고 나서, 고맙다는 말도 하지 않고 입고 가버리는 모습에서 섭섭함을 느낀 것은 바로 욕심이었어. 그 말을 들으려고 했던 욕심. 냉장고에 생수와 소다수를 넣지 않았다고 대뜸 날카롭게 말한 것, 그다음에 날마다 생수와 소다수를 가득가득 넣어 놓는 것을 보고 잘 챙긴다는 칭찬을 한 것, 그런 것들로 마치 아랫사람 다루는 듯한 태도에 화가 난 것도 욕심이었어. 나를 대우해달라는 욕심. 나는 제일의 삶, 그의 가치관, 오랫동안 형성되었던 특유의 성격과 버릇을 내 식대로 수정해주기를 원했던 거야. 내 욕심이 무지막지하게 컸구나.

— 그러니, 이제 선택을 해보겠니? 이미 알고 있는 것에 대한 선택. 거부할 것인지, 받아들일 것인지.
— 받아들일 거야. 이 시간은 내 마음의 그릇을 키우는 시간이므로. 나는 마지막 날, 웃으면서 헤어질 거야. 다시는

찾아오지 않겠다는 말도 하지 않을 거야. 언젠가 신의 섭리로 또 다른 기회가 주어진다면, 다시 오게 되겠지. 절대 상종하지 않겠다는 말은 미움을 안고 있다는 뜻인 것을 이제 고백한다. 모든 것을 내가 아니라 신의 뜻에 맡긴다. 그러니, 사랑을 선택한다.

— 너는 사랑을 선택했다. 네 선택은 영혼에 새겨진 낙인이 될 것이다. 너를 축복한다.

취조당하기 위해 앉았던 거무튀튀한 의자는 순식간에 변해서 찬란한 보석이 되었다. 어둡던 방안도 환해졌다. 나를 짓눌러왔던 무수한 감정의 찌꺼기들이 사방팔방 날아가 버렸다. 놀랍게도 한순간에 변화가 찾아왔고, 모든 것이 온전하게 되었다. 이 모든 순간에 하나님이 나를 기억한 채 내 안에 깃들어 존재하고 계셨다. 그때, 놀랍게도 은비가 다가와서 말을 걸었다. 시비조가 아니었다. 맺힌 감정을 풀려고 하는 시도로 느껴졌다.

## 38 / 45
## 거울

예전에 우연히 컴퓨터 카톡 창에 추 화백과 나눈 대화를 보고 깜짝 놀랐다는 말을 해왔다. 분명, 사귀지 않는다고 했잖아. 그런데 그런 대화들이 오가고 있었어. 나는 미안하다고 했다. 그것은 정말 해서는 안 될 일이었다. 그때만 해도 나는, 지금의 제일의 나이보다 네 살이나 더 많았지 않았던가. 나는 현명하지 못했다. 감정에 휩쓸리고, 감상에 빠져 허우적거리기 일쑤였다. 추 화백이 유부남이라는 사실을 한 번도 말한 적은 없었지만. 어쩌면 은비는 눈치채고 있었을지도 모른다. 어리석었다고 말했다. 그리고 그런 감정을 정리해서 경계했고, 지금은 전혀 그런 관계가 아니라 예술로 교감하는 사이라고 말했다. 은비가 과연 그럴까? 이런 눈빛으로 고개를 갸우뚱거렸다. 솔직한 내 마음을 말하자면, 그렇다. 나는 그를 귀하고 아름다운 지인이라고 여기고 있다. 그리고 그가 자기 아내와 가정을 소중하게 여기는 마음을 지켜줄 것이다. 지금, 이곳 3차원 세계에서는 영혼의 교감보다 생활 속의 부부가 더욱 소중하므로. 나는 기필코 그럴 것이다. 그걸 깨닫고 평행을 유지하면서 나는 자유해졌다. 언젠가 때가 되면, 나도 결혼을 할 수 있을까? 생애 마지막까지 함께 할 수 있는 부부 인연을 맺을 이를 만날 수 있을까? 절대 안 된다고 고개를 흔들지 않을 것이다. 그렇다고 기를 쓰고 그런 사람을 찾지도 않을 것이다. 모든 것이 자연스럽게 내 안에서 세상으로, 세상에서 내 안으로 흐르도록 놓아둘 것이다. 그런 마음으로 살아가고 있다.

은비는 또 물었다. 나를 사랑한다고 하지만, 이제 다 커서 그런 소리를 듣는 게 이상하다고 했다. 그런 말, 행동, 사랑의 느낌이 절실할 때, 어릴 때 그렇게 사랑해줬으면 좋았을 거라고 했다. 아무리 생각해봐도 엄마가 자기 뺨을 어루만져주면서 사랑한다고 했던 기억이 없다고 했다. 그랬을 것이다. 그 당시, 나는 나마저도 사랑하지 않았다. 날마다 죽고 싶었다. 어떻게 하면 이 세상에서 사라질까 늘 궁리하면서 지냈다. 은비를 사랑하지 않는 것은 아니었지만, 엄청난 먹구름이 사랑을 가리고 있었다. 나는 미안하다고 했다. 지금의 네 나이보다 훨씬 어린 나이였어. 스물세 살에 너를 가졌단다. 내가 뭘 알았겠니? 어리석고 부족했단다. 그래도 끝까지 너를 책임지고 사랑하는 마음으로 살아왔어.

은비는 이렇게 대꾸했다. 엄마는 늘 나를 독립시키고 싶어 했지? 나를 귀찮아한 거잖아. 얼른 키워서 독립하게 하면 된다고 여긴 거잖아. 나는 언제나 사랑했다고 했다. 하지만 삶에 찌들고 내 감정에 겨워서 표현도 잘하지 못하고 마음과 달리 잘 못 해줘서 미안하다고 했다. 그렇지만, 늘 마음에 품고 있었다고 했다.

은비는 그럼, 그럴 수밖에 없었다고 합리화하는 거냐고 물었다. 나는 아니라고 했다. 미안한 마음이라고 했다. 늘, 미안하다고. 과거로 돌아갈 수 있다면 다르게 살 수도 있겠지만, 실은 그런 처지라면 똑같이 되풀이할 수밖에 없을지도 모르겠다고 했다. 아이를 낳았지만, 생활비를 나 혼자 해결해야 했던 절박한 삶. 내가 벌지 않으면 안 되니, 갓난아이를 맡기고 해산한지 일주일 만에 일하러 갔던 나. 다시 그때로 돌아간다고 해도 어쩔 수 없이 또 그렇게 했을 것이다. 수십 년이 지나서 이렇게 원망을 듣는다고 할지라도. 그렇지만, 이렇게 말을 보탰다. 만약 지금과 같은 이성과 지혜가 있었다면, 지금처럼 현명함이 있었더라면 달랐을 거야. 그런 삶을 살지 않았을 것 같구나. 그런데 어쩌겠니. 지금의 마음은 온갖 고생과 아픔을 겪은 다음에 생겨난 것을. 과거의 엄청난 고난을 겪지 않았다면 지금의 나는 없었을 거야. 그러니, 미안하다.

은비가 반쯤은 알아듣기라도 한 모양인지 이렇게 말했다. 그래, 맞아. 결혼은 적어도 이십 대 후반쯤 해야 해. 스물세 살은 너무 어렸어.

그리고 우리는 더 이상 과거 이야기를 하지 않았다. 은비가 나를 대하는 태도가 서서히 누그러지고 있었다. 그것은 용서를 주고받은 차원이 아니었다. 나 자신이 가졌던 노여움을 내가 풀었기 때문이었다. 은비는 내 마음을 비추는 거울과 같았다. 그 사실을 깨닫는 것과 동시에 평온한 마음이 흘렀다.

이곳에서 떠날 날이 다가오고 있었다. 출국 2주일을 앞두고 은비가 바닷가 공원에 같이 가자고 했다. 마지막 주일에는 제일이 드라이브를 시켜줄 거라고 했다. 고맙다고 했다. 바닷가 공원에 가기 전, 잠시 외출한 적이 있었다. 갑자기 은비가 선우 옷을 사러 가는데 같이 가자고 했다. 나는 잘되었다며, 기념품도 살 수 있는지 물어보았다. 은비가 흔쾌히 그렇게 하자고 했다. 삼칠일이 막 지난 날이었다. 제일이 아기를 보는 동안 우리는 해산 후 처음으로 밖으로 나왔다. 갇혀 있다가 나온 기분은 참으로 묘했다. 은비도 같은 느낌이라고 했다. 폐쇄 병동에 있다가 퇴원한 느낌이 이럴 거라고 짐작해 보았다. 은비가 천천히 차를 몰고 쇼핑몰로 향했다. 운전하는 은비의 모습이 예뻐서 휴대폰 카메라로 사진을 찍었다. 은비가 방긋 웃었다. 주차를 하고, 쇼핑몰 이곳저곳을 다녔다. 크리스마스트리가 세워진 광장 쪽에서 멈췄다. 알록달록 꾸며진 큰 트리를 배경으로 해서 서로 사진을 찍어주고 있었다. 지나가던 한 여자가 같이 사진을 찍어주겠다고 했다. 인상이 좋은 백인 중년 여자였다. 은비가 땡큐라고 말했고, 그렇게 우리는 나란히 서서 사진을 찍었다. 그동안 우리를 면밀하게 지켜보던 신이 이렇게 사진을 찍게 하면서 축하를 보내오고 있었다.

배내옷이 거의 긴 팔이어서 선우가 열꽃이 핀다고 했다. 민소매나 짧은 소매 옷이 필요해서 사는 거라고 했다. 매장에서 선우 옷을 고르면서 은비가 엄마 옷도 한번 볼래? 그렇게 말했지만, 나는 아니라고 했다. 사실, 사고 싶은 옷이 있긴 했다. 길이가 긴, 면 원피스가 탐이 났다. 그렇지만 은비한테 신세를 지고 싶지 않았다. 내가 가져온 돈들은 기념품을 사야 하니 함부로 쓸 수가 없었다. 선우 옷만 사고 마트에 갔다. 대형마트 안, 한 코너에서 기념품을 팔고 있었다. 슬리퍼, 자라, 서핑보드 모양의 열쇠고리, 마카다미아가 들어있는 초콜릿들을 샀다. 스무 개 정도 샀는데, 생각해보니 그 정도 줄 사람이 있는 것도 아니었다. 어쨌든 숙제를 해결한 기분이 들었다. 우리는 장을 보고 귀가했다. 해산 후 첫 외출을 해서 그런지 은비가 좀 고단하다고 했다. 별 탈 없이 잘 들어와서 선우를 안았다.

다음 날이 은비와 제일이 혼인 신고를 한 날이었다. 그러니까 결혼식 하기 50일 전, 혼인 신고를 먼저하고 이민 준비부터 한 것이다. 소개를 받고 카톡으로 소통만 하다가 직접 만난 지 열흘 만에 혼인 신고를 했다. 그때, 은비는 대학원에 입학해서 막 다니던 때였다. 그것도 수석 입학으로 장학 혜택까지 받았다. 결혼을 반대하고 싶었지만, 그러지 못했다. 몇 번 완강하게 만류하다가 어느 순간, 모든 것을 받아들이기로 했다. 그 무엇이 내 마음을 움직였던 걸까. 혼인 신고일을 나는 기억하고 있었다. 제일이 식탁에서 내일, 무슨 날이냐면요 라고 운을 뗐을 때, 혼인 신고일이잖아. 이렇게 받아쳤다. 그때, 구청에 가서 신고한 거지? 그렇게 물었더니 은비가 맞아. 그랬어, 라고 했다. 그때, 구청에 뭐라고 적혀 있었어? 나는 알면서 다시 물었다. 혼인 신고 날, 은비가 보내준 사진이 있었다. 구청 입구에 '끝까지 동행'이라는 말이 적혀 있었다. 제일이 말했다. 딱, 그걸 보고 우리한테 주신 하나님의 메시지라는 생각이 들었어요. 은비가 고개를 끄덕이며 웃었다. 그 구청 뒤편에 연리지도 있어. 나중에 내가 사진으로 보내줄게. 내가 웃으며 말했다.

포스트잇에다 축하의 글을 적어서 초콜릿 상자 위에 붙였다. 자라 열쇠고리 세 개도 함께 은비가 수유하는 자리에 두었다. 다음 날, 은비는 초콜릿을 풀지 않고 있었다. 선물인데 왜 안 풀어보냐고 하니, 오빠가 일부러 사 온 기념품인데 돌려드리자고 했다 한다. 기념품 줄 사람보다 선물을 더 많이 샀다며, 걱정하지 말고 먹어라고 했다. 그래도 주저하는 은비한테 괜찮다고 했다. 직접 풀어서 한 개 먹어보게 했다. 한입 베어 물더니 은비가 맛있다며 웃었다. 열쇠고리를 보더니 하나는 선우한테 줄 거라고 했다. 소중하게 손으로 안아서 같이 걸어 두었다. 그렇게 받아주니 흐뭇했다. 잘 받아줘서 고맙다고 했다.

피문어도 이제 한 번만 끓이면 끝난다고 알려주었다. 별로 맛이 없는데 먹느라 고생했다고 했더니 은비가 아니라고 일부러 가져왔으니 먹는 게 당연하다고 했다. 신기할 노릇이었다. 은비의 말투가 부드러워졌다. 우리는 진작 그럴 수도 있었다. 갈 날을 얼마 남겨 놓지 않은 이때가 되어서야 겨우 이렇게 마음을 푸는 걸까.

39 / 45

# 어느 별에서 왔니?

아기는 무럭무럭 자라나고 있었다. 퇴원하고 두 번째 신체 검진을 받고 왔다. 첫 번째 신체 검진을 받고 오던 날에는 얼마나 허둥댔는지 모른다. 그러니까 그날은 아기를 데리고 소아과를 다녀오고, 바로 이어서 아기를 두고 은비와 제일이 산부인과를 다녀와야 했다. 유축기로 짜낸 젖이 젖병에 들어있었지만, 그동안 한 번도 젖병을 사용한 적이 없었다. 어떻게 해야 하는지 물어봤지만, 은비는 그러니까 찾아봐야지. 연구를 해봐! 이렇게만 말하고 황급히 떠나버렸다. 예상했던 대로 아기는 울고, 젖병을 데우는 유튜버를 보고 따라 했지만 뭔가 어설펐다. 크립 윗부분에 단 소형 카메라로 제일이 나를 부르는 목소리가 들려왔다. 대답할 겨를이 없었다. 아기한테 온통 신경을 쓸 수 없었던 이유는 따로 있었다. 그때, 나는 떡국을 끓이기 위해 멸치를 우려내고 있었다. 마침 그때 아기는 울고,

아기를 안으려니 머리를 감고 난 축축한 물기가 내 앞가슴에 적셔있어서 잘 안을 수도 없었다. 젖병을 물렸지만, 은비를 키울 때 이후로는 처음이니 서툴기 짝이 없었다. 그러다가 젖병이 새고, 아기의 뺨을 타고 젖이 흐르고, 그래서 수건으로 닦아주다가 안 되어 옷을 갈아입히기도 했다. 그러는 차에 너무나 감사하게도 아기는 잠이 들었다. 나중에 알고 보니 젖병 안에 마개를 빼지 않고 물렸다. 아기는 젖이 나오지 않았는데도 마치 공갈 젖꼭지처럼 물면서 잠든 것이다. 제일은 내가 부름에 답하지 않으니 몇 번 부르다가는 그만두었다. 그러다가 크립에 누워 잠든 아기를 보고 안심이 되었으리라.

빵집에 들러서 말라사다와 포이를 사 왔다며 같이 먹자고 했다. 젖병을 살펴보다가 삼십 정도는 먹은 것 같다고 은비가 말했다. 젖이 옆으로 새서 흐르더라고, 흘렸던 것이 그 정도 되었을 거라고 했다. 젖병을 돌려 보던 은비가 마개가 그대로 있다고 했고, 제일이 아기가 배가 엄청 고팠을 거라고 딱하다는 어투로 반응했다. 나는 미안하다고 했고, 다시 연구를 해보겠다고 했다. 신체 검진은 어땠냐고 물으니, 제일이 자랑스러운 듯 말했다. 의사가 하는 말이, 너희들은 정말 아이를 잘 키우고 있구나. 쌍둥이를 낳아도 잘 키웠을 거다, 라고 하더라고 어깨를 으쓱거리며 말했다. 나는 잘했다고 했지만, 둘이서

만 잘한 게 아니지 않냐? 나도 한몫한 게 아니냐? 그런 마음이 은근슬쩍 들었다.

한 달 뒤, 두 번째 검진을 다녀와서는 제일이 이렇게 말했다.

"제가 착각해서요. 일주일이나 먼저 갔어요. 그래서 검진을 못 받을 뻔했는데, 의사가 잠시 기다리라고 하더니 짬을 내어 봐줬어요. 대신, 예방 접종을 해야 하는데, 다음 주에 다시 가기가 그래서 다음 검진 때 한꺼번에 세 방을 맞는 것으로 정하고 왔어요. 아기는 잘 크고 있답니다. 장모님도 선우를 잘 돌봐주셨잖아요. 감사해요."

신기한 노릇이었다. 이제는 그 말을 기다리지도, 그 말이 내게 필요하지도 않은데도 제일이 그렇게 말을 했다. 나는 내가 뭘 했다고 그러냐고 하며, 그렇게 말해줘서 고맙다고 했다. 아기는 하루하루가 다르게 자라나고 있었다. 잘 울지도 않았다. 배가 고플 때만 잠깐 울었다. 보채다가도 젖을 물려주면 금방 뚝 그쳤다. 무사히 신생아 시기를 벗어나고 있었다. 하도 울지 않아서 제일이 걱정할 정도였다. 그건 걱정할 게 아니야. 오히려 축복이야. 그렇게 말하며 인터넷 자료를 찾아서 보여주었다. 인터넷이 아니면 믿지 않을 것 같아서였다. 제일은 자기를 닮아서 아기가 빛과 소리에 예민한 것 같다고 했지만,

아니었다. 선우처럼 순둥이는 없을 거라고 여길 정도였다. 한 번 잠이 들면, 웬만한 소리에 깨지도 않았다. 콘도 건물은 시내 중심에 있어서 날마다 사이렌 소리가 들렸다. 주말마다 음악 소리까지 시끌벅적하게 들려왔다. 그 모든 소음에도 불구하고 선우는 잘 자고 잘 먹었다.

선우한테 동시를 읽어주었다. '하늘을 고치는 할아버지'라는 책이었다. 태교를 위해 내가 보내준 동시 모음집이었다. 동시를 소리 내어 읽어줬냐고 하니까 은비는 그러다가 말다가 했다고 답했다. 그것 말고도 몇 권의 동시집을 보냈는데 다 읽어 보기는 했다는 거였다. 주로 선우가 젖을 물고 있거나 젖을 다 먹고 쿠션에 앉아 있을 때 동시를 읽어주었다. 하루에 대여섯 편씩 읽었다. 다음 날, 같은 동시를 읽으면 은비가 어제 그것 읽었잖아, 라고 말하기도 했다. 내가 동시집을 들고 읽어준 것처럼, 은비는 교회 아는 분한테 받았다며 동화책을 읽어주었다. 태교에 도움이 되는 탈무드 이야기였다. 동시도 동화도 아직 아기인 선우가 이해할 수 없는 것은 맞지만, 육체가 아닌 영적인 감지력으로 혹은 에너지로 흡수할 거라고 믿었다. 나중에 은비가 들려준 이야기로는 동화를 읽어주면, 아주 잘 잔다는 거였다. 내가 클레멘타인 노래를 개사해서 불러주었던 것 같은 효과였다.

선우한테 어느 별에서 왔는지 물어보곤 했다. 나는 토성에서 왔어. 넌 어느 별이니? 옆에서 은비가 나는 수성이라고 답했다. 아, 그렇구나. 수성! 우리 선우는 어느 별에서 왔을까? 나중에 할머니한테 말해줘! 라고 했다.

대구에 사는 하나밖에 없는 친구 아사는 2년 전부터 사주 역학을 공부하고 있었다. 내 사주에는 물이 없다고 했다. 넌, 바위에 피어난 난초야. 물이 없어. 그래서 물이 들어오는 해에는 대박이 나는 거야. 그게 작년부터 시작되었다고! 그 말을 은비한테 해준 적이 있다. 모든 것을 사주로 풀이하려는 억지스러운 면이 있어서 듣기 거북했지만, 아사는 언젠가 그러다가 말 것이다. 사주가 전부가 아니라는 사실을 알아차리게 될 것이다. 어쨌든 은비가 수성이라고 해서 웃음이 나왔다. 선우는 도대체 어떤 별에서 왔을까? 우리가 미처 알지 못해서 이름을 붙이지 못하는 그런 별일까? 은비의 아들이 되기 전, 선우는 어디에 있었을까. 이 세상이 처음일까? 그 이전에도 왔던 적이 있었을까? 선우는 자신이 이 땅에 온 목적을 알고 있을까? 무엇이 되어야겠다는 직업이 아니라, 어떤 사람으로 성장하겠다는 꿈을 이미 가지고 태어났을까?

말을 하기 시작하면, 선우와 얘기를 나누고 싶은 것들이 가득 있다. 아니, 아직 말을 하기 전에 이미 선우와 대화를 하고 있다. 선우의 성격은 더없이 유순하고 마음은 곱다. 그게 얼굴에 고스란히 드러난다. 무던하면서도 듬직하다. 이미 모든 것을 알고 있다는 듯 은비와 나를 쳐다본다. 신비하게도 아이 안에 간직된 맑고 아름다운 빛나는 영혼이 느껴진다.

그때쯤이었다. 어머니를 돌보고 있는 강 선생한테서 카톡이 왔다. 통화를 할 수 있냐고 해서 전화를 했다. 하와이 시간으로 새벽 4시였다. 다짜고짜 울먹이며 어머니한테 맞았다고 했다. 무슨 일이 있었냐고 하니, 울먹이면서 털어놓았다. 초반에 무서워서 잘 가지 않다가 최근에는 하루에 한 번씩 꼬박꼬박 찾아갔다고 한다. 퇴근해서 오후 4시 혹은 5시가 되면 가곤 했다 한다. 먹을 것을 사 들고 가서 냉장고에 넣어드렸는데, 어떨 때는 안 먹는다, 가져가라 했다가 다른 날에는 아무 말도 안 하고 가만히 있고, 종잡을 수 없었다고 했다. 어쨌든 밥을 해놓고 기다리곤 해서 같이 밥을 먹는다고 했다. 그런 다음 설거지를 하려고 하면, 남이 하는 꼴을 못 본다, 내가 한다면서 설거지를 직접 하더라는 거였다. 그런 뒤에는 자기를 버리고 하와이에 갔다고 싸잡아 욕하고, 과거 이야기를 늘어놓으며 신세 한탄을 두어 시간 한다고 했다. 딸이 오면 가만히 놔두지 않을 거라고 몇 번이나 그러면서 벼르더라고 했다. 그걸 다 듣고 나서 잠자리에 가서 눕는 것을 보고 나오곤 했다는 거였다.

"그런데요. 오늘은요. 제가 좀 늦게 갔거든요. 일이 늦게 마쳐서요. 6시 넘기고 갔더니 식사를 다 하고 치우고 방에 들어가 누우셨더라고요. 차라리 잘되었다 싶더라고요. 먹을 것을 사 오면 잔소리가 심해서요. 냉장고에 그냥 넣어 놓고 나서 주무세요? 하면서 방 안으로 들어가니 왔냐? 하면서 일어나 나와서 식탁에 앉으시더라고요. 그렇게 잠시 저를 보더니 왜 이렇게 늦게 왔노. 그만 가거라. 이러시면서 일어날 때 무릎이 아프다면서 비틀거리는 거예요. 그래서 부축해서 방으로 모셔다드렸지요. 가라고 자꾸 그러더라고요. 잠시 침대 옆에 그냥 앉았어요. 그랬더니 안 간다며 갑자기 멱살을 잡는 거예요. 그러면서 오늘 너 죽고 나 죽자! 그러더니 가슴을 밀쳤어요. 나가떨어지면서 안경도 같이 내동댕이쳐졌어요. 안경요? 다행히 깨지지는 않았어요. 그래서 안경을 찾아 쓰고는 너무 놀라서 온몸이 후들후들 떨리는데, 겨우 기어서 도망치듯 나왔어요. 지금도 숨을 쉴 때마다 아파요. 가슴 한가운데가 아픕니다."

강 선생이 얼마나 놀랐을지 짐작이 갔다. 미안하다며, 어머니를 대신해서 용서를 바란다고 했다. 많이 힘들었을 거라고 말하며 달랬다. 그렇게 두 시간 넘게 카톡으로 통화를 했다. 아픈 부분은 검사가 필요하니, 내일 아침에 꼭 병원에 가 보라고 했다. 원래 병원을 잘 안 가고 가는 걸 싫어한다고 해서 그러지 말고 가 보라고 당부했다. 가서 결과 나오는 대로 바로 연락해달라고 했다. 강 선생은 이렇게 전화하니 마음이 진정된다고 했다. 어떻게 어머니를 지금까지 모셨냐고 대단하다고 했다. 나는 대단한 게 아니라, 따로 모실 수 있는 사람이 없다고 했다. 그리고 경계성 인격장애의 특성상, 감정 기복이 심하고, 같은 대상을 두고 자신의 기분에 따라 천사가 되었다가 악마가 되었다가 한다고 했다. 자신과 세계와 관계를 맺는 이들에 대한 가치 판단도 극과 극으로 순식간에 달라진다고 했다. 그렇지만 그런 괴물 같은 어머니를 사랑하게 되어 치료사가 되었다고 했다. 원망하고 부정적인 생각을 오랫동안 가졌지만, 그걸 내려놓고 사랑하게 되었다고 했다. 스스로 생각해도 그런 과정이 놀랍고 신기해서 《푸른 침실로 가는 길》이라는 자전적 소설을 쓴 거라고 했다. 강 선생은, 자신은 결코 그럴 수 없을 거라고 말했다. 나더러 특별한 사람이라고 했다. 강 선생이 잠들 때까지 계속 그렇게 통화했다. 당분간은 무서워서 어머니한테 가지 않겠다고 했고, 나는 알겠다고 했다. 그리고 혼자서 힘들 테니, 급할 때 부탁할 수 있도록 미리 연락처를 알려둔 제자한테 말해서 같이 가라고 했다.

## 40 / 45
# 이제 준비해

다음 날, 강 선생은 정형외과에서 엑스레이 촬영을 했고, 다행히 뼈에는 문제가 없다고 알려왔다. 진통 소염제를 타와서 먹는다고 했다. 다음 날에는 연락이 와서 병원에 안 가도 괜찮아서 가지 않았다고 했다. 그다음 날에는 내가 알려준 제자가 사흘 후에나 겨우 시간이 난다고 했다고 하면서 어떻게 할지 물어왔다. 나는 그 길로 추 화백한테 연락해서 같이 가 달라고 부탁했다. 그런 다음 강 선생한테서 연락이 다시 왔다. 추 화백과 갔더니 놀랍게도 어머니는 언제 그랬냐는 식으로 조용하더라고 했다. 사 가지고 갔던 음식을 냉장고 안에 넣어 놓는데, 또 욕을 시작하려고 해서 그냥 빨리 나왔다고 했다. 추 화백은 계속 현관에 서 있었다고 했다. 나중에 들으니, 그날 갔다 오고 나서 저녁에 추 화백은 강 선생한테 밥을 사주고 수고가 많다고 격려했다고 한다. 사흘 뒤에는 내 제자와 함께 방문해서 차분하게 있다가 나왔다고 했다. 그렇게 2, 3일에 한 번 정도 잠깐 방문해서 반찬거리를 넣어 놓고 왔다고 전했다. 이제 얼마 안 남았으니 힘내라고 했다.

떠나기 2주일 전이었다. 실시간 동영상 예배를 드린 다음 서둘러 점심을 먹었다. 설거지를 끝내고 오후 2시쯤에 은비가 말했다. 오늘 산책가는 것 알고 있지? 이제 준비해. 자, 내 옷 입어. 빌려줄게. 나는 갖고 온 하얀 원피스가 있다며 괜찮다고 했다. 어디? 정말이야? 나는 옷을 갈아입고 나와서 보여주었다. 은비가 쌩긋 웃었다. 혹시 굵직한 머리띠가 있는지 은비한테 물었다. 보름마다 뿌리 염색을 해왔다. 스물아홉 살부터 시작된 염색 인생이다. 아기한테 좋지 않을 것 같아서 아예 염색약을 가져오지 않았다. 이참에 흰머리를 그대로 길러볼까 생각도 했다. 이제 할머니니까. 그래도 되지 않을까? 출국 직전에 한 염색 머리가 2주일쯤 되자 서서히 본색을 드러내기 시작했다. 제일한테 내 머리칼이 희게 변해도 놀라지 말라고 했다. 제일은 뭐, 알겠다는 식으로 반응했다. 그러는 동안 흰머리가 너무나 많이 자라났다. 20년은 더 나이가 든 것 같았다. 뭐, 그래도 상관은 없지만, 나가서 찍을 사진이 은근히 걱정이었다. 은비는 머리띠가 없다고 했고, 머리가 자연스럽고 괜찮아 보인다고도 했다. 가까운 시내 쇼핑몰에서 기념품 가게, 쿠키 가게를 먼저 가기로 했다. 기념품 가게에 가니 네팔산 머리띠가 있었다. 자주, 파랑, 초록, 하얀색을 한 번씩 머리에 둘러봤는데, 그 모습을 은비가 사진으로 찍어 보여주었다. 초록으로 정해서 당장 머리띠를 한 채 돌아다녔다. 이색적으로 보였지만, 그런대로 멋스러웠다. 흰머리가 완벽하게 가려졌다. 언젠가는 염색을 안 해도 괜찮을 때가 올 것이다. 그때가 바로 해방의 시기이리라. 어쨌든 어머니가 살아계실 동안은 염색할 수밖에 없을 것이다.

호놀룰루 쿠키 전문점에서 선물용 쿠키를 샀다. 그 전 주쯤에 마트에서 샀던 초콜릿만 가져가려고 생각했었다. 그래서 남은 달러를 은비한테 다 주었다. 그 돈으로 은비는 쿠키를 사주었다. 공원에 가기 전에 은비가 먹을 것을 사 가지고 가자며 나를 이끌었다. 그곳은 하얀 꽃이 달린 나무 한 그루가 서 있는 작은 광장이었다. 귀퉁이에 빨간 트럭이 있었고, 그 안에서 수제 햄버거를 만들어 팔고 있었다. 주문 번호표를 빼서는 꽤 기다렸다. 오빠하고 와서 사 먹었는데 되게 맛있었어. 이렇게 오빠 없이 주문하는 것은 처음이야. 은비는 어색하지 않게 주문했고, 잘 알아듣고 카드 결제도 자연스럽게 잘했다. 아랍계로 보이는 여자아이와 남자아이가 다른 쪽에서 기다리면서 나무 주위를 빙빙 돌고 있었다. 파란 하늘에는 나무에 달린 꽃들이 부풀어 올라 구름 되어 자잘하게 흩어져 날고 있었다. 아랍계 아이가 드디어 햄버거를 받자마자 코를 킁킁거리며 차가 기다리는 곳으로 갔다. 다음에 선우도 그러겠지? 여기에서 햄버거를 사서 먹겠지? 내가 그렇게 말하니 은비가 고개를 끄덕이며 웃었다. 선우가 걸음마를 하게 되면, 자주 산책을 나오겠지. 은비가 사는 곳에서 걸어서 10여 분 정도면 놀이터가 있고, 넉넉잡고 20분 정도면 바다 공원이 있으니까.

공원 잔디밭에서 웃으며 뛰어놀 것이다. 탄탄한 두 다리를 뻗쳐 들고 구르기도 할 것이다. 공을 들고 아빠, 엄마와 주고받으며 까르르 웃기도 할 것이다. 목말을 태운 아빠가 수평선 저 너머까지 타오르는 신비한 놀을 보여줄 것이다. 선우가 하는 시적인 말에 놀라서 은비는 가슴이 벅차오르기도 할 것이다. 햄버거를 기다리면서 나는 몇 년 뒤의 선우를 만나고 있었다.

두툼한 패티가 있는 햄버거를 사고 나서 맞은 편 주스 가게로 갔다. 동양계로 보이는 젊은이가 알루미늄 통을 두드리고 있었다. 너무 열심히 두드려서 저렇게 하다가는 다섯 개만 만들면 뻗을 것만 같았다, 저 사람을 보니 제일이 떠오른다고 말했다. 은비가 같은 생각이라는 듯 웃었다. 최선을 다해 일하는 모습이 영락없이 제일이었다. 은비가 과일 주스 하나를 시켰는데 요청하지도 않았는데도 그가 먼저 이렇게 해주겠다고 제안했다. 그러더니 그는 두 컵에 두 개의 스트로우를 꽂아주었다. 그 센스있는 모습도 어쩌면 제일 같냐고 내가 그랬고, 우리는 웃었다. 부디, 그가 지치지 않기를. 아르바이트를 마치면 해야 할 본업을 잘해나가길 바랐다. 그렇게 준비를 끝내고 알라모아나로 향했다.

주차하고 나서 공원 안으로 갔다. 산타 모자를 쓴 사람들이 뛰어다니고 있었다. 한둘이 아니었다. 산타 모자, 산타 양말, 흰 수염을 붙인 이들이 제법 보였다. 그런데도 러닝셔츠와 반바지 차림이었다. 달리기 대회를 하나 봐. 은비가 말했다. 그러고 보니 꽤 많은 이들이 뭉쳐서 달리고 있었다. 대회는 거의 막바지인 듯했다. 도착한 이들은 여기저기 모여서 사진을 찍기도 했다. 바다 둘레에 공원이 있었다. 엄청난 인파는 아니지만, 사람들이 꽤 많이 모여 있었다. 마스크를 쓴 채였지만, 코로나가 무색해 보였다. 은비가 나더러 어느 쪽으로 걷고 싶은지 물었다. 왼쪽을 가리켰다. 인파가 좀 덜해 보였기 때문이었다. 바다가 보이는 벤치에 자리를 잡고 앉아서 아직도 따끈한 햄버거와 시원한 주스를 꺼내 먹기 시작했다. 옆에 있는 나무에서 누군가 우쿨렐레를 켜고 있었다. 감미롭고 따뜻한 음조였다. 그 음악을 들으며 햄버거를 먹었다. 아, 두 번 다시 오지 않을 행복이구나. 이렇게 하려다가 어쩌면, 다시 올 수도 있을 행복이야, 라고 마음을 고쳐먹었다. 대각

선 쪽으로 왁자지껄한 소리가 들려왔다. 나무들 사이에 'She Says Yes!'라고 걸어놓은 글귀가 보였다. 무릎까지 오는 흰 원피스를 입은 여자와 반바지 정장 차림의 남자가 가운데 서 있었다. 그들을 둘러싸고 지인으로 보이는 이들이 활짝 웃고 있었다. 약혼식일 거라고 짐작했다. 야외 공원에서 하는 약혼식이라니! 신기했다. 천천히 일어나서 걸어갔다. 투명해서 안이 들여다보이는 텐트들 몇몇이 자리 잡고 있었다. 호박같이 볼록하게 생겼는데 무척 아름다웠다. 내부의 모든 장식들이 하늘색이었다. 탁자 위의 냅킨도 방석도 죄다 그랬다. 'Happy Birthday, Baby'라고 적힌 글자가 걸려있었다. 그런 텐트가 사람들을 기다리고 있었다. 돌잔치를 위해 장식된 것 같았다. 은비보고, 다음에 선우 돌잔치를 저렇게 해도 좋겠다고 했다. 텐트 앞에 이벤트 회사 전화번호가 적힌 간판이 세워져 있어서 은비가 사진을 찍었다. 근처에 바니안나무가 있었다. 제각각 따로 된 줄기들이 쭉쭉 뻗어 올라가서 하나로 합쳐져 있는 나무. 삶 속에서 드러난 감정들처럼, 혹은 기억들처럼 뻗쳐진 가지들. 나무는 우람했고 잎들은 무성했다. 그렇게 거대하게 통합을 이룬 나무를 양팔을 벌려 한껏 끌어안고 하늘을 올려다보았다. 한 자리에서 아무 원망 없이 하늘로 뻗어가는 나무들은 얼마나 위대한가. 은비는 그런 나를 보고 사진을 찍고 있었다.

41 / 45

# 두 번 다시

왼쪽 끝까지 가니까 바다가 마치 호수처럼 안으로 고여있는 공간이 나타났다. 그곳을 둘러싸고 즐비하게 건물들이 세워져 있었다. 그곳을 배경으로 사진을 찍었다. 근사한 영화 장면 안으로 들어온 것 같았다. 왔던 길로 되돌아서 주차장 쪽으로 갈 때였다. 중년쯤으로 보이는 백인 남자가 기다란 쇠젓가락 두 개로 버블을 만들고 있었다. 쇠젓가락을 통 안에 집어 놓고 빼내어 젓가락들을 살짝 떼면 버블이 만들어졌다. 길고 아롱거리는 버블이 공중으로 날아올랐다. 멈춰서 한참을 쳐다보았다. 마주 대다가 뗀 젓가락 사이에서 길쭉하고 큰 버블이 태어나고 있었다. 온갖 빛깔로 아롱진 그것이 바다 위로 날아가고 있었다. 하늘거리며, 바다 위에 둥둥 떠서 가볍게 멀리 날아가고 있었다. 이러다가 잠시 뒤에 버블은 다른 차원으로 가서 그곳에서 영원히 날고 있을 것이다. 은비가 그 장면을 동영상으로 찍었다. 그게 또 절묘했다. 조금씩 보슬비가 내리기 시작했다. 몇 번 시도는 했지만, 그토록 아름다운 버블은 다시 만들어지지 못했다. 자꾸만 도중에 터져버리기만 했다. 나는 땡큐, 베리 판타스틱 버블! 이라고 말해주면서 지나갔다. 주차장으로 다 와 갈 때쯤, 은비가 손을 들어 가리켰다. 놀라운 일이었다. 수백 개의 풍선이 하늘을 향해 날아가고 있었다. 도대체 어떻게 설명할 수 있을까? 믿을 수 없는 일이 일어났다. 알라모아나 공원 자체가 그날, 그 시간에 온통 은비와 나를 축하해주고 있었다. 그렇게 말할 수밖에 없었다. 너를 기억하노라. 하나님의 메시지가 고스란히 느껴졌다. 돌아와서 은비가 찍은 사진들을 제일과 함께 있는 가족 카톡방에 올렸다. 나는 사진을 보고, 또 보면서 잠이 들었다.

깊은 동굴 속으로 들어갔다. 푸른 기운이 가득 서려 있는 신비한 동굴이었다. 그곳으로 어떻게 들어갔을까. 그곳에 동굴이 있다는 것을 잘 알 수 없었다. 겉에서 볼 때는 온통 나무들이 빽빽이 있어서 안쪽에 동굴이 있다고 짐작할 수가 없었다. 내가 어떻게 들어간 것인지 나로서도 알 수 없었다. 나는 혼자였지만, 동시에 혼자가 아니라는 느낌이 들었다. 보이지 않는 어떤 힘이 응원하고 있었다. 동굴 안은 푸른 빛으로 환해서 내부를 잘 볼 수 있었다. 바닥은 평평했고 단단했다.

작고 아기자기한 동굴이었다. 나는 아기 동굴이구나 하고 혼잣말을 하며 웃었다. 동굴 안쪽에 이르자 문이 있는 것을 발견했다. 나무로 된 문이었다. 누군가 열어줘야지만 열릴 것 같았다. 문을 두드리기 시작했다. 똑. 똑. 똑. 열리지 않았다. 다시 두드렸다. 똑. 똑. 똑. 그 문은 열려야 했다. 그 문을 열기 위해 이 동굴에 온 것을 문득 알아차렸기 때문이었다. 소용이 없었다. 다시 두드리기 시작했다. 똑. 똑. 똑. 아무런 일이 일어나지 않았다. 문을 찬찬히 살펴보았다. 손잡이가 보였다. 두드리는 게 아니었다. 내가 손잡이를 잡고 열면 되는 구조였다. 나무로 된 손잡이를 잡고 앞으로 당겼다. 손쉽게 문이 열렸다.

어머니가 계셨다. 아, 내 어머니가 하얀 머리를 매만지고 침대 위에 가만히 앉아 계셨다. 나를 보더니 양손을 펼쳤다. 왔냐? 어서 와라. 한 발자국 발을 떼는데, 어머니 대신 은비가 앉아 있다. 긴 고수머리를 예쁘게 땋은 채 꽃무늬 원피스를 입고 있다. 나를 보더니 양팔을 벌렸다. 다시 한 발자국 앞으로 가는데, 내가 앉아 있다. 입술을 굳게 다물고 큰 눈망울을 한 열 살의 내가 앉아서 나를 바라보고 있다. 가까이 다가가서 어린 나를 안아준다. 파닥거리는 심장의 떨림이 가슴에 오롯이 전해져 온다. 어린 내가 다 자란 나에게 안겨 있다. 눈물이 났지만, 동시에 웃음이 났다. 귀엽고 똘망똘망한 어린 나를 안고 있자니 가슴에 가벼운 깃털이 생긴 것만 같다. 어린 나도 웃고 있다. 우리는 그다음 순간, 동굴을 빠져나와서 비눗방울을 탔다. 바다 위를 날아서 하늘 위, 구름 위까지 날았다. 햇살이 비눗방울을 들어 올리고 있다. 비눗방울이 무지갯빛으로 빛나고 있다. 그 위에 올라탄 우리는 계속 웃고 웃었다.

눈을 떴을 때, 나는 웃고 있었다. 신기한 일이었다. 꿈에서도 무지개 기운을 봤는데, 그날은 쌍무지개가 떴다. 선우를 안고 거실로 나가서 무지개를 보여주었다. 무지개 동산에서 놀고 있을 때, 이리저리 나를 찾는 아빠의 얼굴— 노래를 불러주기도 했다. 선우는 묵묵히 들으며 눈을 깜빡이고 있었다. 무지개 골짜기 반대편에는 햇발들이 바다에 내려앉아 있었다. 바다는 수천, 수만의 보석을 머금은 채 빛나고 있었다. 바다는 찬연한 빛의 광장이었다. 언젠가는 드넓은 저곳 위를 날아가리라. 아무것도 가지지 않아 가벼운 모습으로 무수한 빛 안으로 들어가리라.

은비한테 줄 미역국을 끓였다. 한 번은 소고기를 넣고, 또 다른 날에는 관자나 굴을 넣거나 황태를 넣고 끓였다. 그 어떤 재료로 끓이든 멸치를 우려내서 했다. 내 생애 이렇게 많은 미역국을 끓이게 될 줄 미처 몰랐다. 음식 솜씨가 서툴기 짝이 없는데도 은비와 제일은 미역국이 맛있다고 했다. 제일이 그렇게 말했으니, 어쩌면 조금은 사실인 듯도 했다. 제일은 냉철했다. 맛이 없는 것을 맛있다고 하는 법이 없었다. 생선을 구울 때, 소금을 조금 더 넣으면 바로 알아차렸다. 소금을 조금 줄여주실 수 있을까요? 점점 짜게 하시는 것 같아서요. 제가요. 고혈압이라서 짜게 먹으면 안 되거든요. 이렇게 말해왔다. 여전히 일절만 하는 법이 없었다. 이제는 그 말이 그렇게 고깝게 여겨지지 않았다. 제일한테 점점 익숙해지나 보다, 이런 생각까지 들었다. 어쨌든 최선을 다했다. 바쁜 제일이 미처 장을 봐오지 못해서 요리할 재료가 별로 없을 때도 만들어 냈다. 냉장고를 샅샅이 뒤져서 오랫동안 보관 중이던 냉동식품으로 뭔가를 만들었다. 제일이 재료를 십분 활용하시는군요! 라고 감탄하기도 했다.

음식을 잘하지 못해서 시간이 많이 걸렸지만, 상을 차려 내놓으면 푸짐해 보이긴 했다. 제일과 은비가 우와! 진수성찬이네요! 라고 할 때도 있었다. 그렇게 좋아하면서 밥을 먹는 모습을 보면 흐뭇했다. 정말 기쁘기도 했다. 그 순간을 기념하기 위해서 휴대폰 카메라로 사진을 찍기도 했다. 나로서는 주방 일들은 고역이었다. 언제나 해도 자신이 없기는 매한가지였다. 그러니 매일, 매 순간이 극복이었다. 잘하지 못하는 일을 해내야 했고 맞닥뜨려야 했다. 난관을 만나고 동시에 그걸 넘어서고 있었다. 제일이 이렇게 지내는 것이 어떠냐고 은근슬쩍 물어봐서 '매 순간이 극복'이라고 했다. 그럼, 여기서 겪었던 일을 글로 써보시는 것은 어떠세요? 라고 해서 그렇게 해야 할까 생각 중이라고 했다. 경험했던 것을 세세하게 써도 되는지 물어보기도 했다. 의외로 제일은 그럼요! 얼마든지요! 라고 답했다. 그럴 수 있을까? 하와이에 있었던 52일간의 체험을 글로 남길 날이 있을까? 온갖 감정들이 거센 파도를 탔던 나날들을 포착해서 글로 써낼 수 있을까? 무엇이라고 쓰게 될까? 제일과 은비에 대한 불만, 섭섭함, 서글픔 따위를 쓰게 될까? 아니면, 여러 상황을 겪은 뒤에 보게 된 나에 관해 쓰게 될까? 알 수 없는 노릇이었다. 다만, 이것만은 분명했다. 하와이에서 지낸 52일은 내 생애 아주 특별한 날, 두 번 다시 오지 않을 귀한 시간이라는 사실!

## 42 / 45
# 며칠 더

떠날 날을 일주일 남겨 놓고 제일은 작은 유리통에 영양제를 담았다. 하루에 한 번 먹는 영양제를 제일이 사 온 것은 하와이에 온 다음 날이었다. 제일의 일과 중에서 하나가 바로 은비와 나한테 영양제를 챙겨주는 일이었다. 출근하기 전에 영양제를 꺼내어 자신도 먹고 은비와 나한테도 주었다. 설거지를 하고 있으면 직접 입에 넣어주기도 했다. 나중에는 내가 공복이라는 것을 알고는 예쁜 유리 숟가락에 한 개를 놓고 갔다. 제일이 미처 하지 못한 날에는 전화를 걸어와서 은비한테 챙겨 먹도록 당부도 했다. 그럴 때는 은비가 숟가락 위에 영양제를 올려주었다. 그게 귀찮았다. 원체 약을 싫어하는 나는 그렇게 챙겨주는 게 탐탁지 않았다. 약을 안 먹고 버리고 싶을 때도 있었다. 하지만 겉으로는 태연한 척 고맙다고 했고, 잘 받아먹었다. 제일은 나중에 기억을 못 해서 후회할까 봐 그런다며, 일주일 분을 덜어놓고 원래 통을 내게 주었다. 가방에 미리 넣어 두라는 거였다. 가셔서 꼭 드셔야 해요. 예전처럼 코피 나면 안 돼요! 그런데 장모님, 며칠 더 계시는 건 어떠세요?

제일의 입에서 그 말이 나올지 몰랐다. 뜻밖의 말이었다. 내가 가기만을 기다리고 있을 줄로만 알았다. 내 표정을 보던 제일은 아, 장모님. 자네, 그게 무슨 말인가? 이런 표정이시군요. 그러면서 웃었다. 머쓱해서 나도 웃었다. 할머니가 기다리셔서. 오매불망. 해야 할 일도 쌓여있고. 간신히 이렇게 말했다. 제일은 장모님, 바쁜 분이시군요! 라고 했고 나는 이래봐도 나 비싼 사람이야, 라고 하면서 한 번 더 웃었다. 이제나 저제나 하면서 떠날 날만 기다리고 있었다. 이제 떠나면, 정말 다시 찾아오기 힘들지도 모른다. 더군다나 어머니가 생존해 계시는 동안은 꿈도 꿀 수 없는 일이다. 아주 오랫동안 볼 수 없다는 사실을 제일이 감지했던 걸까? 제일은 어쩐지 아쉬움이 가득해 보였다. 가기 일주일 전에는 꿈까지 꿨다고 했다. 아, 글쎄. 장모님이 오늘이 마지막 날이라며 음식을 한가득해서는 냉장고에 넣어두는 거예요. 은비한테 여기, 저기 있다고 알려 주면서요. 제일이 슬픈 듯이 말했다.

강 선생은 여전히 어머니를 무서워하고 있었다. 멱살 사건은 강 선생한테 강력한 트라우마가 된 것 같았다. 그렇게 당하고 나서야 내가 이해되더라고 했다. 그전에는 수없이 내뱉던 어머니의 말들이 오로지 사실이라고 여겼다고 했다. 저년은 화냥년이야, 결혼을 두 번이나 했는데 한 번은 내가 들어서 이혼을시켰어. 은비 아빠 말이야. 심성은 고운데 술이 문제였어. 헤어지고 나서도 계속 연락을 해왔어. 지금, 이렇게 이사를 와서 연락이 안 되지만 말이야. 이 연락처를 알면 당장 달려올 거야. 자주 연락이 왔었거든. 내가 혼자 1년 정도 있을 때, 안부를 곧잘 물어봤었어. 저년은 지금 나와 이렇게 지내는 것도 내가 정부에서 타 먹는 돈을 노리기 때문이야. 돈이 아니면, 당장 나를 내쫓았을 거야. 그년이 그런 년이야. 손녀도 나를 속였어. 내가 돈을 모아서 대학원 등록금도 줬는데, 그 돈을 홀라당 까먹고 나를 속이고 결혼했어. 같이 예배를 드리고 교회에서 점심을 먹는데 말이지. 친구하고 약속이 있다면서 가는 거야. 몇 번이나 그랬어. 그래서 그런가 보다 했는데, 그때 연애를 하고 있었나 보더라고. 그게 결혼하기 7개월 전이었단 말이지. 그러니까 나를 그렇게 오래 속이고 있었어. 결혼할 사람이면 집에 데리고 와서 어떤지 봐달라고 해야지. 내가 허락해야 결혼을 하지. 그렇게 하지도 않고 어느 날, 결혼하겠다고 함부로 해버리고. 그게 어디 손녀가? 제대로 된 애라면 그렇게 하지도 않아. 다 나를 속이고. 어미년은 나를 이렇게 내 버려두고 그년이 있는 데로 가버리고. 이렇게 전화도 다 끊어놓고 도망을 치고. 내가 지지리 복도 없지.

이런 말들을 늘어놓았을 것이다. 이미 나한테도 같은 레퍼토리로 은비 욕을 숱하게 해왔다. 해외에 있어서 그렇게 신랑감과 만날 수가 없었다고 아무리 설명해도 듣지 않았다. 어머니는 늘, 어머니 식대로만 생각하고 자기 세계에 갇혀서 살아왔다. 그 누구의 말도 들으려 하지 않았다. 화가 나면 주체하지를 못했다. 스스로 화가 났을 때 한 언행을 기억하지도 못했다. 텔레비전 드라마에서 자식을 향해 욕하고 패악스럽게 대하는 엄마를 보면 놀라면서 말했다. 어떻게 제 자식한테 저러노? 나는 한 번도 너한테 욕 안했제?

그런 어머니가 하루에도 문득문득 튀어나왔다. 설거지하거나 요리할 때마다 어머니의 욕설이, 느닷없이 들려왔다. 이년아! 화냥년아! 미친년아! 돌안년아! 지랄하네! 그렇지만 환청은 아니었다. 일상의 스트레스에 많이 노출되어 있다는 증거였다. 스트레스를 내가 잘 다스리지 않았다는 뜻도 되었다. 혹은 조절할 수위에 넘어서는 스트레스 과부하 상태라고도 볼 수 있을 것이다. 스트레스의 원인은 제일인가? 은비? 못하는 주방 일을 계속해야 한다는 것? 그럴 수도 있지만, 아니었다. 그것은 억압에 있었다. 나는 나를 꽉 누르고 있었다. 어디에서 감히? 네가 입을 놀릴 계제가 아니야! 입 닥치고 일만

해. 네가 뭘 잘했다고 그래? 너는 이렇게 당해도 싸. 네 인생 자체가 엉망이었잖아. 그래, 누가 스물세 살에 결혼하래? 얌전하게 잘 있었다면, 제대로 된 남자를 만났겠지. 그 후로도 만난 남자들도 하나같이 엉망이었어. 복이 없는 게 아니라 네가 복 받을 짓을 하지 않았어. 은비를 봐. 그런데도 저렇게 자란 것만 해도 기적이야. 은비가 너한테 함부로 대해도 너는 할 말이 없어. 원하는 대로 풍족하게 해준 것이 없잖아. 은비가 입고 싶은 옷을 고르면 너는 가격표를 보고 다른 곳으로 가자고 했지. 뾰로통한 은비보고 기분을 풀지 않는다고 화를 냈지. 그런 너를 보고 은비가 싫어하는 것은 당연한 일이잖아. 은비 아빠하고 헤어질 무렵, 너는 가출을 했어. 은비 아빠가 휘두르는 칼에 찔릴까 봐 그랬지. 그 길로 다른 도시로 떠나버리고, 아이는 엄마의 행방조차 몰랐어. 그게 한 달도 가지 않은 일이긴 하지만, 아이한테는 치명적이라는 사실을 모르겠어? 그래 놓고 어디서 고개를 들고 아이한테 대접받기를 바라고 있어. 오죽하면 은비가 엄마가 섬 그늘에 굴 따러 가고, 아기는 혼자 남아 집을 봅니다, 그 노래를 아예 부르지도 말라고 하겠어. 맞아. 넌. 단 한 번도 따뜻한 엄마가 아니었어. 너 자신을 죽이려고도 했잖아. 마음속으로는 얼마나 너를 많이 죽여 왔었냐? 은비를 사랑했다고? 웃기지 마!

내 안에서 그렇게 나를 공격하는 또 다른 내가 있었다. 나

자신을 형편없다고 비웃는 그 내가 나를 짓누르고 있었다. 어디서 입을 놀려! 머저리 같은 넌! 하와이에 온 지 이틀째 되던 날, 은비가 《푸른 침실로 가는 길》을 읽었다고 하던 때를 기억한다. 그때, 은비는 읽고 나서 우울했다고 했다. 그다음에는 나를 이해하게 되었다고 덧붙였다. 내가 어떻게? 라고 물었다. 이제, 엄마가 사랑을 위해 노력하니까. 그게 보이니까. 은비가 그렇게 말했다. 예전의 엄마가 아니니까. 은비가 내 손을 잡으며 말했다. 맞다. 예전의 내가 아니다. 과거는 과거일 뿐이다. 그게 현재의 나를 갉아먹을 수는 없다.

그 책이 출간되기 전, 출판사 대표가 책을 내겠다고 결정했을 때였다. 3년 넘게 정기 칼럼을 써오던 지방지에 당시의 심정을 토로했었다. 신이 내게 쓰라고 해서 쓴 이야기다. 이 책이 곧 출간될 예정이다. 그런데 아무도 사 가지 않는 책이길 바란다고 썼다. 출판사 대표가 그 부분은 삭제하는 게 어떤지 의견을 말했지만 지우지 않았다. 이 이율배반이라니. 내가 부끄러운가? 그렇게 엉망진창으로 살았으니 부끄럽기 그지없다. 그게 나인가? 부끄러운 인생? 아니다. 그 이야기의 핵심 역시 '극복'에 있다. 부끄러운 나를 안아주는 이야기다. 있는 그대로 과거의 나를 쓰다듬어주고 감싸주면서 현재와 함께 걸어가는 이야기다. 그렇다면 왜 나는 그 책을 아무도 읽지 말라는 주문을 함부로 걸고 있었던 걸까.

## 43 / 45
# 모든 짐을

'푸른 침실'은 1923년에 수잔 발라동이 그린 그림이다. 화면에 가득 찬 풍만한 여자. 담배를 꼬나물고 침대 위에 누운 여자. 발치께에 두 권의 책이 있다. 큰 책이 작은 책을 안고 있다. 뒤엉킨 푸른 덩굴무늬가 있는 침대. 여자의 시선은 화면 밖을 향해 있다. 누군가를 기다리고 있지만, 초조해하지 않는다. 아주 오랫동안 기다려본 자만이 가질 수 있는 눈빛이다. 여자는 문이 두드리기를 기다리고 있다. 열여덟 살 차이가 나는 하나밖에 없는 아들이 그 문을 두드릴지도 모른다. 평생 친부가 누군지 모른 채 키운 아들. 술에 찌든 채 자란 아들. 알코올 중독이 된 아들을 기다리고 있다. 그 침실로 가는 길은 반백 년을 훌쩍 넘겼다. 수잔 발라동이 사망하고 나서야 아들은 겨우 문턱에 도착했다. 아들 위트릴로는 평생 절여있던 술을 끊고, 기도하면서 경건하게 생을 마감했다. '푸른 침실로 가는 길'은 내가 가야 할 길이었다. 나를 태어나게 한 엄마, 엄마에 대한 용서와 화해의 길이었다. 그 길에 들어선 것은 15년 전부터였다. 이 제목으로 위트릴로를 부르면서 편지를 쓰기 시작했다. 그것은 소소한 일상의 기록이나 수필이었다. 그러다가 자전적 소설을 썼고, 책으로 나오게 된 것이다. 치욕스럽기 그지없는 사연들, 우여곡절 많은 일들, 바람에 휘날리는 깃발 같은 감정들을 담아내는 것은 또다시 그 삶을 되풀이하는 것만 같았다. 그 책이 세상에 나와서 어딘가에서 누군가의 손에 들려진다는 것은 별로 좋아할 일이 못 되었다.

그러면서 괜찮은 척만 했다. 이왕 이렇게 나왔으니까, 그냥 까발리는 거지 뭐. 그렇게 생각했지만, 실상은 괜찮지 않았다. 이러다가 학교에서 쫓겨나는 것은 아닐까? 저런 이력을 가진 사람한테 학생을 맡기면 안 된다고 하지는 않을까? 그러면서 제대로 나를 안아주지도 않고 외면했다. 함부로 세상에 던져놓고 돌보지도 않았다. 내가 안아주지 않은 내 삶. 오랫동안 아예 들추지도 못하고 꽁꽁 싸매두고 감추기만 했다. 그러다가 이렇게 세상에 나온 다음부터는 들여다볼 생각도 하지 않았다. 푸른 침실로 가는 길, 미안합니다. 용서해주세요. 감사합니다. 사랑합니다. 하루에 세 번 이상 반복하는 기도 중에서 '푸른 침실로 가는 길'을 부르며 힐링코드 방식으로 호오포노포노를 하기 시작했다. 그것은 내 삶에 대한 미안과 용서, 감사와 사랑이었다.

통 안에 둔 영양제가 한 알씩 줄어들고 있었다. 그 통에 반찬을 담아둬야 해서 마지막 남은 몇 알을 비닐봉지에 싸서 두었다. 미리 모든 짐을 꾸렸다. 네 개의 큰 가방이던 짐들이 세 개로 줄고 부피도 엄청나게 줄어들었다. 홀가분했다. 기내식 가방에 넣어야 쿠키가 깨지지 않을 거라고 은비가 충고해 주었다. 며칠 지나면 간다는 것이 실감 나지 않았다. 은비가 준 민소매 호피 무늬 옷을 입고 비지땀을 흘리며 청소하는 나, 몇 시간이나 주방에 서 있는 내가 이곳에서 사라진다니! 아기 똥이 묻은 옷들을 빨면서 한 번도 귀찮아하지는 않았지만, 이제는 아기 빨래를 더 이상 하지 않는다니! 믿기지 않을 정도였다. 출국 전에 코로나 검사를 받아야 했다. 주 정부에서 운영하는 사이트에 등록하고, 무료로 검사를 받을 수 있었다. 그런 정보를 내가 검색해서 은비한테 알려주었고, 은비가 노트북을 켜고, 사이트에 접속해서 등록을 완료했다. 오빠, 그날, 엄마 데리고 가 줄 수 있어? 은비가 제일한테 물었다. '모시고'라고 해야지. '데리고'가 뭐냐? 나는 속으로 은비의 말을 꼬집고 있었다. 그러다가 머리를 흔들었다. 됐다. 그만하자. 또 이러면 어쩌나? 마지막 순간까지 그렇게 할래? 내 안의 또 다른 나, 따뜻한 내가 나를 달래고 있었다.

토요일 오후에 검사를 받으러 갔다. 제일이 운전을 했다. 주차장에서 보니 가장 눈에 띄는 곳에 검진소가 있었다. 그런데 미리 등록해서 안내받은 곳이 아니었다. 제일은 야외 주차장 내, 차일을 쳐놓은 곳으로 다가갔다. 그 앞을 지키고 있던 흑인 남자한테 뭔가 말을 걸었다. 그 자리에서 휴대폰 앱을 깔고 등록을 하면 바로 검사를 할 수 있다고 들었다며, 내 인적 사항을 불러 달라고 했다. 빠른 터치로 제일이 등록을 했고, 갖고 온 여권을 보이고 검사를 받았다. 검사 결과가 48시간 내에 나온다고 했다 한다. 나는 너무 늦다며, 그러면 안 될 것 같다고 했다. 제일이 원래 등록했던 곳도 비슷할 거라고 했다. 그곳은 24시간 내에 결과가 나오는 것으로 알고 있다고 했다. 그래야 프린트해서 탑승할 수 있다고 했다. 제일은 아까 그곳에서 말하기를 다른 곳에는 돈을 줘야 할지도 모른다고 했다는 거였다. 은비가 사이트에 등록했을 때, 청구 금액이 0달러가 뜨더라고 했던 걸 기억했다. 그렇게 조목조목 설명했지만, 제일이 자기주장을 굽히지 않았다. 그래서 이대로 귀가할 수도 있을 거라고 생각했다. 그렇지만 다음 순간, 제일이 원래 등록했던 검진소를 찾아보고 있었다. 지하상가를 내려가서 두리번거렸다. 아무 상점이나 들어가서 주소를 물어보기도 했다. 아, 저기. 저기 있네요. 제일이 말하면서 앞서갔다. 코로나 검사를 두 번 하게 되시겠는데요. 제일이 이렇게 말했다. 처음부터 이곳을 찾았으면 좋았을 것이다. 하지만 그런 내색을 하지 않았다. 다행이라고, 고맙다고만 했다. 두 번째 찾아간 곳은 지하상가 안에 있는 고급스러운 외관을 갖춘 곳이었다. 제일이 담당자한테 능숙한 영어로 함께 온 분이 장모인데, 곧 한국으로 들어가야 하니 검사를 받으러 왔다고 설명했다. 미리 등록했다고 하니 컴퓨터를 보면서 오케이 사인을 보내왔다. 그러는 동안 한 직원이 장모라고요? 너무 젊어 보이시는데요. 라고 했다. 내가 고맙다며 웃었다. 검사를 받는 자리에 가니 중년 백인 남자가 아크릴판 안에서 장갑 낀 파란 손만 내민 채 이리저리 해라고 가리켰다. 아크릴판 위에 검사 방법을 설명해 놓은 그림이 부착되어 있어서 그대로 했다. 길쭉한 솜방망이로 혀를 핥고, 양 코를 훑었다. 그리고는 샘플 통에 담아서 건네줬다.

제일이 나온 김에 빵을 사러 가자고 했다. 크리스마스트리 앞에 서보라고 하면서 사진을 찍어주기도 했다. 빵집에는 사람들이 붐볐다. 유명한 곳이라고 했다. 말레이시아인으로 보이는 작은 중년 여자가 날카로운 눈빛으로 빵을 담고 있었다. 한참 줄을 서서 간신히 빵을 살 수 있었다. 제일이 어떤 것을 좋아하냐고 물었지만, 딱히 뭔가를 떠올릴 수 없었다. 박스에 제일이 고른 빵을 담고, 학교에 가져갈 빵은 따로 담아서 나왔다. 그런 다음 무수비 가게에 가서 나더러 고르라고 했다. 하얀 회가 얹어진 것 한 개를 골랐다. 오는 길에, 콘도 코너에 타투 집을 봤다고 하니, 제일이 물었다. 왜요? 타투에 관심 있으세요? 나는 아니라고 했다. 신기해서 하는 말이었다고 했다. 그거, 하게 되면 나중에 후회해요. 제일이 염려스러운 듯 나를 바라봤다. 하고 싶어서 물어본 게 아니라고 하며 웃었다. 내가 따뜻하고 자상한 어머니의 느낌이 아닌가? 언제쯤이면 그런 이미지를 줄 수 있을까? 그런 생각을 했다.

## 44 / 45
## 초콜릿처럼

검사 결과는 다음 날 오후에 나왔다. 두 번째 찾아갔던 곳에서였다. 첫 번째 갔던 곳은 그다음 날에야 겨우 결과가 나왔다. 첫 번째만 갔더라면 비행기를 못 탈 뻔했다. 어쨌거나 감사한 일이었다. 모든 것이 순조로웠다. 떠나기 하루 전날, 제일은 드라이브를 하자고 했다. 많이 바쁠 텐데 생략하는 게 어떤지 미리 은비를 통해 말을 꺼냈지만, 은비는 이렇게 말했다. 엄마가 우리한테 준 초콜릿처럼, 우리도 뭔가 주고 싶어서 그래. 그냥 받아. 기껏 하와이에 와서 아무것도 못 하고 그냥 가게 되는 것 같아 마음이 쓰여.

3주전이었다. 온라인 예배를 드리는데 마침 해외선교사 방문 주간이었다. 각 나라에서 특별히 초청된 선교사들이 교회에 와서 여러 행사에 참석하고 후원을 받고 가면서 소감을 남겼다. 너무나 아름다운 하와이라며 격찬을 아끼지 않았다. 은비가 보더니, 엄마도 한 번쯤은 저렇게 구경해야 하는데…….
그렇게 말하자 제일이 여기서 보이잖아. 바다! 라고 했다. 아무 말도 하지 않았지만, 속으로 부러운 마음도 있었다. 그러니까 시어머니가 방문할 즈음에는 여행을 많이 가겠지. 그때쯤이면 아기도 산책할 정도로 자랐을 거니까. 부러웠지만 괜찮다고 나를 다독였다. 콘도에서 보는 바다는 장관이었다. 그냥 아름답다는 말로 설명할 수가 없을 정도였다. 날씨에 따라 달라지는 바다의 모습이 신비로웠다. 무수히 많은 금빛을 뿌리며 금밭을 만들기도 했다. 다른 날에는 짙푸른 옷자락을 펼쳐놓고 잠자코 있었다. 바다는 건물과 건물 사이에 있었다. 손으로 재면 딱 한 뼘이었다. 그렇지만 나는 태평양의 기운을 매일 같이 느끼고 있었다. 혹시라도 시간이 되면, 딱 한 번은 알라모아나에 가고 싶다고 은비한테 말했다. 혼자 얼마든지 나갔다 오라고 했지만, 그러면 안 된다고 생각했다. 그래도 의리가 있지. 같이 고생해야지. 그랬더니 은비는 배시시 웃었다.
은비가 계획한 것이 떠나기 2주일 전에 함께 바닷가를 거니는 것이고, 제일이 생각한 것은 드라이브였다.

마침, 발표 논문을 끝마쳐서 여유가 있다고 했다. 주일, 그곳에서의 마지막 온라인 예배를 드렸다. 연극배우 목사님, 안녕! 속으로 이렇게 작별을 고했다. 식사를 끝내고 출발했다.

며칠 전, 제일이 하와이 꿀이 유명한데 사드릴까요? 라고 물어봤다. 아, 집에 꿀이 있어. 괜찮아. 그랬는데 사주겠다고 해서 그러면 선물하면 되겠다고 했다. 제일이 그러면 선물도 하고 가져도 가시고, 그렇게 준비할게요, 라고 했다. 한국 대학에서 요청이 와서 세미나 발표 준비까지 하고 있던 제일한테 부담될 것 같아서 은비한테 넌지시 말했다. 꿀은 안 사 와도 된다고, 이미 받은 것과 같다고. 그래서 그런지 제일이 꿀 이야기는 더 이상 꺼내지 않았다. 준다고 해도 이미 부피를 줄인 가방에 넣지도 못했을 것이다. 전날, 은비 자리에는 커다란 유리통 안에 가득 든 초콜릿이 있었다. 오빠가 줬어. 밤에 수유할 때 힘들 때 먹어라고. 엄마도 먹어볼래? 은비가 초콜릿을 종류별로 집어 주었다. 비행기 안에서 먹어야겠다고 생각하고 넣어두었다. 운전하면서 제일이 그 초콜릿을 건넸다. 은비한테서 받았다고 했다. 달콤한 맛을 느끼며 창밖의 낯선 풍광들을 만났다. 출발 전에 제일이 전에 쓴 머리띠, 좋던데 쓰시지요? 그렇게 말해서 저번에 산 초록색 네팔 머리띠를 했다. 흰 머리가 감쪽같이 가려졌다. 흰 머리에 대한 두 가지 마음이 있었다. 그대로 놓아두고 싶은 마음과 아직은 아니라는 마음. 언젠가 조금 더 시간이 지나면, 어머니가 떠나시고 나면 부디 그대로 두리라.

제일이 부드럽게 차를 몰았다. 4주 전, 제일과 함께 건물 내에 있는 야외 수영장을 간 적이 있었다. 지금 아니면, 한 번도 못 가게 된다며 재촉했다. 적당한 수영복이 없다고 하니 제일이 결혼 즈음 내가 준 돈으로 샀던 반바지와 티를 빌려줬다. 배웅하는 은비한테 제일은 다음에 얼마든지 가게 될 거라며, 그때 충분히 즐기자는 말을 남기기도 했다. 콘도 건물 8층, 수영장으로 향했다. 밤 10시에 폐쇄가 되니, 30분도 채 남지 않은 시간이었다. 왼쪽에는 온탕, 오른쪽에 수영장이 있었다. 온탕은 규모가 작았다. 노천탕처럼 몸을 담그고 별을 보기 좋았다. 대여섯 명의 사람들이 온탕에만 몰려있었다. 바닥 곳곳에 물이 솟구쳐 올라오고 있었다. 물로 몸통 마사지를 받는 느낌이었다. 나무에 연결해 놓은 은은한 불빛과 밤하늘이 장관이었다. 제일이 등 뒤에 있는 나무를 가리켰다. 하얗고 분홍빛이 도는 꽃이 피어 있었다. 감미로운 밤이었다. 물이 스며들어와서 티가 불룩해졌다. 제일이 손가락으로 가리켜 줘서 옷을 가다듬었다. 그러다가 제일이 수영하고 오겠다며 건너갔다. 제일은 물개처럼 몸을 잘 놀렸다. 한동안 그렇게 헤엄치다 와서는 나보고 해보겠냐고 했다. 수영을 못 한다고 하니, 가르쳐주겠다고 했지만 사양했다. 하와이의 밤하늘. 온몸이 노곤해지는 온탕. 떠들며 웃는 외국인들. 추억의 페이지에 오늘을 담아 두겠다고 생각했다. 그 이후, 제일이 두어 번 더 가보자고 했지만 한번 다녀왔으면 족하다고 했다. 되도록 욕구들을 내려놓는 연습을 하고 있던 차였다. 드라이브도 몇 번을 망설였다. 제일한테 직접 거절한다는 말을 할까도 생각했다. 가기 전까지 망설였다. 아직도 화가 덜 풀렸냐고 스스로 물어보기도 했다. 왜 해준다는 것도 거절하려고 그래? 도대체 얼마나 심통을 내고 있기에 그러는 거지? 내 안의 또 다른 내가 반문했다. 내 마음속의 목소리는 그뿐, 더 이상 나를 자극하지 않았다. 또 다른 목소리 하나가 나를 어루만져주었다. 사위와 가는 것이 어색할 수는 있지만, 그래도 염려 마. 의외로 즐거울 테니까. 아무 생각 말고 다녀오렴. 너는 충분히 그럴 자격이 있어. 나는 고개를 끄덕였다. 그래서 따라나선 거였다.

카할라 바닷가에 갈 거예요. 전에 지도교수님이 오셨을 때도 이곳으로 모셨어요. 아주 좋아하셨어요. 제일이 유쾌한 음성으로 말했다. 바닷가 근처에는 호텔이 있었다. 이곳 호텔은 외부인이 들어오는 것을 허용한다고 했다. 주차하고 나서 호텔 뜰 앞을 가로질러 갔다. 고풍스러운 호텔이었다. 몇몇 투숙객들이 건물 안에서 차를 마시고 있었다. 뜰에 있는 나무에 플루메리아가 떨어져 있었다. 제일이 꽃을 줍느라 안쪽을 서성거렸다. 하나를 주워서 살펴보다가 버리고 다른 꽃을 주웠다. 관리인이 지나가다가 제일한테 뭔가 말을 걸었다. 제일은 땡큐라고 했다. 꽃을 꺾어도 된대요. 얼마든지 꺾어가래요. 우와! 나는 탄성을 질렀다. 제일이 계란처럼 안쪽은 노랗고 바깥이 하얀 꽃을 꺾어 주었다. 머리에 하나를 꽂고, 내가 주운 꽃도 꽂았더니 제일이 손사래를 쳤다. 그러면 안 돼요. 하나만 해야 해요. 이상한 사람 취급받아요. 그렇게 기겁하는 제일이 웃겨서 웃었다. 제일은 정색했다. 나는 그냥 이상한 사람이 되고 싶었다. 은비가 있었다면 그렇게 하면서 서로 웃었겠지만, 끼를 좀 죽였다. 얌전하게 오른쪽에만 꽂았다. 바닷가로 이어지는 길이 아기자기했다. 풀밭이 있는가 하면 흙으로 된 길이 이어졌다. 갖가지 식물들, 나무들이 곳곳에서 자라나고 있었다. 사람들이 거의 없었지만, 신비한 광경을 봤다. 결혼식을 올리고 있었다. 나무 아래, 꽃들이 피어 있는 곳이었다. 목회자로 보이는 이가 성경책을 들고 서 있었다. 그 앞에 양복을 입은 남자와 흰 드레스를 입고 화환을 쓴 여자가 있었다. 드레스는 간소하고 아름다웠다. 신랑, 신부 외에는 동영상을 촬영하는 두 사람밖에 없었다. 가까이 햇살을 품은 바다가 반짝거리며 박수를 보내고 있었다. 숭고하고 성스러웠다. 하늘과 땅이, 바다와 나무가 기꺼이 결혼식 증인이 되어주고 있었다.

## 45 / 45
# 나이가 들면

그곳을 지나서 방파제 쪽으로 걸어갔다. 왼쪽으로 넓은 골프장이 보였다. 특별히 허가받은 사람만 골프를 칠 수 있다고 제일이 말했다. 그게, 경제적인 것만 보는 게 아니에요. 그 사람의 됨됨이를 평가해서 회원권을 준다고 들었어요. 골프 회원권이 있다는 것으로 상류층 증명을 받는 셈일 거라고 짐작해 보았다. 그것을 부러워하는 이도 있을 것이다. 또 다른 누군가는 그 회원권을 따서는 우쭐거릴 것이다. 나와 아무 상관이 없는 일이기도 하지만, 그런 게 웃음이 나왔다. 알고 보면, 아무것도 아닌 일일 뿐이다.

흐린 하늘에 먹구름이 깔리고 있었다. 근래 보기 드문 흐린 날이었다. 왔던 길을 그대로 돌아 나오는데, 그 관리인이 또 보였다. 제일이 다시 땡큐라고 인사했다. 외부인을 들어오게 하는 호텔의 배려도 고마웠다. 유서 깊은 호텔의 관용이었다.

미국에서 대학을 다닐 때요. 잔디밭을 밟지 않고 피해 다녔더니 동료들이 묻는 거예요. 잔디를 왜 안 밟냐고요. 한국에서는 그러잖아요. 밟으면 안 된다는 푯말을 세워 놓고 못 밟게 하고. 그런데 미국은 아니에요. 밟으라고 이렇게 심어 놓은 거래요. 이런 게 문화 차이일까요? 제일의 말대로 잔디를 밟고는 주차장으로 향했다. 다음으로는 라나이 전망대를 갈 거예요. 라나이는 베란다라는 뜻이에요. 라나이섬이 보인다고 해서 그렇게 이름 붙였대요. 제일이 말했다. 거기로 가는 도중 제일은 창밖을 보라며 몇 번을 외치기도 했다. 백만 불짜리 풍광이라는 거였다. 여기서부터는 저를 보지 마시고 창밖을 바라봐야 해요. 어때요? 멋지지요? 굴곡진 해안 도로를 따라 바다와 산이 어우러져 있었다. 광활한 태평양 물결이 기슭 아래를 턱턱 짚고 있었다. 제일이 잠시 차를 세우고는 널찍한 바위가 엎드려 있는 곳으로 안내했다. 저기가 할로나 블로우홀이에요. 바위에 구멍이 뚫려있고, 파도가 치면서 저기, 저곳에서 물이 분수처럼 솟아나거든요. 제일이 손가락으로 홀을 가리켰다. 제일의 말대로 물을 뿜어내는 바위 구멍이 보였다. 자연이 빚어내는 분수였다. 한국인 관광객들이 와서 그곳을 배경으로 사진을 찍고 있었다. 모르는 사람들이었지만 반가웠다.

다시 출발해서 마카푸우 포인트 등대를 향해 올라갔다. 가는 길에 코코헤드가 보였다. 넓은 들판에 벽같이 우뚝 솟은 그곳을 바라보니, 한달음에 올라갈 수 있을 것만 같았다. 날씨만 좋으면 저 산에 올라가면 좋은데 말에요. 신혼 초에 은비와 함께 갔었어요. 한 두어 시간 걸렸는데 경치가 참 좋았어요. 아, 그러고 보니 은비가 해산 전, 라마즈호흡을 연습하면서 했던 말이 있었다. 가장 멋진 곳을 상상해보라고 하니, 은비가 코코헤드라고 했다. 올라갈 때는 힘들었는데 다 올라가서 거기서 커피와 빵을 먹었어. 아래를 내려다봤는데, 지극히 평온한 느낌이 온몸을 휘감았어. 자연에 안기는 느낌인데 바다와 산이 나를 품어주었어. 그때, 길게 호흡을 내쉬고 들이마시면서 그곳에 있다는 상상해보도록 했다. 아, 여기였구나! 은비의 추억 속 한 페이지 속으로 들어가는 것만 같았다. 은비에게 산은, 바다는 누구였을까? 늘 하나가 상실했다고 여기지 않았을까. 모든 것이 조화를 이룬 이곳에서 마음껏 제대로 된 호흡을 한 것이 아니었을까.

마카푸우 포인트 등대는 절벽 근처에 아주 작게 보였다. 둥근 손잡이가 달린 듯한 빨간 지붕과 하얀 기둥으로 되어 있었다. 손으로 저 빨간 뚜껑을 열면 무엇이 나올까? 판도라 상자처럼 온갖 해괴망측한 인간의 감정들이 솟구쳐 나올까.

황급히 지붕을 닫으면, 상자를 두드리며 희망이 자신도 꺼내 달라고 할 것이다. 먹구름이 밀려오고 있었지만, 아직 비는 내리지 않았다. 흐린 날인데도 신기하게도 파란 물결이 명랑하게 찰랑거리고 있었다. 서핑하는 사람들이 보였다. 제일이 다소 한적해 보이는 모래밭 부근을 가리키며 말했다. 은비와 처음 이곳에 왔을 때, 여기서 수영을 하고 있었어요. 사람들이 복작거리는 곳이 싫어서 한적한 곳을 찾았지요. 어떤 분이 다가오더니 여기는 위험하대요. 생각보다 물살이 급해서 익사하는 이들이 여럿 있었대요. 여기서 이러지 말고, 다른 곳을 가 보라고 알려줬어요. 지금, 그곳으로 갈 겁니다. 우리는 그 분이 천사라고 생각했어요. 신기하게도 그 말만 하고 사라졌거든요. 그야말로 신비한 이야기였다. 도착해서 보니, 갓 폐장한 해수욕장 같았다. 마침 부슬비가 내리고 있었다. 제일은 차에 실어두었던 간이의자 두 개를 꺼냈다. 음식물이 든 가방은 내가 들었다.

이곳은 '소나무'예요. 은비와 제가 그렇게 지었어요. 너무 소중한 곳이라서요. 이름을 마구 부를 수 없잖아요. 그다지 울창한 편은 아니었지만, 소나무들이 있었다. 대각선으로 가로질러 가니 바다가 나왔다. 제법 비바람이 몰아치고 있었다. 반 팔 차림으로는 추운 편이었다. 제일은 아랑곳하지 않았다. 이 정도 비는 맞겠다는 투였다. 어디가 좋을지 둘러보던 제일이 여기다! 하면서 의자를 폈다. 그리고 피크닉 가방을 열고 소다수를 함께 마셨다. 아무도 없는 곳에서 비바람을 맞으면서 우리는 그렇게 있었다. 추워서 달달 떨었지만, 분위기를 깨고 싶지 않았다. 신비한 바다였다. 하늘은 잿빛인데 바다는 너무나 맑은 옥빛이었다. 하늘을 그대로 투영하는 바다라는 고정관념이 깨졌다. 제일도 이상하다는 듯 바다를 바라보았다. 제일이 앉은 곳에서 섬이 보였다. 작은 봉우리 세 개가 이어져 있었다. 그 섬을 배경으로 사진을 찍었다. 은비, 제일, 선우야. 이제, 온갖 세 개만 보면, 그렇게 생각할 것 같아. 그렇게 말하니 제일이 싱긋 웃었다. 모래밭에 버려진 장난감처럼 수풀들이 모여 있었다. 10쯤 뒤 제일이 휴대폰을 들여다보다가 일어나서 가자고 했다. 나는 냉큼 일어났다. 추위가 살갗으로 파고들었다. 일어나서 걸어가려다 멈추었다. 이름을 알 수 없는 단아한 나무 한 그루가 혼자 덩그렇게 놓여 있었다. 나무 근처는 작은 운동장 같았고, 다른 식물들을 볼 수 없었다. 나무 주위에는 고요한 평화가 흐르고 있었다. 경건한 분위기마저 느껴졌다. 2미터 정도로 보이는 나무였다. 몸통은 그다지 크지 않았지만, 오랜 세월 해풍을 견뎌왔던 위엄이 흘렀다. 사진을 찍어도 나무 특유의 분위기를 전부 담아내지는 못 하리라. 이곳의 정식 이름이 무엇인지 물어보았다. 제일은 주위를 둘러보면서 비밀이라도 말하듯 속삭였다. 셔우드에요. 현지인들밖에 모르는 곳이지요. 제일과 은비는 이곳이 이렇게 늘 한적하기를 바랄 것이다. 선우가 자라면, 은비와 함께 와서 모래성을 만들겠지. 이 찬란한 옥빛 바다와 하늘을 통째로 빌린 것처럼 뛰어놀겠지. 선우는 성스러운 나무를 껴안고 빙빙 돌기도 할 것이다. 가까운 미래의 모습이 그렇게 훤히 보였다.

돌아오는 길에 제일이 말했다. 저절로 나이가 들면 성숙해지는 것인 줄 알았는데 아니라는 것을 최근에야 생각하게 되었다고 했다. 자기를 돌아보려는 노력을 하지 않으면, 성장이 없다는 사실을 알게 되었다고 했다. 또, 이런 말도 했다. 신혼 초에 은비와 많이 다퉜는데 성경을 읽으며 마음을 털어놓는 큐티를 매일 하면서 싸우지 않게 되었다고 했다. 마음에 있는 말을 서로 나누는 것이 중요하다는 것을 절감했다는 거였다. 제일은 은비를 만나 가정을 꾸리면서 성숙해가는 중이었다. 눈에 띄게 빠르게 변하지 않는다고 함부로 말할 성질이 아니었다. 있는 그대로 제일을 존중해야 했다. 그동안 그러지 못해서 미안할 따름이었다.

돌아오면서 제일이 무엇이 먹고 싶은지 물어보았다. 오늘은 장모님의 날이에요. 그동안 고생 많으셨으니 맛난 것을 드세요. 나는 은비와 제일이 좋아할 것 같은 음식을 선택했다. 포케를 말했더니 제일은 포케 한 그릇과 스시를 사 왔다. 저녁 식탁에 모두가 모여 앉은 것은 오랜만이었다. 폴라로이드 카메라로 사진을 찍고 싶었는데 그럴 수 없었다. 아기가 깨어나서 울고 있어서였다. 젖을 먹이고 아기를 재우고 나서 은비가 거실에 나와 제일과 얘기를 나누고 있었다. 은비한테 괜찮다면 잠깐 얘기를 나눌 수 있겠냐고 했다. 은비가 내가 자는 방으로 건너왔다.

"은비야. 선우를 보면, 자꾸만 아깃적 일을 생각하게 된다고 했지? 그런 생각이 들 수밖에 없도록 너를 아프게 해서 미안하다. 그렇지만 언제나 널 사랑해. 옛날에도 그랬고 지금도 그래. 언제나 변함없이 사랑할 거야. 과거를 떠올리면 걷잡을 수 없을 것 같구나. 우리, 과거는 그냥 그대로 놓아두고 현재를, 앞으로의 일을 더 많이 생각해보자."

은비는 노력해보겠다고 말했다. 은비를 꼭 안아주었다.

다음날, 아침 11시쯤에는 공항에 도착할 예정으로 아침부터 서둘렀다. 마지막으로 상을 차렸다. 은비와 제일이 밥을 먹을 동안 선우를 안고 있었다. 조금 전에 젖을 먹었다고 들었는데 칭얼대기 시작했다. 내가 묵었던 방, 하얀 매트리스 위에 선우를 뉘었다. 아기가 울음을 그치고 하늘을 쳐다봤다. 아직 시선이 하늘까지 닿는지는 모르겠지만, 분명 하늘 쪽을 바라보았다. 네가 온 곳이야. 이 땅에 오기 전에 네가 있었던 곳. 기억나지? 선우한테 말을 걸면서 사진을 한 장 더 찍었다. 나오기 직전, 은비는 선우를 안고 젖을 먹이려던 찰나였다. 제일한테 폴라로이드 한 장을 부탁했다. 서둘러 셔터를 누르고 아직 상이 잡히지 않은 사진을 내밀었다. 잘 챙겨 먹어야 해, 내가 없다고 안 먹고 하지 말고. 세 끼 꼬박꼬박 잘 먹어야 한다. 알겠지? 몇 번이고 당부했던 말을 한 번 더 말하고 신발을 신었다. 응, 잘 갔다 와. 다음에 와야 해. 은비가 등 뒤에서 이렇게 말하고 있었다.

아무런 상이 잡히지 않은 사진을 손에 쥐고 있었다. 아주 서서히 안개가 걷히듯 사진 안에 윤곽이 잡히기 시작했다. 아기는 화면 왼쪽 밖을 바라보고 있다. 시선의 방향으로 보자면, 영락없이 푸른 침실 안의 여자다. 은비는 반듯하게 몸을 세운 채 미소를 짓고 있다. 은비와 사진을 찍으면 늘 그렇듯이 나는 은비 쪽으로 몸을 기운 채 은비의 손과 아기의 다리를 잡고 있다. 우리 뒤로 은비의 웨딩 사진 액자가 있다. 그 사진 속에서 제일은 은비의 뺨에 입을 맞추며 함께 계단을 밟고 올라가는 중이다.

# 에필로그

기류가 안정되었다는 방송이 들려왔다. 불안한 마음이 들지 않았으니 안도할 것도 없었다. 그제야 잠을 청하는 기색들이었다. 몇몇은 좌석에 붙어 있는 화면으로 영화를 보고 있었다. 창문 가리개를 내리지 않는 것은 내 자리가 유일했다. 창밖으로 구름이 장관을 이루고 있었다. 구름은 하얀 새였다. 몽글거리는 거품들이었다. 솜이 가득한 수북한 이불 더미였다. 셀 수도 없는 구릉이 진 하얀 산이었다. 봉우리마다 폭설로 뒤덮인 산이기도 했다. 빙하가 있는 바다이기도 했다. 걸쭉한 연기이기도 했고, 잔뜩 깔아놓은 생크림이기도 했다. 구름을 한술 떠다가 입안으로 가져갔다. 입마저, 내 속마저 하얘지고 있었다.

동이 틀 때, 구름은 그대로 바다가 되었다. 불붙은 바다가 되어 활활 타오르고 있었다. 바다가 된 하늘 위를 그렇게 날고 있었다.

코로나 검사지를 내밀고, 구두로 설명을 하고, 무수한 관문을 통과해서 마침내 집으로 왔다. 새벽 2시였다. 어머니가 모로 누워 계셨다. 다가가서 안았다. 미안합니다. 용서해주세요. 엄마, 감사합니다. 사랑합니다. 어머니가 왔나? 잘 왔다. 이제 살겠다 하시며 씻고 자라고 등을 두드려주셨다. 이상한 일이었다. 악다구니와 욕, 원망은 어디로 사라졌을까? 패악스럽던 눈빛들은 어디로 증발한 걸까?

다음날, 사진으로 선우를 보여드렸더니 손뼉을 치면서 좋아하셨다. 다 큰 애 같다. 어째 저렇게 늠름하노? 참 잘 낳았다! 소리 내어 크게 웃으셨다.

냉장고 문을 열었더니 곰팡이 핀 떡국과 유통기한이 한 달이 지난 계란 한 꾸러미와 요플레가 있었다. 그걸 죄다 정리하고 나서 수고비를 어떻게 해야 할지 강 선생한테 전화를 걸었다. 냉장고 얘기는 아예 꺼내지도 않았다. 다만, 수고했고 고생 많았다고만 했다. 강 선생은 약속했던 돈을 다 달라고 떼를 썼다. 내가 그 돈 보고 다닌 거란 말이에요. 뭐, 왔다 갔다 차비도 들었고 두들겨 맞기도 했잖아요! 약속했던 돈, 다주세요! 인간관계와 돈을 놓고 고민해봤지만 역시 돈이에요. 그 돈을 다 받아야겠어요! 그렇게 말했다. 어머니로부터 정신적, 육체적인 고통을 당했다고 구구절절 적은 카톡을 보내기도 했다. 고통을 준 패악스러운 어머니를 모시느라 수고 많았다고 언니가 보낸 카톡을 함께 보내왔다. 아무 말 없이 그냥 달라는 돈을 부쳤다. 성당 일을 열심히 봉사하며 산다는 강 선생의 앞날을 부디, 신께서 축복하시기를. 그러고 나서 강 선생의 연락처를 차단했다. 처음 강 선생과 통화해서 그런 억지스러운 말을 들었을 때는 온몸이 떨려오기도 했다. 사람이 어떻게 저럴 수가 있을까. 약속했던 일을 15퍼센트 정도도 하지 않은 채 돈을 다 달라니! 다음 순간, 평정한 마음을 되찾았다. 그냥 주자. 그렇게도 원한다면. 나머지는 내가 아니라 신이 하실 일이니.

엄마, 대단해. 그렇게 평안한 마음을 갖다니. 훌륭해!

은비가 이렇게 카톡을 보내왔다.

장모님, 벌써 보고 싶군요. 그동안 우리 모두 돌봐주시느라 수고 많으셨습니다. 이제 자유를 즐기고 계시겠지요?

제일이 보내온 카톡에 나는 이렇게 답했다.

여전히 청소와 빨래를 하고 어머니 밥을 차려드리며 바쁘게 지내고 있어요. 하지만 이제부터 자유를 누리기 위해서 그때 말해준 소설을 쓰려고 합니다. 소설 속에서 나를 다시 만날 거예요. 또 다른 새로운 터널을 통과한 나와 대화를 나눌 겁니다.

크리스마스가 다가오고 있었다. 구름과 같이 호흡을 나눈 눈들이 천천히 춤을 추며 지상으로 내려앉고 있었다. 땅 위에서 모가 난 곳들이 하나하나씩 지워지고 있었다.